上海尘事

李大伟 著

上海文化出版社

目录

目 录

目录

目录

目录

目 录

序

归入尘烟

2000 年我在《新民晚报·夜光杯》开始写专栏，至今坚持不懈，始终"素描"，动词＋名词＋数量词，忌用形容词，更忌用写作味精：金句、大话、励志。让文章展现出天真烂漫的一面，二十四年过去了，依旧素面朝天。

坚持写上海的平凡——它的人、它的事，它的昨天、今天，还有它的角角落落，这是上海的基本面。我喜欢一笔一画、不厌其烦地绘声绘色身边琐事、趣事，拒绝"甩巾、旗袍、帽子党"的"凡尔赛"们入框。与喝咖啡的为友，与吃大蒜的为伍，但更喜欢与喝茶的窗前闲话，他们的人数更多，样本越多，统计学上的意义越大。我有个幻想：让随笔展现生活，让生活入随笔而有思想，因有思想而生活更有意义。

凡有市中心饭局，我喜欢提前去，找个角落坐下，对着街，喝一小杯咖啡。我喜欢那里互不相关的空寂、那彬彬有礼的氛围，但不喜欢那里的冷漠，在水一方的疏离感，就像我不愿与某些自以为高级的动物为伍。我喜欢与粗犷、哪怕粗糙的人往来，因为他们直言不讳，拓展了我笔下的宽度；也喜欢与喝咖啡的谦谦君子盘桓，与一切有趣的人坦诚相见，写作源泉由此汩汩不竭而泻。

现在上海融入了新上海人。比如著名高校里，大多数老师是外地人，给上海籍学生上课；比如三甲医院里，大多数外地籍的医生，给上海籍贯的病人看病。"塑普"（带口音的普通话）是高校、医院、科研所的交际语，普通话使用频率越高的地方，档次越高。高中老师普通话交流的频率高于初中，初中高于小学，大学则是全覆盖，哪怕地方大学，如上海大学、上海师大，交谈一定一口普通话。

在上海的大街小巷，贴大饼、煎油条、卖蔬菜，还有送快递的，无一不是外地人。他们一无所有到上海打拼，靠着一双手、两只脚，没日没夜，他们没有资格成为"九三学社"（九点上班、三点准备下班），但他们坚忍不拔的情绪辐射到我，我会情不自禁地讴歌他们，写他们的不易与乐观。

他们更像上世纪末的香港大街上还能看到的"纸皮婆"——在大街上，七十多岁的阿婆，伛偻着背，艰难前行，拖着收集到的纸箱——压扁后叠起的纸皮。那时的香港，没有退休金，口头禅：手停口停。今天许多新上海人没有上海的医保，为了多劳多得的血汗钱，开滴滴、送外卖，奔走于大街小巷。他们是上海生活网络的神经元。他们把人生最美好的时段献给上海，老了，做不动了，小鲜肉熬成猪油渣，回老家，孵在用上海挣的钱买的县城商品房里，晒着太阳过心安理得的晚年。底层人的生活是挣扎，凡有挣扎，就会激发出生活的智慧，那种生活智慧就是文章里生动的细节。

上海像个三明治，上海籍人民成为三明治的夹心：上层是外地精英，底层是各地民工，上海籍则夹在中间保护层，享受高水准输送的知识服务与离不开的底层生活服务，上海人即便吃低保的，也享受着钟点工服务，起码午餐晚餐如此，自己则在外吆五喝六搓麻将。上海没有上海籍人，上海可以滋润运转，但没有新上海人，上海就瘫痪。

上海，不是上海人的上海，而是全国人民竞技的上海。过去是、现在是，将来依旧是：上海是全中国的上海。这就是海派的特征：海纳百川。

我写劳动着的上海人的开心事、开心话，不写他们的愁眉苦脸。就像田野里，有野菜、有蔬菜，当然选可口的，辛苦一天，应该犒劳犒劳自己。心酸？藏在心里，我不想端上一盆麸糠野菜窝窝头，粘着蜜，写成功者的忆苦思甜，给读者添堵。还是写些乐观主义的段子。心理学有个经典实验：一个圆，一半黑一半白，悲观者说：一片黑。我写"噗"一笑的故事，手术刚愈的火嘴当心，预告在先。

不写"巨富长"（巨鹿路、富民路、长乐路），周末的晚上，那里是时髦怀旧的年轻人酒吧街。不写武康路、华山路、常熟路、瑞金二路，那里已经没有上海先辈自强不息的精神。很像在天津做寓公的前清遗老，一股子霉变气味，不敢替他们想未来。

我喜欢努力、节俭、实惠过日子的群体，这才是真正的上海人：曾经的老上海人，有出息的新上海人。

我早已过了退休年限，但依旧到神农架重新创业，身临其境督办神农神寮民宿，以"一日僧"自勉：一日不做，一日不食。回到上海，夜深人静，坐在窗前，俯瞰上海，断断续续写些身边事、身边人，写劳动着、努力着、挣扎着的上海人，写流动着、变化着、呼啸着的上海市，写出海纳百川的上海滩，我喜欢上世纪30年代发奋的上海，工作的上海，七十二家房客的上海，那是生气勃勃的上海，上海的原生态。

我依旧是个劳动者。财富是创造出来的，退休金则攥在别人手中，你就是个依赖者，这其实很可怜，在这个动荡多变的世界里，也很令人恐惧。

——2024 年 8 月 21 日星期三　神农架神寮民宿

第一辑

灯黄桌前一家人

1

灯黄桌前一家人

晚餐灯下桌前，一家人的聚焦点。

小时候，上海人的一家往往只有一间房，一间房只有一盏灯，一盏灯下一张桌，晚餐时一家人聚于灯下。灯光亮度往往15支光，泛出淡黄的虚幻圈。灯晃着，墙上头影忽大忽小。

那个时候，父母都工作。白天，上班的上班，上学的上学，各奔东西。晚上，第一批归巢的，是放学男孩。他们再调皮也要淘米量水，炖上灶头；趁隙，赶紧洗菜，一边洗一边侧脸盯着灶头，一心两用。饭汁顶着锅盖"卜、卜、卜"，要潽未溢，赶紧奔到灶台边，一支筷子搁在锅盖下，隔开锅沿与锅盖，留条缝透气，然后俯首，火搁小到文火煮。此时菜也洗好了，堆在漏斗盆里：淋干沥尽！看看头颈上钥匙，在否，在！返身锁门，又飞出去疯了。大人回来不放心，再汰一潽菜，然后切菜，刺啦、刺啦炒菜。谁回来早谁干，这就是上海人双职工的夫妻之道，也算解放后渐变出来的新式人家。老公帮老婆做事，一般是知识程度较高的人家，他们受新式学堂教育大于旧式家庭教育。忙完了已是掌灯时分，母亲探身窗外，高音喇叭喊老大的名字，当然是男孩，于是小老鼠衔着大老鼠衣角纷纷进洞，围拢灯下吃晚饭。

吃饭时默默无闻。首先"食不言、寝不语"的家教，话多，母亲就放下碗："菜堵不住你的嘴？"关试，久而久之：不响！其次菜太少的缘故。不一会，吃完饭，尤其周末，碗筷摊了一桌，母亲允许暂且不收，全家人聚在灯下桌前，畅所欲言。但孩子话少，既无人生经历，活动的空间仅仅局限学校，大部分时间上课，剩下时间，做了坏事不能说，玩得开心好像不正当，也不能说。只能听父母聊天，也是一大乐事。

父亲走南闯北，脚底粘灰多，故事就多。带山东口音的普通话，透露出山东人的憨厚。鲁迅说，憨厚近乎傻，但亲切，因为他是我爹。父亲的机关在海关钟楼下，刚解放进城，带家属的干部就住在机关闲置的房间，局长与办事员隔着墙、挨着住。还是供给制，表面上没有等级，但荣誉等级很重，比如老红军不识字，可能看大门，但局长进门见了，一定正面点头、问好、打招呼，这叫阶级感情。抗日参加革命的高于解放战争。解放战争中俘虏过来的，尽管一视同仁，进城接管也是穿四开袋军装的干部服，但总是矮半截——好比寡妇再嫁，只能晚上办酒席。头婚都是大白天中午开始，锣鼓喧天，招摇过市，二婚的如老鼠过街。这些潜规则都是父亲在饭后灯下断断续续地说的。

父亲谈起某某，是解放战争的俘虏兵，他住机关，与姓韩的副局长贴墙邻居。韩局长也是老山东，大老粗，只能管后勤科。某某在此部门办差。晚上回家喝酒，开着门，带些醉意，扯开嗓门大声嚷嚷："咱局里，韩局长是最有本事的！""本事"读成"并事"，突出山东土音，突出"侉"味，装愣卖傻，唤起乡音共鸣，泛出农民"狡黠"，能来事！他吃准韩局长喜欢贴墙听壁角的窥私癖，不久就被提拔成科长，从此每天早早到海关大楼门口，踮脚举臂挥手，大呼小叫招呼。书记局长的专车一到门前，就上去拉门恭候，然后指挥司机开车入库，虽然有些夸张，但给各位领导留下勤勉巴结的好印象。后来科升为处，水涨船高他成了处长，"四人帮"倒台后，当了副局长。父亲补充道：不过路上见了久别的老同事，拍拍司机的肩膀，示意停车，下来上前双手握着寒暄，没有架子，依旧保持了山东"银"（人）的憨。

父亲带谑的口吻，点出小人的两面性，比如这位俘虏兵，居高位而善待故旧，记忆里他像只苍蝇，怎么挥手都挥之不去，他影响我一辈子的处世待人。

也是在这张灯圈下方桌，父亲谈起老家酒鬼的没出息劲儿。半夜起来，黑灯瞎火揭开酒缸，偷着喝酒，咪一口酒，拿起缸边的一疙瘩舔一舔，略带霉味，杂味纷呈，天亮了才知道是个刷锅布疙瘩。从此我对酒没有好感，也不断提醒自己，千万别成为其二。我当记者时，与七宝酒厂销售科的林科长很好，当时我才二十多，他已经五十多，属于大叔辈。每当厂里出新品种，他总是给我几瓶样酒，希望我喝了提意见，我成了化学实验室的烧杯。一次他送的酒，瓶盖旋下，就是酒杯，便于销售员在火车上喝。我每天午饭时旋下盖也咪几口，慢慢地到点就想，不好，上瘾了？立刻想起父亲说的酒鬼，赶紧将剩下的酒泼掉，眼不见为净。尽管有一斤的酒量，喝了还能写文章，宁缺毋滥，至今未染酒瘾。

母亲坐在一旁，一脸肃然，沉默不语，握着一把筷子，但凡父亲讲完一个故事，母亲就起身，边叠碗边命令道："好了，可以各忙各的事了。""文革"前母亲教几何代数，为人处世如数学定理，没有半字废话，冷静理性，有条不紊，但往往令人败兴。优点未必都是好事——我的辩证法就源于我母亲。洗碗前先擦桌子，便于我们做功课。洗完后母亲坐在桌边，纳鞋底做鞋子，裁衣料做衣服。围着这张桌，一灯多用。父母的言传身教，深深地影响我，如火烙。

因为不善谄媚，我早早离职下海。随我创业的第一批员工，早已退休，至今还有微信联系。偶有猝死的，大家立刻又聚在一起，帮亡故的老同事唯一女儿料理后事。凡是看病找医生，一定有电话来，开门见山："老板：要麻烦你了……"然后一五一十絮絮道来，甚至直呼其名，没有客气套话，好像照排头！

现在我的孩子也大了。老大已经成家、开厂，疫情后还挺着。每周日带着媳妇来家团聚，饭后聚在灯下，交流不景气的市面中如何保留员工，如何拓展生意。小儿子在美国读高中，明年就毕业，每年暑假回国，全家人晚上聚在灯下。端午节，我对小儿子说："你到美国读书，自立多了，但有临界点，越位了，正确就错了。"他马上意识到，中午妈妈的闺蜜带着孩子的外婆，宴请我们全家。席间妈妈跟他悄悄说某事，他说：这个不是我的义务。我们在灯下展开讨论，最后达成共识：义务只是对等，一报还一报，多在商业保险合同内。密友之间，力所能及当全力以赴。家人之间，哪怕砸锅卖铁！小儿子点头道：对！明年暑假回国一身轻（今年要参加托福与 SAT 的密集训练，准备明年大学筛选），到哥哥厂里做工，从底层做起，感受哥哥的创业精神。

灯下，是中国父母传播三观的最佳时分。

每每看到王安石写与老姐宴别后的诗"草草杯盘共笑语，昏昏灯火话平生"，心中总涌起温暖的感慨，充满了人生况味。

2

母亲是个"精算师"

小时候，我妈是虎妈。等自己有了孩子，才发现母亲还是个神妈。

父母一结婚就生产。她说，趁着年轻赶紧生，有精力，带得动！一连仨，都是男孩，而且皆间隔 22 个月，匀速而密集。这样一套衣裤，一鸭三吃：老大新、老二旧、老三破，六年左右，款式尚未过时，真是神操作。

后来我在孩子的童话书里，看到力量的台词："熊的力量、豹的速度、鹰的眼睛"——三合一。我妈是一顶仨：搀一个、抱一个、怀一个，没有麻烦过老人。

七岁前小孩的常见病大致相同，咳嗽、感冒、高烧、拉肚子。老大病好了，未用完的药，封在玻璃瓶，木塞熔蜡封口，弟弟们可以接着用。学龄前孩子最大的开销：吃饭、吃药。到了小弟弟，储存已久的药性已减弱，副作用也趋弱，病好了，伤害也最小。

至于穿，灯芯绒逐步条缕化，渐渐艺术化：从写实主义到荒诞主义。到了小弟裆下的时候，裤脚管剪下，两头拴根橡皮筋，可以当作干家务的袖套。余下的扎成拖把，因为破烂，所以软而吸水。那时全国一盘棋，宏观的计划经济，我家是微观计划经济：几乎进入物质不灭的良性循环经济。我们三兄弟的吃穿用，就像流"水"线：头潽汤洗脸，接着洗脚，最后泼在门前水泥地——降温，物尽其用。

我的小学班级里工人子弟多，6元钱的学费，不少人减半。居然每堂语文课，班主任都直呼其名，催缴学费。班主任教语文。

我的父母都是一般干部，工资不高，三个男孩，一起上学，三个书包，只有投资，没有收益。每月15日母亲领工资，下班首先赶去银行贴花，从不迟至次日，以争取一天利息。每月24元，到了一年，利息可以补足三个孩子的学费。第二年，苦尽甘来，用上年的贴花本金些许补贴今年贴花后的工资空缺，还有可撑大件，呈现良性循环，以致不匮。我们三兄弟都是全费，从未拖欠。母亲的口头禅："吃不穷、穿不穷，计划不周就会穷。"

那个时代，计划经济造成经济短缺，买米不仅要钱，还需粮票。每个人的粮食有严格限量，干体力活定量高，装卸工36斤、48斤。脑力工作者定量低，我父母都是机关干部，定量最低，才29斤。家里又是三个男孩，每人才22斤，而且先后发育，都凑在一起，家里粮食非常紧张，每个月26日可以用下个月的粮票，到26日，母亲一定买米，灌满米缸。

晚饭多面疙瘩，放些肉丝与菜叶，放点味精与盐，十分鲜美，每人一大碗，水分大于面粉，形式大于内容，撑得鼓鼓的，肚皮发亮。饭后不久，趁着未撒尿前，兄弟仨赶紧钻被窝，倘若半夜被踢醒，就是一泡大尿，还是冒烟"热气货"，接着有掏空的感觉，饿！毕竟小孩，贪睡，过会儿又睡去了，相当于昏过去。中国人刻苦耐劳，我们仨刻苦耐"饿"。

那时候，百物凭票供应，鱼票按大户小户分，五人以上大户，我家三孩，正好卡进五人大户，与五六个小孩大家庭一样的份额。两指宽的窄带鱼：0.15 元 / 斤，清蒸后只剩下龙骨架，只能爆腌后晒干油煎。0.22 元 / 斤的中带鱼，清蒸可以剔出肉。0.31 元 / 斤的宽带鱼，清蒸后亮晶晶，横在齿间唇前，如吹口琴,满口肥腴。母亲从不买 0.15 元 / 元的窄带鱼，费油！专买 0.22 元 / 元的中带鱼，清蒸不费油，营养保真度高，原汁原脂，与宽带鱼一样的口感与营养，数量却比宽带鱼多。

就这么点钱，母亲只能聚焦营养,从不讲究穿。她的理由：营养好，可以省下买药的钱。穿在身上给别人看，等于聋甏放炮仗，寿头（沪语：智商低的人）一只！所以家里严禁零食，就像严禁打牌。每天半斤纯精肉，剁成肉糜，揉入鸡蛋清，精肉蓬松有弹性，不紧不酸不塞牙，分两顿吃。有一段时间橡皮鱼不凭票，8 分钱一斤，几乎天天吃。竹竿上一串串晾着，扒了皮的橡皮鱼，就像一串串倒挂的蝙蝠。她说海鱼钙质高，助长身高，优质蛋白，却比精肉便宜。我们家既不捡菜皮，也不买时鲜菜。从小到大我们都不知道当令时鲜蔬菜，直到"四人帮"倒台，菜场第一次丰盛起来，蚕豆堆成一座座小山，我们才第一次知道：四月份的蚕豆是时令货！还分客豆、本地豆、日本豆。三月份是春笋腌笃鲜。从小生在上海，结的果却像个"巴子"。但我们兄弟从无大病，弟弟结婚，夫人的姐姐参加，悄悄地说："伊拉（沪语：他们）三兄弟结棍（凶猛），个个像排门板，啥人敢跟伊拉李家门吵相骂？"母亲用养猫的钱，喂大三只虎。

母亲早年毕业于复兴中学，当时的校长姚晶，以数学闻名，母亲后来也成为中等工业学校的数学老师。后来贪图企业有奖金，调到港务局高阳路码头机械队做会计，兢兢业业，从无差错。

母亲谨小慎微一辈子，我大学毕业后，工作也很体面，突然跑到外地做生意，母亲吓死了。在她看来：高考数学零分，怎么算账？不会算账，怎么做生意？我的逻辑，赚来的钱在自己袋袋里，虽不会算，也跑不了。母亲实在放心不下，又丢不下肺气肿的父亲一人在上海，只能带着父亲，坐着通宵火车的硬座，赶到泰安给我算账。放下包袱就坐在账台前，低着头，理了一抽屉的一堆纸，都是购货发票，按日期顺序排列。接着从包裹里抽出一把算盘，从上海带来的，低着头，噼里啪啦拨拉声响了一天，到了晚上，终于舒了口气：没赔！两只大眼睛跳出老花镜上框，瞪着我："谢天谢地。"我好奇地问：我的菜，早晨堆到屋顶，晚上落到地板，货架都卖空了，怎么袋袋里没有现金？母亲指着墙角堆满的面粉，叠起的一扎扎啤酒，说："诺，这些货都是钱！什么叫算账？"忽然看看四周，直腰伸颈，眺望厨房，确认无人，低头轻声道："钞票，不在货里，就在袋里，否则就有漏洞，而且是无底洞。"

20世纪80年代末，国家进入改革价格闯关试水区，实现价格双轨制。国有企业依旧享受计划内平价，私人企业按市场价进货。我承包泰安铁路局建筑段待业办公室创办的饭店，前提是安排企业职工的待业家属，可以享受部分平价面粉。这条站前商业街，都是铁路局各个段的待业办公室的企业。北方区域人情重，多赊账，每月平价计划拨下来了，没有现金购买，就加价但以低于市场的价格卖给我，所以大堂的四周角落都堆放着面粉。还有不断收购不时倒闭企业的存货，尤其啤酒，进货差价就是叠加利润。自然手头永远没有现金，皆在货里。这下母亲放心了，别人再也借不到她儿子的钱了。

我与小弟住在同一小区，合资给母亲在小区买了套底层房子，便于出行。有空我散步去她那里坐坐，顺便谈谈近况，相当于汇报工作。十年前有一次，谈到我与大学三位同学创办了一所养老院——现在的银康老年公寓，母亲："嗯——？"

尾音拖得长长的，而且呈抛物线，接着说："伟伟，养老院你姆妈是不去额。"噢，原来老太太犯疑心，以为我在豁翎子（沪语：暗示），用此话试探她。

母亲至今不请保姆，她的处世名言：我不拓（沪语：赚）你便宜，你也别拓我便宜。水太浅则无鱼，人太精则无徒，估计与保姆也合不来。我们也由着她，孝顺贵顺，中饭小弟家送，晚饭我家送，这样反而天天尝到不同风味的菜，还省下保姆的钱。媳妇们私下里笑着说：老娘就是个犹太太（犹太人的太太）。母亲在儿子们的心里是一标杆，在媳妇们的心里是一道阴影。

如今母亲也八十多了，在屋里撑桌子椅子来回走。坐下看电视，手指也不闲着，一把算盘，噼里啪啦三下五除二，仿佛给主持人算命。儿子来看她，也是习惯性拖过一把算盘，看着人，手指却在踢上拨下"笃算盘珠"，手挥五弦，目送飞鸿，口诀在心，照样聊天。

母亲至今天天坐在电脑前炒股票，戴着老花镜，其乐无穷，因为里面堆满了数字，母亲最大的乐趣：算账！

3

我的第一口奶

我看第一本小说，大约在小学四年级，书名《红岩》。轰轰烈烈的"文革"开始四年了。

之前，我是个上房揭瓦的皮蛋（意思：顽皮蛋）。举些小例子吧，我一生都落在末班，小学一个年级四个班，我是四班；中学一个年级九个班，我是九班；大学又是四个班，又落到末班。末班好像是捡剩的，大学里一班，据说成绩都在全国重点大学的分数档，因为种种原因，被刷下来的。说这话的，是一班"阔皮带"。中学九班是体育班，特色自然是四肢发达，头脑简单。小学四班，至少与我为伴的都有个特点：成绩差，个子高，打球不讲章法，靠威胁甚至打架取胜。尤其四个"大码子"（沪语：大个子，以衣服尺码为比喻本体），臭味相投，聚在一起，都是张飞的妈生张飞——吴氏生飞（无事生非），出奇地捣蛋。比如躲在我家厕所里，偷出父亲一根烟，轮流抽。轮到我，只剩下烧到手指的烟屁股了。于是将厚厚的草纸卷成筒，捻成棍，点上火，猛吸一口，一口火苗蹿至嗓子眼。不久班主任知道了，一张大脸，由上而下、由远而近，扑到我面前："喊'上体司'来，拿侬捉进去，甩大板。""上体司"

初期体育系统的造反派；"甩大板"就是横抄腰，移背后，屁股一顶，两脚离地，飞旋一圈，抛空摔在泥地上。后来我们知道告密的女同学姓杨，高挑漂亮。但我尚未发育，不懂漂亮，只有仇恨。她家在二楼，晚上我们潜至她家窗下，四个人都攥着石子，谁都不敢为天下先。最后石头剪刀布，接着就是"乒乓"玻璃响，然后学着抗日电影里武工队，弓着背顺着篱笆跑了。第二天，到了这女生的桌前，屁股对着她，故作放屁状，举手八字枪状："枪毙！""噗"的一声，代替枪声，全班哄堂大笑。

数学老师叫唐慕华，我背地里给他起绰号"唐木瓜"，而且用苏北语调，末字读翘上去。他是苏北逃亡地主，一句苏北口音的绰号，附带上海人的地域歧视，所以他最恨我。因为出身成分，唐老师被揪斗过，在学校永远贴着墙根低着头，唯唯诺诺，在学生面前抬不起头来。但他责任心强，见我上课不听，还影响别人，又不敢训我们，只能将我扣在办公室里，抄毛主席语录。他总能找到针对今天错误的语录。不抄吧，反动！罪莫大焉。错了呢，更反动。必须认真抄，唐老师教育我的口头禅也是毛主席语录："怕就怕认真二字，共产党就最讲认真。"但我粗心惯了，最"怕认真二字"，反性格是逆天行为，上海话"纠路子"，挫折教育就变成了"搓人教育"。这个地主羔子比周扒皮还狡猾！但我发现个秘密，可以避开他的视线。他的眼珠总滑到眼角，不能居中，斜白眼！他的眼珠瞪着你，好像侧脸斜眼冷对，其实并未看着你。鼻尖对着你，才是"铆牢侬"。我将这个秘密告诉所有的"皮蛋"们，这个班从此田鸡篓翻了，按下葫芦浮起瓢，这叫分散注意力。从此，"动乱分子"中，我从唯一，降格为"其中之一"，相当于芝麻大饼上的芝麻，主要矛盾降为次要矛盾，降为剧本里的"众甲乙丙丁"，年级老师称呼我们班有四大金刚，我忝列其中。

"文革"中，港湾学校解散，母亲分到高阳路的外轮理货公司，为了监管我，自动要求翻三班，以便有更多的白天看住我。暑假里，中午逼我睡觉，母亲坐在床边哄我，只要肯睡觉，将来要做什么都答应。我说我要做流氓，母亲说好好好。她从语气中明白我不懂流氓是什么。我心目中流氓与好汉等量齐观。看了《英雄儿女》，王成就是偶像，用白绑带缠头部，再压顶军帽，拖根拖把柄，很豪迈地在路上摇叭摇叭。

与今天一样，暑假令父母担忧，四大金刚之一的傅杰，外婆特地从青岛赶来，当然笼不住，他父亲想出个损招：将他裤子取走，他便围一条浴巾，在家晃来晃去，困兽犹斗。我呢，母亲上早班，我被反锁在房间里，穷极无聊翻箱倒柜，结果发现红封面的小说《红岩》。穷极无聊只能翻翻书，渐渐地被情节吸引，渐渐地移到窗台上看，直至夜幕降临，一连几天，视力跌到0.6。我深深地被主人公成岗感染。他是个厂长，也是个地下党，四方脸，一身正气。有女职员撩他，伸出涂着彩妆的指甲请他剪，他很鄙视地走开。在我眼里他是个英雄，英雄就是不近女色。还有一位许云峰，被捕后，面对审讯，口若悬河。我好羡慕啊，对照自己，很羞耻，榜样就是照妖镜。从此我发誓要做成岗那样的人，刚正不阿，也要像许云峰那样，口若悬河，于是开始找书看。

不久批林批孔开始了，父亲从机关拿来许多反面教材。《百家姓》太无聊，《昔日贤文》都是对句，"易涨易退山溪水，易反易覆小人心"，一针见血，我喜欢，天天坐在窗口高声朗读。有些就不理解了："贫在闹市无人问，富在深山有远亲。"很多年后豁然开朗——让我体"感"到"势利"的温度。等读到"交了多少好朋友，烟酒茶；一旦有事去找他——不在家"，知道什么是江湖。我真幸运，启蒙阶段，读到了《昔日贤文》，以社会为参照，有江湖"肉膈气"（沪语：肉味重），无文人"酸胖气"，读线装书而未成书呆子，一幸也。

当时家里只有两本书，还有一本是绸布封面的《水浒》。竖版繁体字，我们谓之"老头字"，看不懂，又比《红岩》厚，所以我先看薄的《红岩》。倘若我第一本书是《水浒》，我会怎样呢？大碗喝酒、大块吃肉、快意恩仇，蛮符合我当时"野蛮小巨（沪语：鬼）"的不拘性格。若顺此个性走下去，而且理直气壮，因为有经典名著撑腰，那就"歪"脱了（沪语：歪读"化"），我的人生就会改变，幸运之二。

因为《红岩》里的成岗不近女色，我不喜欢看《红楼梦》。幸亏作为"四旧"，家里没有《红楼梦》，万一有，又是第一本看，可能就会娘娘腔，或者"木壳子"一只（当年俗语：专门搭讪女性的小青年，比小鲜肉粗野，所以不是小鲜肉）。

经典有时是虎狼药，要分时段，还要看人下菜碟。少女时代先看《红楼梦》，做梦的多，悲剧的多。男孩呢，先看《金瓶梅》，那么诲盗诲淫坏事多。《红岩》不是经典，但改变了我的人生轨迹，大概属于偏方治大病，幸运之三。

近朱者赤，江湖上称"调查记者第一人"的胡展奋，也是有点匪气的文人，与我臭味相投，谬称知己。在我江浦路的六艺茶馆，为六艺·书友会的群友们免费开讲座，我给他的题目："文章的趣味"。胡展奋抛出答案：人的第一口奶很重要。

如果说《红岩》是我的第一口奶，之后的《昔日贤文》是狼奶，它让我看清了人情世故。35 岁以后，我开始静下心来读书，在家桌前一本书，出门腋下一本书，地铁里一本书，火车上一本书，飞机上一本书，自称"一本书主义"。我的底子太差，所以拼命读书，简直是沉溺，这叫补奶；写作呢，是憋不住的回奶。

我的一生属于幸运的奶制品。

4

吾家稚鸟初长成

三月的一天，打扫的阿姨下来说："楼上窗台上有鸟在筑窝。"我赶紧上楼，果然。

我家窗外，走廊一侧，罩着一堵从顶落地装饰墙，有镂空回文。镂墙与移窗之间有很宽的窗台，鸟巢就落在右下角，是个死角。三面有挡，避风避雨，阿姨感慨道："鸟真会找地方。"

先衔来树枝，一天天，由疏到密，树枝上下、左右交叉卡住，围成圈、搂成篮，如婴儿柳条筐。仰面躺着拍照，转发在朋友圈里，引来围观。老同学黄斌华是个老顽童，从小上房揭瓦找鸟窝，打电话给我：那么精巧，应该是乌鸫窝！斑鸠很懒，铺一层垫而已，没有围挡，相当于滚地龙。喜鹊稍好，拱起松散草窝。骂人话"头发像个鸟窝"，就是喜鹊巢状。最懒的是布谷鸟，整天疯在外唱歌，不筑巢，不孵蛋，不喂食。瞅着其他鸟类的妈妈外出衔食，占据鸟巢，偷偷放置一枚私货，让没有思想只有母爱的鸟妈妈代孵、代喂。只有乌鸫巢，不仅铺毯，而且砌墙，密不透风，枝为骨，隙抹泥，硬邦邦的墙，可能是唾液拌泥，好比燕窝，多少精血。

四五天后，居然有蛋了！两个，然后三个，偏灰带麻点，壳如皮蛋，形若鹌鹑蛋，以后许多天都是三个，一直到破壳而出。终于明白抱一窝蛋的出典。世事洞明皆学问，光读书不会明白有些词句的来龙去脉。

老鸟一直坐在蛋壳上，尾巴高高竖起，贴着后墙，如挂帆桅杆。头尽力往高处昂起，警惕地左右张望，一见影动，立马跳下窝，展翅冲出，先下滑、后冲高，一个弧线，挂在对面更高的树枝，跳转身子鸟瞰鸟巢。如果我移窗探头俯视鸟巢，对面树上的老鸟喋喋不休。平时上楼，转角路过鸟巢，我都是一晃而过，到走廊尽头，偶尔出于好奇，转身站立，屏气不动：我们都是木头人。直视鸟巢一会儿，窗外老鸟一个滑翔钻进镂空墙，坐在蛋壳上，侧着脸，注视着窗内，惕然久视。弱小的动物，双眼都长在两侧，它们关注周边风险甚于前方，如鸟、鱼。王者动物双眼平排，关注远方的猎物，如鸟之王猫头鹰、兽之王狮子、万物之灵的人类。不过人类有文化，将关注远方的猎物，美化成"诗与远方"，一有文化就发嗲，矫情是文化釉。站着站着成了哲学家。忽然一眨眼，老鸟跳下，展翅飞走了，它发现：站着的木头人原来不是蠢货啊！

乌鸫比鸽子大，遍体乌黑，蜡脂黄嘴，暗中油亮。乌鸫非常机警，你岿然不动，它远远地瞅着你。风来头发动，它理解：是幡动，不是心动。依旧唱它开心的歌。开心的标准乃随心所欲。你一眨眼，立马蹬枝远遁。

雏鸟破壳，探头而出，光身无毛，粉红透明。伸着细脖子举着大脑袋，颤颤巍巍。张开嘴，一圈黄，一个脑袋就是一张开瓢的嘴。除了嘴没有脑袋，它不需要思考，天天举着脑袋开着瓢，等着老鸟喂虫。女儿兴奋地蹲下来："我们喂它好吗？"我说它害怕陌生。就像一口缸，里面坐了一个哲学家在沉思，过来一位国王，低头询问：需要我帮什么忙吗？一副救世主的口吻，哲学家头也不抬地说：别挡住我的光。女儿疑惑地问：这个励志故事与这鸟窝有关系吗？

老鸟整天觅食找虫，衔到一条，飞速归巢，一虫只能喂一鸟，喂仨鸟须飞三次。小鸟呢，囫囵吞枣，仿佛直肠子，只过滤，不消化，吃了就拉，吃啥拉啥，排泄的虫儿居然不失形。所以从早吃到晚，没个饱，整天张着嘴，叽叽、叽叽。急得爹妈飞进飞出，轮换轮番，一个外出觅食，一个坐窝喂食。饿了，掀起小鸟屁股，啄粑粑虫。鸟为食忙，人为财忙。

过些天，我移窗俯瞰，三只赤膊鸟，挤着挨着，抱团取暖，鸟儿小，空隙大，我怕它们因此感冒，得了肺炎，那就要连坐犯病，捆绑找死，赶紧离开，期待鸟妈妈赶紧返回，张开翅翼罩着它。

上楼拐弯，蹑手蹑脚，有时贴墙移步过去，先见老鸟长尾巴，忽然颤动，没了，再看小鸟，举着脑袋张开嘴，见了我，一头栽下，藏入腋下，暗角里剩下一窝黑，真狡猾。如果蜡脂黄嘴搁在乌黑羽翅上，太醒目。但窝太小，鸟羽太满，总有两只嘴被浮在翅膀上，夫人被迷惑了：飞走一个了？雏鸟偶尔拨开眼皮，薄如翳，斜眼瞅瞅，那个蠢货走了没？眼珠满眶，凸出绿豆釉：贼亮！发现我，迅速奔下眼皮，遮蔽暗中目标光。

出绒了，变黑了，有羽有翅了，我目睹着它们日渐丰满的过程。窝，挤得满满的，溢出窝，粥要潽了，鸟要飞了。

满窗的樱花谢了，一窝小鸟飞了，那天早上，只剩下空空巢，再也不会回来了。

女儿急得哭了，我却为它们庆幸。翅膀硬了，可以走了，顺着本能，冲高滑翔，天"空"任鸟飞，享受着没有思想的快乐：自由。人不如鸟，连任性都不能。

偶尔窗外漫天枝杈，占满了鸟，权当重游故地吧，幻觉总比真实温暖。

—— 5 ——

李胖减肥笔记

胖的内涵，单纯到单一——赘肉。

骨质增生，不是吃出来的，而是磨损过度。吃得再多，骨头不会增加。吃得再少，骨头也不会减轻。骨密度可能流失，骨头分量依然故我。

骨头很有点君子之风，"不以物喜，不以己悲"，四季守恒，所以常常用来形容品质。面对权贵而不媚曰有骨气！面对富贵而不涎叫有气节！"打死我也不说"，则是硬骨头。节乃竹节，竹与肉，一荤一素，都是君子的喻体，一时瑜亮。竹笋烤肉，则是家暴首选，聚焦"皮蛋"。

肉则相反，一副贱相，还不如"易涨易退山溪水，易反易复小人心"呢，一旦沾身，更像通胀——只涨不跌。

十五岁长骨，二十五岁长肉，三十五岁长膘。过了五十，肚腩凸出来了，走起路来，从此摆呀摆（苏北话念，更传神）。生活习性也因之而变。原来弯腰系鞋带，后来坐着系鞋带，终于讨厌系带鞋，偏爱"一脚蹬"了。因为肚腩横搁于脐上、胸下，蹲得下、弯不下，从此各种警告，风驰电掣、扑面而来。糖尿病、高血脂之类陌生名词作为节目预告，开始频频出现，萦绕耳边，频率胜过枕边风。还有个特征——所有的预告都是警告，所有的警告近似恐吓，所有的恐吓都举着敌敌畏商标。

一跺脚：减肥。

首先晚上不应酬，这是"坏朋友"的行为，"坏"，动词，相当于断六亲的"断"。我的属相是狗尾猪头，我的朋友自然酒肉朋友多。酒肉朋友应该重新诠释。妻妾成群的过去，陪谁睡很关键；吃喝不愁的今天，陪谁喝很关键，同时，谁来比谁请更关键。寸金难买寸光阴，浪费自己时间，陪侬说笑话，陪侬解厌气，还要陪侬吃。吃下排泄不了的油腻，堆积高血糖、高血脂的风险。还陪你喝酒，不断硬化自己的肝，还有自己毛细血管，使之塑化变脆，猝死的风险随之推高。陪侬吃饭喝酒，相当于冒着枪林弹雨冲锋陷阵，就是不断积累中风的风险。结局很凶险：不是一了百了，就是没完没了。今天，酒肉宴不亚于鸿门宴，酒肉朋友不亚于刎颈之交，酒肉二字是试金石。

为了减肥，请客改喝茶了，清水晃荡，从此酒肉朋友变和尚。家里也坚壁清野，不许零食进门，全家陪绑。

对于减肥，我是下了狠心与血本的。买了踏秤，磅猪猡的地磅一样。放在厕所里，每天起床，大便小便，排空一切，哪怕冬天，脱罩衫、棉衣、内裤，直至短裤，比冬泳扒得还干净，一丝不挂，像只冻鸡，然后过磅秤，精确到净重，不是毛重。

同时，"早上皮包水"——都说茶是刮油水的；"晚上水包皮"——在家建一汗蒸房木笼，蒸鱼一样蒸自己。还有"皮搭皮"——大力士按摩，像揉面一样翻来侧去，差点举起来凌空抛甩，像牛拉面。后来才知道，茶碱，理论上刮油，实践中微乎其微，相当于"掸灰、划痒嘻嘻"。喝茶，不长膘而已。汗蒸失去的只是水分，不是膘。大力士按摩，可以压断脊梁，挤不掉膘。减肥，首先戒荤，但戒荤最明显的效果，开始上午犯困，晚上瞌睡，这叫副作用。

至于聚焦打击的膘？一则苏北话的视频段子精辟到位："这个世界上最忠心的是什呢？是膘！我滴亲妈哎，怎么甩亦甩不掉。"膘，念得特别重，充满了苦大仇深又无可奈何。

我从85公斤，跌至了80公斤，再也下不去了，刚要跌穿80，必有一档怎么也推不掉的宴请。想想都恐惧：一碟一筷，十个碟子就是十筷子，请客点菜，一人一个菜，一桌往往十五六位，就是十五六筷，该多大的量？都沾满了油脂。饭店烹饪，素菜荤炒，还有酒，粮食液化。餐后一肚子，"五粮液"裹鱼肉，等于一包肉馄饨。回到家不敢睡，在河边来回走，路过的电动车主们纷纷侧脸，以为我想不通呢，一周的武功废了。

上了酒桌，等于上了贼船，酒气熏人，菜色诱人。不吃吧，久旱逢甘露，实在太诱人了。吃吧，实在太后怕，弘一法师的字幅就在眼前晃动："悲欣交集！"一到桌上，好比暗室里光棍面对裸女，干柴点燃烈火，烈火燃烧金刚，灵与肉的煎熬。减肥，属于反人类的行为！

作为人，我属于"等外品"———吃就胖，一顿饭局，小肚下垂，一连三天饭局，肚子从胸口凸出。我对朋友总是摇头："作为猪，我是优良品种，吃得少，长得快。"减肥，就我个人而言特别辛苦。但也有进步，现在肉改鱼了，不饱和脂肪替代饱和脂肪，只是分量还是没有减下来，还像条胖头鱼，因为吃的还是脂肪。

6

散步：博士走读生

体育项目中，最乏味的是长跑，一圈圈，如驴拉磨，持续而重复，跑的人比看的人多。

健身运动中，最乏味的是散步。看着周边一成不变的景色，灰暗而无悬念，熟视无睹。

但其他健身项目，比如篮球、足球、排球，都需要专业场地，不仅花钱租赁，还要凑齐人数，召集人需要看人脸色，就像饭店里的跑堂。为了凑齐人，往往只能约在周末，如此又像个一曝十寒的乞丐，有呢暴食暴饮；没呢"饿其体肤"，坐待自虐，与匀速健身的原则背道而驰。当然也有单干户的项目，无须看人脸色，比如游泳，必须有泳池；滑雪，必须到冬季；潜水，必须下南洋，没人行，没钱不行。

散步则不同，路在脚下，随时随地，或在时代广场，或在滨江大道，或绕着自家的工人新村老房子转，不分贫富，老少咸宜，迈步即可健身。其便利性像空气一样无处不在，其公益性像氧气一样，无它可能要命，救命却分文不取，简直像造物主开盘子，惠及天下。

我一日三餐，饭后散步，每天两万步左右。挂着登山杖，

将膝盖支撑分散为四肢运动，减轻 40% 膝盖承重量，导致手舞足蹈的全身运动，等于竖版游泳。医生推荐游泳，在乎它的全身性运动，借着浮力不让膝盖受损。我凭借登山杖，即分解双膝承重、加强双臂运动、挥舞双肩摆动、加速腰部扭动，如游泳一般全身运动。又裸露在空气中尽情吸氧气，这是泳池没有的。但游泳池里有氯，空气中弥漫着氯，既伤头发又伤皮肤，这是散步没有的。因此，游泳很麻烦。入场，如果春天，一层层脱，像剥笋一样。到了冬天，脱大衣就是剥蚕豆了。结束后还要一件件套上，像土葬一样，一锹锹土，一层层铺。进池前要洗澡，出来后要洗发。中间还要蹚过漂白粉过滤池，还要单脚侧脸跳。即便如此，往往耳朵还是发炎，游泳等于在有毒的生态中健身，而且封闭舱里。如此相比，散步有百利而无一害，比游泳纯粹、纯洁，而且简洁，一迈腿就是散步。有道是不是在散步，就是在去散步的路上。不仅没有副作用，而且没有附加动作。

如今音频出现，系列讲座有了空中传播平台，无远弗届，成为散步伴侣，如咖啡知己。散步时将尘埃一般弥漫的寂寞情绪一扫而空，散步还有"富"作用——每天有精神滋补。

网络世界比菜市场还乱。菜市场的货，必须花钱，充其量是贵与贱、新鲜与不新鲜的差异。但网络里免费视频，比"便宜无好货"还极端，穿了件白大褂讲养生，挂块黑板、标注曲线就敢开讲理财，真不知是指路还是挖坑。菜场里的生活常识，免费必有诈。而线上网络充满免费。

我不愿成为试药者，宁愿充当撒钱冤大头，买收费的线上音频讲座。收费了，有利润了，就有"做好"的力量与驱动力。因为必须面对大众，才能积少成多，形成规模流量。前提是必须深入浅出，对我这样严重偏科的文科生，科技医学的阅读障碍少了。过去我的医学知识，只限于文学修辞："工资不高、水平不高，血压很高；大会不发言、小会不发言，前列腺发炎。"现在我订阅了"得到"，购买了三甲医院的专科名医系列讲座，听懂了三高的致病原理，还知道了三高（血压、血脂、血糖）之外，还有一高：尿酸高。由此开悟：这些大多是老年退行性疾病，因为老了，新陈代谢差了。天天散步，可以促进新陈代谢，无病可以预防，有病可以延缓进展。散步比药物更重要。

现在的我，坐着看的往往是自己的专业，纵向挖掘研究深度；走着听的，是未知的，横向拓展生命宽度。

线上的学习策略，急用先学，立竿见影，线上讲座成为散步时的味精，枯燥的散步成为很有味道的运动。

如今，散步成为我的学习时段，一次散步一小时，听三集。每天三次，就不浪费时间了，因为在学习。花甲之年成了走读生，因为讲课的都是博导，所以我自诩博士走读生。

而且出现个悖论，只要续费，不会毕业；一旦断供，随即毕业。我现在的状态，露天大学，有氧学习，相当于博士后流动站。滚来滚去，百科式的采蜜，采的都是花蕾，过了荒唐年龄，居然还是采花大盗。都是鲜花，没有毒草，因为不刷抖音，不贪免费。

十年前，我听逻辑思维60秒思想漫谈的音频，免费的，每天一集。后来推出每月订阅费35元，每天听本书。到了2018年左右，推出收费音频系列讲座，2018年有4.9元的系列讲座，2020年推出《顾衡好书榜》189元。2021年推出《顾衡·西方美术100讲》，194元，到了2022年《顾衡讲好书》，249元。价格越来越贵，比纸质书贵几倍，值吗？傻吗？

本来，行走时无法阅读，等于死亡时间。现在被激活，等于延长了有效生命。人们为了大概率无法治疗的癌症，不惜十万百万烧纸一般烧钱，以延长痛苦，却不愿为线上阅读付费，拓宽你认知的生命。发掘这个时间，只需百儿八十元，一旦拥有，天长地久，谁更傻？

音频讲座，将无聊变有趣，我坚持散步，从不生病。疫情放开第三天，我坐着封闭高铁，去神农架，那里有几十套民宿在装修。不幸刘统老师在成都去世，我与各地同学们相约，又赶去成都守灵，也是坐着高铁。与满满的"羊"群"同居"几十个小时，像狼一样东奔西突、走南闯北，却未曾"羊"，不得不感谢天天坚持散步二万步，不得不感谢音频使我乐此不疲地坚持下去。仔细想想，我等于将药费移作讲座的费用，哪个更合算？

如果算小账，将最昂贵的时间收听免费视频，获得荒唐、戾气与焦虑，赚到便宜了吗？

当然免费音频也有优质讲座，比如"万有引力"公众号是免费的，比收费的更深刻、更动听，但属于小概率，比中彩概率还低。最近这个音频许久不出现了。如果收费，会戛然而止吗？免费可以任性。

等待"万有引力"之类有质量的免费音频讲座，不亚于痴人望天塌。过了六十，时间越来越短越宝贵，我已无暇守株待兔。俟河之清，人寿几何？宁愿花钱，站在大概率一边。成功，往往不是你找到捷径，而是你是不是走在对的路上。

有时傻比小聪明更有效，戆有戆福，这就是出典。

7

虎妈教育法

慈母严父，在我家，调个了。母亲选择家用酷刑的最高等级——竹笋拷肉片，铁着脸，握着尺，管孩子。尺是裁缝尺，竹片制作，母亲特意翻过面，专用抛光漆面打手心，喝令："把手伸出来！"乖乖地伸出，母亲一虎口收紧，攥着你四指端，朝上翻，凸出手心，一次就是十下。不说？再十次。以此类推，越来越肿，像个小馒头，最后肿得不能握拳，疼得你跺脚跳，疼得辣且烫。手掌心的皮，透明薄，敏感度极高。风吹千针刺，好比滚钉板。具体而微，兄弟俩，一对一打！二看一，一个被打，两个旁观，尚未上小学的小弟，看着看着急叫起来："我讲呀我讲呀。"

父亲待在隔壁房间，时不时过来看，又无可奈何地回去，否则母亲就侧脸喝令："老李，你过去！"

大学里，我曾经去外语系听课，那位精读老师毕业于教会学校，进门永远板着脸，脸又黑，像个外国嬷嬷，上课第一件事：背课文！冷冰冰地重复：next（下一个）。面无表情，"next"成了口头禅。我忍不住想起母亲打手心，只是next变中文："哪一个说？"虎妈逼口供，老师逼口语。记忆中最早的一次打，应该是四五岁，我家从广灵四路搬到日晖港。我见五斗橱上放着硬币五分钱，顺手牵羊，到楼下黑篱笆墙外的小摊上，从玻璃柜里买了彩色糖，顺便坐在边上的小人书摊上，边吃边看。回来母亲拿着光溜溜的尺，就问："这里的钱谁拿走的？"那次打得厉害，母亲铁青着脸说："让你一辈子记住，不准偷。"这就是母亲的大是大非。我学过坏，但坏得很有正义感，从来不偷不摸。可以抢，抢是明目张胆，属于光明正大，相当于坐不改名行不更姓，且大摇大摆。计划不到，就会借钱，借钱就要叠加利息，由此引出一个定律，"冷在风里，穷在债里"。还有一句处世哲理：穷人怕吃，富人怕息。过去的上海，职工间有互助金，一家小厂或一个车间，员工自愿参加，参与者每人存在互助金里五元，一旦有事缺钱，就去互助金里借钱，不需付利息。但放着的钱也不生息。因为没有利息，母亲说：闲钱搁死！好比一条死鱼，死了就不长肉了。所以母亲从不参加职工互助金，因为她从不借钱！母亲的口头禅：我别占别人的便宜，但也别占我便宜。前句做人硬扎（沪语：硬气）！后者有些冷血。小学春游，母亲都是到单位食堂买肉馒头。食堂伙食国家倒贴水电煤、人工工资，比家里做还便宜。塞在铝制品的饭盒里，就是午餐，比面包便宜且有营养。母亲也不给零花钱。那次去西郊公园，结果别人都去溜冰，我看了眼馋，借了邻居同学王小军的一毛钱，买溜冰入场券。回来后小军追着我讨，我就溜，母亲就是不给钱还，她的理由，未在计划里的钱，不给！借的钱，不还！这次她没有打我，而是坐等舆论羞辱我。时间长了，小军忘了，但旁人也从此不肯借给我钱了。这也正合母亲心意，这叫苦肉计，让我一辈子不借钱，除了买房。第一第二套房全款，之后买房找银行，以现房抵押，再激进，自住的一套绝不抵押，以免露宿街头。银行的利息最低，低于通货膨胀，借给你就是挑侬发财。1998 年我按揭的一套，共 20 年，每月2000 元，十年后房租就可以还按揭了。按揭初，400 元可以很像样请客一席，到了 20 年还清后，同样一席 3000 元。

因为不借钱，无人逼债，坐享钱生钱的利益，不受息生息的恐吓。经济膨胀时，不受利诱不借钱；经济低洼时候，无债一身轻。无债者必有余钱，可以抄底收购。我的处世哲学——"吃饭不挑菜，做人不谄媚，做官不贪污，经商不借钱"。相当于大公报"不党、不卖、不私、不盲"。经商几十年，不以利喜，不以债悲，赚钱养家，余钱买书，心定气闲。让钱成为黏纸，粘住喜欢，财务独立才有人格独立，才能"从吾所好"，岂不快哉！让钱为人服务。倘若扩张，不惜融资，生意大了，债也多了，成本也多了一层利息。而且利滚利，成雪球，利息吞噬了你的时间、你的利润，直至你的老本。你不得不腋下挟着长条皮包，到处奔忙，请客求人，借新债还旧债，叫嚣乎东西，隳突乎南北，像个落帽风。心为形役，如拉磨牛马，结果为放贷者的利息打工，为打工仔的工资打工，成为债权人的门下狗。"我只是财富的再分配者"，这就是壳子老板的苦命写照。首先感谢改革开放，正值我蓬勃青年时刻，敢打敢冲，毅然下海，赤膊拥抱皮夹克，一不小心，财务自由。倘若早生二十年，以我敢说敢做的性格，大概率是当右派，这是命。恰逢巨大诱惑而有幸无缘——读书不好，未曾出国。结果优秀者出国了，空出位置给我等有勇少谋之流，亲历中国"三千年未有之大变局"。中国经济从低谷至巅峰，尽享抄底红利，所谓"躬逢盛世"。倘若出国了，现在大概率在唐人街，要么开饭店，要么洗饭碗，这是运。机缘凑合。最后有幸落生于有这样的母亲的家庭，这就是风水。归功于母亲的言传"苛"教，从不融资生利，所以风高浪急中未曾翻船。无债一身轻，仰泳江面，随波逐流，顺势借力，胜似闲庭信步。五十而知天命，回头想想，不得不惊叹：一命二运三风水。

8

诱拐学渣背名篇

培育孩子，尤其学渣，家长要有缫丝工的敏锐，迅速发现随时散发出来的丝头，蚕茧的丝头就像孩子兴趣的闪光点，立马抽出，越抽越长，发扬光大。

顽儿初二下半学期，历史课有一战、二战与战后经济，挑事与领头的都是德国人。我顺势而为："想了解德国的傲慢，看看二战德国如何一步步陷入世界三雄合围，依旧困兽犹斗，可以发现日耳曼性格！"他握拳一挥：要！于是我买了一套15本的《二战风云人物》，一式纯爷们儿，封面黑底，镶嵌一尊尊棱角脸庞的照片，冰雕低沉，不怒自威。他见了爱不释手，尤其看完《铁血首相丘吉尔》，特别崇拜，特地从网上订购丘吉尔手持雪茄傲视群雄的肖像，挂在卧室墙上，与篮球明星科比、詹姆斯并肩而立。

因为崇拜丘吉尔，我顺势提议看以丘吉尔为主角的《至暗时刻》原版电影。趋于结尾，高潮迭起，尤其丘吉尔在议会上近乎声泪俱下的慷慨陈词："We shall go on to the end, we shall fight in France, we shall fight on the seas and oceans…"（我们将战斗到底。我们将在法国作战，我们将在海洋中作战……）

全场议员为之站立，挥手欢呼，学渣儿子也情不自禁站起来，挥舞拳头，看着字母一起朗诵："We shall fight with growing confidence and growing strength in the air, we shall defend our Island, whatever the cost may be, we shall fight on the beaches, we shall fight on the landing grounds, we shall fight in the fields and in the streets, we shall fight in the hills."（我们将以日益增长的信心和日益增长的空中力量作战，我们将保卫我们的岛屿，不惜一切代价，我们将在沙滩上战斗，我们将在田野和街道上战斗，我们将在山上战斗。）最后，丘吉尔一字一顿、斩钉截铁地高呼："We shall never surrender."（我们永不投降。）我不懂英语，但从沸腾的情绪中，看到被闪电战惊吓而迷茫已久的国民亢奋起来，乌云散去。我目睹了一个领袖的魅力，学渣从中感受到绝地逢生的可能，对咸鱼翻身极富暗示作用。趁热打铁，当晚我从网上找到丘吉尔的演说全文，"荡"下来，放在学渣的书桌显眼处。第二天一早他见了，大喜过望，临时改变背单词的规划，打开手机，翻到《至暗时刻》相关片段，不断倒片模仿背诵。一个懒于读更不肯背的男孩，现在每天一早背单词前，先朗诵几遍丘吉尔的名篇，如今几乎倒背如流。开始背诵名篇了！跨越式的进步。

兴趣是最好的老师。我顺势推进，又推出肯尼迪1961年就职演说《不要问祖国为我做些什么》、马丁·路德·金《我怀有一个梦想》、林肯《葛底斯堡的演讲》，还有林肯被刺后，惠特曼激情写下的诗篇《哦，船长！我的船长！》，这都是英语名篇。

写作最佳义肢：背诵名篇，对写作有直接帮助。语言始于模仿，对于名篇，阅览百篇，不如熟读十篇；熟读十篇，不如背诵一篇。阅览好比舔，熟读好比嚼，背诵就是嚼烂了咽下去，你说哪个更有营养？背，就是腌咸菜，久而久之，甜瓜也咸。倘若有几十篇英语名篇烂熟于胸，每当你展纸援笔写英文文章，胸有丘壑。名篇的框架、名篇的句式、名篇的语调，前赴后继，蜂拥而至，下笔如有神助。你被崇高传染，躲都躲不了。当你背诵林肯的《葛底斯堡的演讲》，就会体会到近于"无"的简洁："of the people, by the people, for the people."（民有、民治、民享。）这样的英语才是经典的，而不是《英语 900 句》，那是街头语，近俚多俗，上不了台面。

同时我鼓励他多读美国报纸。因为读者是平头老百姓，必须深入浅出，不惜借助近于俚的俗。比如一则有关医学解释性报道，竟然栩栩如生："子宫癌不是纵欲的结果，而是生锈的缘故，昨天一位十四岁的少女查出子宫癌。"名篇之外，不妨读读美国的报纸，雅俗共赏，这样的英语才"上得厅堂，下得厨房"，有书生意气，无书呆子气。

忽然想起晚清著名外交家曾纪泽，父亲曾国藩不懂外语，他固执地沿袭中国私塾路径，先背四书五经，中国有《诗经》，外国有《圣经》，于是规定传教士让儿子先背《圣经》。大概是詹姆斯一世译自拉丁文的英译本，文法语句属于中古英语与现代英语的过渡段，相当于晚清末年梁启超半文不白的报章体："呜呼！我中国其果老大矣乎？梁启超曰：恶！是何言！是何言！吾心目中有一少年中国在！"当曾纪泽成人，出使英国，出任英、法、意三大使，到场围观的洋人，想不到拖着辫子的曾纪泽一口老派英语，比莎士比亚还要陈旧，还残存中古英语，在场的缙绅大人们也未必听得懂。这好比北大、复旦中文系的古汉语教研室教授，看得懂古汉语，但无法用古汉语演讲。围观的外交官肃然起敬，才知道衰落的中华帝国与众不同。曾纪泽那一口老派英语，相当于旧金山湾区的老华侨讲的上海话。他们1949年前移居美国，一口上海话都是30年代的文读白读，比如伟大（da）是文读，老大（杜）是白读。苏州话底色，略带些本地口音。当下上海号称"老克勒"的，一口当下上海话杂有"昂碰昂"的北方口音（昂：北部口音："硬"的变音），连浦东"喔头（沪语：丫头）"阿必大（du）都不如。曾纪泽的老派英语，相当于湾区沪话。在场的听得懂，讲勿来。这就是泡菜缸里的童子功。

　　同样练童子功，读经典如吃牛肉，《英语900句》就是咸菜泡饭。狼狗与哈巴狗之别。

9

教学渣写作

中学生有三怕：一怕作文，二怕古文，三怕周树人。作文第一怕。

每到写作文，吓倒一帮人。咬支笔，翻白眼，到半夜，肚里有货，如壶里水饺，就是倒不出，等于便秘，真正急煞老百姓。深更半夜，爹妈急煞，明天还要上课呢！孩子也不敢睡，写不了，明天老师要骂的。于是鬼哭狼嚎。

英语靠单词，只要肯背，单词量上去了，就能敷衍成篇。非母语学生写作，流畅、表意即可，相当于写信："爸爸妈妈，你们好吗？"

数学靠公式，公式是拐杖，懂了原理，自然而然就会运用公式，从此"以不变应万变"。所以数学最易提高。数学好了，物理化学就穿上了溜冰鞋，畅行无阻，所向披靡。

作文呢？无标准、无规则，作文有句套话，"形散神不散，一根红线串其中"。问题是线在哪呢？神龙见首不见尾，一头雾水。选用一句苏北官话，"嘛名其妙"（莫名其妙）。

数学题，答案必须相同，否则不是你错，就是我错，或者都错了。

作文呢，彼此必须不同，否则不是你抄我的，就是我抄你的，要么都抄《人民日报》社论。

就此而言：数学培养"求同"的逻辑能力，作文培养"求异"的创新能力。

作文是创作，从无到有，无迹可寻，比妈妈生孩子还难，因为弱智也能生娃。生娃也是从无到有，只要具备要素，"无"就会"有"，无师自通。上帝给妈妈们预设从无到有的要素，但没有给孩子预设写文章的程序。绝大多数女人都会生孩子，大部分孩子不会写文章。便秘有泻药，文章无公式。

学渣之所以沉淀为渣，不是脑子问题，而是习惯问题。学渣凡事找诀窍——偷懒的同位语。凡是问我诀窍的，我的刻板印象：偷懒！自家的学渣儿子，等于贴在后背心的一口痰，甩不掉，只能顺势而为，想出一个讨巧的办法：先口述，后落笔。等于便秘泻药，诱导壶里水饺，按序一只只吐出来。

写作前先口头交流，揣摩标题，找到生活中的相关例子，然后让其口述。最大好处是说比写容易。每个人都会说话，因为天天说，少有天天写，所以说比写容易。其次，文章是改出来的，一边口述一边改，无须重写，孩子开心。第三步，明晰了就顺畅了，最后落笔，一次压模成型，学渣开心。

口述就是搭架子，首先条理清晰，层次分先后，表述无疑点。其次详略恰当，详则"添油加醋放点糖"，略处"大刀阔斧斩葱头"。好比收腰、提臀、屏胸肌，改文章就是详略得当，就是美女挺胸吸肚拗造型，条干凹凸，方能迎风玉立，婀娜多姿。

如何凝固成书面文字，我又有一诀。对着手机口述，然后输入电脑，再做润色性修改，最后"荡"下来，成为书面文字。修改无须重抄，很迎合学渣类偷懒，这叫"诱敌深入"。儿子高声嚷道："牛爸真牛！赞一个。""牛个屁。"我故意板着脸告诫他：偷懒也要讲究含金量！学渣儿兴奋道："老爸，这是杠杆定律，省力不省功。"为了儿子，我不仅被逼成一头牛，还是头疯牛。精神亢奋，近似神经病。

不过口述作文最易犯的错误，口语化！特点不雅驯。当他口述时别纠正，因为雅驯是书面语。等电脑"荡"下来，打印成书面作文，同一个意思，我会分别将口头语与书面语的不同表述写下来，让他从中比较揣摩，感觉出其中的差异。最后朗读一遍，顺口的就是雅驯，就是书面语。

将口述文字变得条理清晰、详略得当，有生活历练的家长都能胜任，每个家长都可以成为孩子的写作老师。至于口头语与书面语的差异，家长也许可以辨别，但未必表达清楚，家长别急，鼓励学生多朗读，久而久之，书面语就会直接取代口头语。

文章中偶用口头语，会让文章生动，杂交水稻优良品质。

口语中运用一些书面语，可以高雅些，所谓文绉绉。闻者会夸："朋友，侬老有腔调额。"甚至衣冠禽兽，让禽兽变得文绉绉，这是进步。

至于错别字之类，交给老师，别在意，别太干净。相对有错别字的爽文，无错别字的文章，只是在重复"正确的废话"，就像没有缺点的平庸。上海话里有一咒："好得来没有屁眼。"

10

我要做"流氓"

　　我的童年处于英雄主义时代，电影《英雄儿女》里的王成，胸前斜持一柱爆破筒，军帽下露出一圈裹伤纱布冲上山顶，一足踩在隆起的石块上，声嘶力竭地对着幕布外的我们高呼："向我开炮！"戏剧《智取威虎山》，装扮土匪的英雄杨子荣，撩开虎皮夹袄，挥着马鞭，打虎上山，整个社会弥漫着"一不怕苦，二不怕死"的英雄气概。

　　那个时代的英雄，不是孤军奋战的《佐罗》，崇尚集体主义，一栋房子、一条弄堂的邻居小孩就是一个小团体。隔壁邻居被另外一个弄堂的小孩打了，整个弄堂不管有无过节，一致对外，或抽下腰间皮带，或拖着一根晒在窗外的拖把木棍，最不济，也是临时捡起路边的红砖，前呼后拥、轰然而去。胆小的躲在家里，趴在窗户举着拳头高呼鼓劲。那个时代，香烟牌子凑满《水浒》108 将可以换一包烟，这是商业资本对英雄的奖赏，体现出社会的价值趋向。

　　我住在鞍山六村，隔着阜新路，分前、后六村，就是两个团体。历史地理学的常识，地域分割往往源于山川形便，马路就是川，对面的后六村莫名其妙就成了假想敌，运用历史民族心理，"非我族类，其心必异"。我们常常利用中间开阔地（尚未筑楼的建筑工地）开火。先扔石子后冲锋。双方僵持，我冲上去，站在石子堆上振臂高呼："向我开炮！"果然，一颗黑子呈抛物线飞过来，由小而大，还以为一只麻雀，死死盯着它，当！眼前冒金星，一摸头，黏糊糊的，后面一片惊呼："头开花啦，头开花啦！"对方立马溃散，我们这一边也扔下石子、棍棒，围拢着我，我就像《列宁在一九一八》里的卫队长，躺在小伙伴的手臂弯里，有气无力地说："快去救列宁，布哈林是叛徒。"悲剧变"戏"剧。第二天头缠白纱布，再压一顶军帽，露出横卧的剑眉。那几天，总以为自己喜欢的那个女孩会关注我，我必须沉默寡言，感觉英雄都是沉默寡言的，现代网络用语：高冷。

上小学，"文革"开始，父亲去了奉贤的五七干校，母亲只能放弃常日班的办公室工作，按要求下放到上港五区当仓库管理员。这样翻三班，有更多的白天在家管住兄弟仨。因为皮，我常常扁桃腺发炎，诱发高烧，一发就是39℃，有时肿得封喉，下咽针刺，噙着眼泪吃饭，不敢落下来，自己惹的祸，没有理由哭。最佳疗法午睡。那天应该在暑假里，母亲夜班回家，忙完午饭，等我们吃了，她坐在床头，监督我睡觉，允诺：只要睡觉，所有要求都答应。我仰视恳求道："我要做流氓。"母亲拍着被横头："好，好，做流氓，做流氓。"

现在想来，母亲想哄我早点睡，是非就没有了。那个年龄段，以为流氓就是不避斧钺的英雄，都是《水浒》惹的祸。在母亲看来，小毛孩懂啥。

那时午饭前放学，一出校门就散开，皮孩子意犹未尽，跟着更顽皮的，齐声协律喊："拍手拍腿拍屁股！"绕着房子转圈。过一个弄堂口，散去几个，最后只剩下两三个死党，相约下午出来。男孩子找到伴，就无事生非。我与比我更野的玩伴傅杰，常常跑到铁岭路。那里一片农田，矗立着"工农喷雾器厂"。一条河裹着农田，河边有人钓鱼，看着桶里的游鱼，眼馋，向他们讨，他们一脸的不屑，看都不看你。因为他们年龄比我们大，应该是中学生了，显然打不过他们，就跑到远处商量。傅杰想把他们一一踢下河里，他跑了，我就假装不认识，好奇拉住他们，佯装问怎么回事，以掩护他迅速跑掉。接着我俩散开，悄悄地靠近河岸的他们。傅杰站在背后佯装旁观，突然抬腿，对准后背心一脚一个，扑通、扑通，跌入水中。只见海魂衫在水中泡起，鼓鼓的半圆，再转脸，傅杰飞也似的跑在田埂上，半截身子，浮在茄子秆上起伏，最后跑出田外，一转黑影不见了。我在河边坐下一动不敢动，怕引起他们的注意与联想，那是一对二的抵抗。等他们爬上岸，傅杰早已烟消云散。

我们最怕班主任朱永桂。记得我们这帮"坏胚子"（所有任课老师都是这么称呼我们），躲在我家的厕所里。其中一位绰号叫"野蛮"，"文革"前已经连续留级三次。我们进校，"文革"开始，他作为十七年修正主义教育的受害者，不再留级。大约我们三四年级时，他已经发育了，还脱下裤子给我们看发育的标志。我上的第一堂生理课，他是模特。坏孩子就是那么浑。躲在厕所里，学抽烟，7分五根的飞马牌抽完了，就用厚厚的黄斑草纸卷成筒状，用力一抽，引燃一撮火苗一蹿到喉咙。最后浩浩荡荡到郊区，摘下藤条，点着后用力抽，才有淡淡的白烟，慢慢吐出来，很流氓的样子。另外一位学着电影《脚印》里的剧情，弯腰捡钱，抽烟的踩住他的爪子，斜视着他："你已经到了这个地步啦。"（该影片台词）随即哄然大笑，一出闹剧结束，紧跟另一个喜剧场景出现。不知谁告的密，班主任朱永桂把我们几个带到厕所现场。狭长的厕所，我们只能前后排队，我站在第一，朱老师突然俯冲下来，脸盘大如盆，几乎贴着我的鼻尖，恶狠狠地威胁道："下次叫上体司请侬吃大板。"朱老师教语文，总是上午第一节课，只要她调课，我们就知道她又要外出开会了，就溜出校门。依旧到铁岭路，因为那里有河，大概是六月末的一天，一开心就下河游泳，上岸后才发现短裤湿漉漉，贴身脐下三寸凹凸版，走在田埂上：陇上第一型男。回校必露馅，于是光屁股蹲在茄子地里，裤子铺在茄子秆上晒。直到干了，人烤得晕晕乎乎，站起来眼冒金星，才敢回校，装模作样坐着。我们知道，朱老师再忙，最后一节课也要赶回来管班级。

最终还是东窗事发。暑假里，傅杰被他父亲锁在家里，还叫来青岛的姥姥。姥姥根本拢不住，他还是跑出去。一出门就闯祸，不是抛石敲玻璃，就是踹门跑，仿佛一股蛮劲憋得难受。他父亲晚上回家，就是一屋子告状的，赔笑送走后，返身就恨得咬他。他父亲也是港监的处长呀，恨煞，动物的本能都出来了。最后想出个绝招，上班将短裤长裤都收走，只给傅杰围条毛巾毯，这样就无法出门。当天中午，他姥姥悄悄地攥着傅杰写的地址，找到我家，叫我陪他玩。结果我也等于被锁住，整整一个暑假，我们都没有闯祸。

开学了，傅杰转学到青岛，到了那里，他写来一封信，很质朴、很感伤，母亲说：孩子懂事了。

其实每个坏孩子内心都有很善良的一面，我至今还记得信封上的地址：青岛市城关街52号。暗暗发誓，等有钱了，一定要去找他。

可以一起做坏事的，才是好朋友。

11

保姆琐谈——旧时人情

保姆是劳动人民，勤快是核心竞争力。这一点昔之保姆、今之阿姨，并无二致，但总感到缺些什么。

过去的戏剧种类繁多，即便在上海，有国剧京剧，更多的地方剧种，越剧、沪剧、淮剧、甬剧、评弹，甚至打鼓、山东快书、京韵大鼓、河南梆子。因为喜闻乐见，广受各地域各阶层欢迎，流传于街头巷尾。它的说与唱，在文盲率极高的旧中国，是最广泛、最廉价的价值观教材。中国所有戏曲都是隐恶扬善，难脱忠孝节义的窠臼，年长日久，滴水穿石，细雨润无声地浸入平头百姓品质，深深地影响了中国人的为人处世。过去的中国民间社会，家长偏重做规矩，老师偏重教知识，道德教化则交给各种戏剧去浸染熏陶。现在随着戏剧日趋凋零，成了非遗，非遗就是"老不死"。戏曲成了非遗，忠与义的门幅也随之收窄了。阿姨（保姆的沪称）跳槽，美其名曰人才流动。时代变了，价值观的内核也变了，术语也焕然一新。

往昔温暖人心的忠与义，今天只能从一些市井回忆录才能窥视一二。或老一辈的口中，依稀仿佛。白头宫女在，闲坐说玄宗。

最近无聊，偶然翻阅静安区文史馆编著、上海文化出版社出版的《大同里旧事》，其中的东家后代忆及幼年时代保姆的细碎琐事，令人唏嘘。

那时的东家，视保姆如家人，孩子称保姆"姆妈"。大同里 29 号的陈家后代陈颂周，深情回顾老保姆："在三年特殊困难期间，为了给我吃顿好的，阿宝妈妈通宵去国际饭店排队，早上等我和妈妈前往时，只见她用报纸铺在地上睡着了，母亲和我都感动得落泪。"

"'文革'爆发后，我们一家遭到冲击，我记得还在上幼儿园的时候，我父亲被诬陷进了监牢。妈妈由于工作关系，到郊区去做防治血吸虫病工作，家里只有阿宝妈妈带着我。在别人欺负我时，她总是第一个站出来替我挡着，许多拳打脚踢都落到了她的身上，好几次我晚上看见她身上青一块紫一块。"这只有母亲做得到！保姆做到了。

改革开放前，新中国最大的两次社会性灾难中，保姆都是如此护卫早已失势的东家。照例，保姆就是做家务，并无保安的功能，凡有大事便"越位"，义无反顾。这里，没有阶级性，只有忠与义，这就是中华文明的厚道。美国太平洋军港珍珠港被袭前，美国人害怕引火烧身，对羸弱中国没有任何援助，任凭中国人大刀兵、草鞋军以死缠烂打拖住日本。历史学家黎东方是早年留洋博士，谈到美国人，愤愤然地说道：在英文词典里，没有义的对应字。他列举出相关英文单词，都无法一一对应,似是而非。什么叫"义"?不讲利益的回报,孟子曰:"何必曰利。"

用人对东家报之以忠,东家待用人施之以仁,这就是德!被徐志摩抛弃的张幼仪口述的回忆录《西服与小脚》,说他们张家有个保姆,月经来了,居然挑起月事满院跑,但张家依旧养着,否则她到社会上去怎么活呢?但神经病干不了事,就安排她专做一样:补鞋!张家哪有那么多鞋子要补呢?这就是旧时代的人情世故——念旧,就是世家的厚道,才有那么强烈的忠诚。如物理学的反作用力,极朴实的生活常识。

我在华山路大胜胡同门口有一处门面,蔡元培的半身像就贴在我的墙面上。蔡元培的故居就在胡同里的16号,我也算陌生面孔邻居——邻而不居。早些年我知道蔡元培先生的女儿蔡睟盎住在这栋别墅里,但她非常低调简朴,邻居们只知道她是蔡元培的最小女儿,却不知道她是中科院的研究员,享受正局级离休待遇。居委会干部告诉我,冬天她穿着父亲买的大衣,布满了被虫蛀的小洞洞。后来服侍她一生的保姆年老病重住在医院,她亲自去陪夜。

上海著名的文艺评论家李子云,父母都是医生,父母的上一代一定有钱,否则怎么供得起孩子读医学院呢?解放前住在淮海中路,自己毕业于震旦女子学院。她的晚年,服侍她的老保姆突然骨折,怕麻烦不会自理的李子云——她是老姑娘——要求回老家享清福。过去的保姆，往往与家人家乡断绝来往，一心一意服务东家，往往由东家养老送终。这点道理书生李子云很明白，所以坚决不允许。为此再请一位阿姨，让老保姆做"监事"，让她心安理得拿"监事"工资。李子云走在老保姆之前，走的时候很坦然，因为她很早就悄悄地一直替老保姆攒着养老金，她可以放心地走了。

现在我们抱怨无好保姆，对照一下过去的东家。我们缺了些什么？二愣子孟子说过："君之视臣如手足，则臣视君如腹心；君之视臣如犬马，则臣视君如国人；君之视臣如土芥，则臣视君如寇雠。"要获取阿姨忠，首先从自己施仁做起。

12

聘阿姨

选聘保姆阿姨，夫人的专利，我只是旁观者，静观其变。

夫人年轻，起初待阿姨一片热心，送孩子衣服、书包，孩子毕业，带着同学来上海玩，管住管吃，还让司机送他们到水乡去玩。最后还是闪退，后来明白，介绍她来的介绍所，靠介绍费吃饭，如果个个忠诚度很高，都是一次性买卖，介绍所吃什么呀？自然会抬价挖角，抬高落差，制造流动，一石二鸟。这个走了，去了新人家，获得一笔介绍费。你再去托她介绍，又是一笔介绍费。介绍保姆的都是倒戈将军，与忠诚相反，幸亏保姆介绍所没有兼营婚介所。

我劝夫人别难过，阿姨是来挣钱的，不是来攀亲戚的。感情牌属于过去完成式。我们这一代人坚信："世界上没有无缘无故的爱，也没有无缘无故的恨。"待她好，她总以为你另有企图，"他人就是地狱"的猜忌早已浸透为本能的条件反射。抑制跳槽靠制度创新。后来的阿姨，我引入期权概念，工资与递增，按市场价格，做满五年，奖励五万，一年一万，等于一月加薪八百多元，等于全勤奖，代替年终奖。这样流动性降低，越到后面，期望值越大、越在乎，别人的保姆，越做越油滑，我家的越做越认真，怕你借故炒她。

期权替代年终奖，拿这笔五年后的五万元，投个保本理财产品，五年复利，可以抵消年终奖的部分差价。就她而言，五万元比年终奖总值高，她们是货币崇拜者，看不到经过时间后的复利递增。就我而言，五年后的本息总额，可能高于年终奖的总额，即便年成不好，本钱之余，利息少些，但效率高多了，闪退的风险没了，还是赚了，这叫双赢。

有天阿姨忽然开口要借五万，说家里要在县城里买房，一算，离五年期还有三个月，她在试探，怕期权落空，我劝夫人：借！免得人家阿姨担忧，但须写欠条，做满聘期欠条还她。未满期，奖励变欠条。

果然到了最后一天的前一周，她提出辞职，夫人到时将工资及欠条还给她，她千恩万谢，还告诉夫人，她被小区另外一家挖过去了，加价五百，只要服侍一个老人。接她的奔驰就在楼下按喇叭，这一代有钱人，咸鱼翻身，不懂规矩，所以人称暴发户，有时不如畜生——兔子不吃窝边草。人往高处走，我们祝福她，因为她是按规矩做的。

没多久她辞工了，因为那是三层别墅，没有电梯，爬上爬下，累计数不亚于攀登珠穆朗玛山峰。这让我想起三毛擦皮鞋，好不容易来了一位，将脚踩到鞋箱上，一撩长裤，原来是长筒马靴。低帮鞋的价钱，长筒靴的鞋油。

　　我家是大平层，还有个钟点工阿姨搞卫生。小孩大了，平时在学校，就我一个人在家，除了午饭，都在书房，自己烧水，自己泡茶，门把挂牌：请勿打扰。她是住家保姆，躺在自己房间，玩手机看电视，不亦乐乎。她感慨地说：还是上海人家好！想回来，我婉言谢绝。抗战后，林彪去东北开辟根据地，绝不收编投诚伪军，虽然伪军是军事熟手。宁愿招募农民，从零开始训练，技术可以培训的，忠诚是培养不出的，歪树扶不正。这个细节我铭记在心，否则带坏其他阿姨。

　　后来我搬到别墅去了，来过一位更年轻的钟点工，打扫卫生手脚麻利，但是不会烧菜。后来看到网上招聘，开价一万二，要求会烧粤菜。她花了两千元，悄悄地利用业余时间去学烧粤菜。走的那天，还特地将楼上楼下的玻璃都擦了一遍，这不是她分内事。我们现在说起她，还是赞不绝口。不满十天被辞退，粤菜不仅蒸鱼，第一道工序：发海鲜，两千元学费不含发海鲜，学费等于泡汤了。

　　常听人谈起阿姨，抱怨的多，黑白阴阳，只看到黑的，你就是个怨妇。多看看白的，如同晒太阳，乐观养身，心情养生。其实阿姨大多数很想尽职，以获取更高的报酬。肯出来做阿姨的，都是相信靠劳动吃饭，三观正！值得敬重。

　　找阿姨，首先别幻想全能，好比找老婆，既漂亮又能干，还要低眉顺眼，那就好比买彩票冲着头彩，失望满屏。

其次要聚焦,聚焦点越小,满意度越高,无非两类:烧菜的、做事的,会烧菜比会做事的难找。

其三找年龄大的,年龄大了就保守了、安分了。年轻些,比如半老徐娘,就说不准了,一不小心擦枪走火,不是烧了老房子,就是烧老头子,变成通铺老妈子。

真的有不着调的,属于潜伏,身边没见过,但回忆录里见过。

第二辑

给书房画眉

1

给书房画眉

老了，退居小屋，隐身闹市，院外嚷嚷，隔墙而止。檐下植草，归于一介草民，世与我两不闻。

小屋数楹，最干净的厕所，却是最脏的，虽然虫蝇不至。最脏的是厨房，却是最干净的，否则病从口入。最冠冕堂皇的是客厅，最有想象力的是书房。书房一面留白，可以挂匾。匾，才是书房的灵魂，相当于女人的眉。女人的五官都无法挪动，除非整容，但眉毛可以任意改动：上翘、入鬓、剃光。像京剧脸谱，或狐仙吊眼。眉头稍微一皱，性格焕然一新。女人的眉毛如报纸的头版标题，行话叫眉题。一个家，厨房厕所卧室，满足人的动物本能：吃喝拉撒。相当于物质牢笼。在把权力关进笼子前，先把人关在笼子里，用物质拴住他。只有书房是唯心主义的，允许灵魂出窍，飘溢窗外，神游六合，胡思乱想，自由翱翔。我喜欢书房挂匾额，至于什么内容？相当于女人画眉。或有深浅，不求入时，娱己为佳。

年轻时没钱，当然也没独立书房，只能将卧室兼客厅、厨房、厕所（床下夜壶、门后马桶）合而为一，再受累，外挂一个功能：书房。虚张声势朝阳的一堵墙面挂一方匾："忘忧厅"，足有七步慢笃成诗的长度，仙哉人间。其间之"杂"，属于"狗头摸摸、羊头摸摸"，远不如且介亭纯粹。

一杯牛奶掺一滴水，伪劣品；一杯水加一滴奶，营养液。"四合一"兼"四不像"的单身房挂匾，属于一杯水加一滴牛奶，一俊遮百丑，书房就成了逃避闹市的隐居地。匾是旗帜，是酒幌，可以麻醉与自大。醉里乾坤大，杯中日月长。

那时候创业，困难像蚊子一样繁琐，蜂拥而至；像苍蝇一样勇敢，接踵而至。换做今天的独生子女一代，抑郁是大概率。至暗时刻，励志不如忘忧。所以我的书房叫"忘忧厅"。这是时代烙印。

后来鸡变凤凰，随着改革开放，我也螺旋式上升，开始飘、开始搬家，搬一次，大清洗一次，只有这幅匾伴我四海为家。

今天到了怀旧年龄，成为"有故事"的男人，小兄弟捧着你："哥，你是个传说。"曾经的苦难变成传奇谈资，忘忧越来越名不副实，属于发嗲，该换匾了！

天津的内侄媳妇史煜涵是位年轻的津门近代史研究者，知道我的爱好，特地从天津梁启超故居，也是书房——饮冰室，买来高仿真的条幅：无负今日。

此条幅由北师大珍藏。1923 年，北京高等师范学校升格为北京师范大学。梁启超作为新任校董作《毕业乎？始业乎》之讲演。第二年在梁启超序《师范大学第一次毕业同学录》

中重申此意时，讲："今日非诸君子毕业之时，乃诸君子始业之时也。"到了 1925 年梁启超在《北京师范大学毕业同学录》上的题词写道，"诗云：'风雨如晦，鸡鸣不已。'推斯志也，何艰阻之不可胜，而物务之不可成哉！诸君制同学录，而乞言于余，余谨以'无负今日'四字为赠。"

梁启超 1919 年退出政坛，卜居天津租界，那时他早已名满天下，但依旧精进不懈，埋首饮冰室，读书著述，毫无"王顾左右而言他"的老夫懈怠。"无负今日"与其说是赠言，不如说是英雄暮年的慨然而叹，以此律己，落笔为箴。

现在我从奔波在外，退到静养檐下庭院的年龄，我选择书房，而非茶室，"无负今日"挂在正上方。坐在匾下，静静地读书，不可教一日虚度。如果挂一幅"老骥伏枥"，那就有些旧官僚暮气，有些恋栈。这个垂角弯眉，须修一修。倘若"无欲则刚"，就像周慧珺的字，笔笔刀枪，火气太大。还是梁启超的字，肥腴圆润厚实，当年也是奋笔疾书、"呜呼"不已的诤言且谔之士，大声疾呼不静默的血性汉子。

早年很喜欢一副对子：

"为名忙，为利忙，忙里偷闲，喝杯茶去；

劳心苦，劳力苦，苦中作乐，拿壶酒来。"

羡慕收尾句所点出的境界。岁月荏苒，忽焉也到了"喝杯茶去、拿壶酒来"的散淡岁月，但最终不敢，怕"酒伤身、茶费时",还是希望坐在书房读"理想国"之类的书目,奢望达到"一日不虚度,万事不揪心"的一潭无波止水的境界。

我曾经开过连锁茶楼,兼有麻将,门口有副对联:"唯有读书,忘记打牌;唯有打牌,忘记读书。"据说也是梁启超金句。无负今日,与唯有读书,成为蜗居书房的房东自勉。什么叫不朽?他的思想并未远遁,还在传递,虽死犹生。

2

书房，我最奢侈的空间

1997 年前，上海人的生存常态：蜗居！卧室兼餐厅兼茅坑。倘若兼书房，就知道主人是个书蠹头，有个"吃力不讨好"的爱好，上海话：做人一点也不实惠！

1997 年后，上海推出商品房市场，当年我就成了炒房族，从此，换房住就是我的生存常态。活蠹有点儿恍惚，但有个记忆点：凡有卧床，必有书房，以表达我对书的致敬，因为我的 golden touch（点石成金）源于书。

1997 年，下注买房，二十多年来坚定不移，当归功于书的启示。

读了上海史，才知道旧上海最有钱的，不是企业家，如中国纺织与面粉"双王蛋"（双黄蛋。上海话：王、黄同音字）的荣家；也不是银行家。而是房地产大佬，如沙逊、哈同，中国人，前者徐润，后者程谨轩。

为什么有此现象？我翻了些经济学的书，终于明白。钞票可以复制，土地不能复制。市面越好，钞票越多，房价越贵。钞票是水，房价是木，永远浮在水面之上，水涨船高。

经济学还告诉我，价格高低，往往不是因为有用，而是稀缺。生命中的空气与水，须臾不可或缺，有用而不值钱，因为泛滥，无处不在。钻石，既不可充饥，亦不可御寒，但很昂贵，因为稀缺。土地亦如此，钞票越多，土地所占比例越少，越稀缺，越值钱，这就是房产暴涨的原因。

读了外国史，胆子更大。犹太人无国无家，流浪世界各地两千多年，不断被追杀，所以犹太人不炒房地产，因为不动产，带不走。但开银行是犹太人的强项，作为银行贷款，房地产却是最优质的抵押品！最不喜欢房地产的犹太人，最看好房地产抗跌性。我忽然醒悟：房产是最稳定的投资品，躺着也能增值，可以让懒人发财，二十多年来的实践不断被验证。

真的，书中自有黄金屋，至于"颜如玉"，那是刀鱼，刺多，麻烦更多，仿佛薄如纸的瓷器，不碰为佳。

所以我对书感恩不尽，它让一个书呆子"囊有钱、仓有米、腹有诗书；身无病、心无忧、门无债主"，脱离窘境俗世，不必为五斗米折腰！开心买点书，安心读点书，放心睡个觉，成为"三星"蚊香，也算品牌男人。我的家，卧室不过一张床，厨房不过锅碗瓢，但书房就复杂多了。

首先，书房不仅仅只有书，还有书可以"葛优躺"的卧榻——书架！如果仅此而已，那是书贾的库房。书房应该是寄托灵魂的地方，可以"诗言志"，对联就是诗言志的垂直匾。每次给新书房配对联，颇费周折，配个"一等人忠臣孝子，两件事读书耕田"，太常见了，显得敷衍，不够虔诚。这副对联，眉芯配匾"耕读人家"，挂在进门大厅，作为家训，更合适。但须垂立于深宅大院，门厅高耸能植树。挂在公寓厅里，好比灯笼挂在蜂巢里，大头小妖怪。

"精神到处文章老，学问深处义气平"，对愤青的我倒有一针见血的警示作用，挂在书房也匹配，但不够冷僻，显不出学问。"文以知希为贵"，此联不够高深。"斗酒纵观廿四史　炉香静对十三经"，有些托大，怪不好意思的，真的丢给你一本《春秋》，仅能翻页，不能句读。还是选一副老实点的、冷僻点的联语："漫研竹露裁唐句，细嚼梅花读汉书"，《汉书》还是读得懂的。眉心匾"一身藏"，取自"万人如海一身藏"，书房是闹市里的归隐竹篱庵。

我的生活轨迹"上午书房，下午茶坊，晚上Ｋ房"，与之相匹配的生活导图"上午读书人，下午生意人，晚上白相人"。其实晚上一句是戏话，与前两句合成三足鼎，有点"酒不够、烟来凑"的勉强。晚上基本还是待在书房，偶尔在此与老友喝茶，谈彼此感兴趣的话题，可以风月无边，"不足为外人道也"。此时的书房，就成了"四知堂"：天知、地知、你知、我知。"四知堂"这块厚木匾，两旁最宜的绝配："相见亦无事，不来常思君。"书房就成了客厅。

书房四维，朝北为窗，临窗一张双臂宽的大书桌，搁着端溪砚台、竖着垂挂的笔架，与书桌均为越南黄花梨。腊月里再配一盆水仙，亭亭玉立，淡雅清香暗袭人。窗台上，搁一盆耐阴的文竹，针叶细密成篾片，静若处子，偶有风来，婆娑欲舞，上下扇动，生意盎然。

三维墙，不胭不脂，石灰白！彰显书生本色。左右两侧是书橱，书房家具大概是我家最昂贵的家具。上世纪 90 年代，越南黄花梨比酸枝木还便宜,但花纹比酸枝木好看。就稀缺性而言，当时就隐约感觉它的稀缺会迅速凸显。果然，当初三十万一套抵债的书房家具——书橱书桌之外，配以鸦片榻、圆鼓桌、博古架，据说现值两千万。毕竟两吨木材修剪而成，现在拥挤在书房里，焕发出带点辛辣的香味，幽幽的，书香人家之谓欤?

门侧的一堵墙，垂挂瀑布而下的地图。我喜欢历史，喜欢坐在趴脚梯上，拿着放大镜，找事发地。临窗的书桌上，一柄放大镜，两侧隶书联 :“沙场春试马，虎帐夜谈兵。”大学同学马骋，一脚跨进，大呼小叫 :“哎哟，职业革命家！”

自小梦想当兵，因为近视眼而无缘。大学毕业还想投笔从戎，因超龄而绝缘。于是我把一生的爱好都塞进了书房，书房是做梦的地方，可以“关起门来做皇帝”的地方。可以与世俗的外界隔绝，可以胡思乱想，成了让自己独隐于市的胶囊。躲在书房里，做长不大的顽童。

出了门，做父亲、做丈夫、做老板、做赚钱的男人，看不想看的小人、恶人、俗人，做言不由己的社会人。

3

屋有对联室有魂

悬在柱上叫楹联，挂在墙上叫对联，寿席上叫寿联，灵堂上叫挽联，迎新年叫春联。这么多名称，意味着对联已散落在中国人日常生活的方方面面，雅俗共赏。没有一个文学样式有如此广泛的传播，却在"文革"中灭绝了，全民经商中忽视了，现在又死灰复燃。今天连土得掉渣的小品、酒席上的段子都有它的影子，而且无联不喙，这个形式，姑且称作联语。

明清以来，中产以上的人家，室有对联、厅有楹联、堂有名号，这是乡绅仕宦人家的标配。联是匾的注释，匾是联的眉毛，号是堂的点睛，凸显主人的趣味志向，这就叫凡室（事）要有"名堂"。室无对联，厅无楹联，堂无名号，属于三无产品。只剩下门牌号，那是提篮桥监狱里牢房编号，但也有下联："回头是岸。"厅堂无联，好比人无眉眼："汤团一只，一只汤团。"

明清以来，有点钱的人家，室无对联，厅无楹联，只有一墙素白，等于白痴。哪怕穷人草屋，所谓"三无"人家，无钱、无权、无势，门柱也有豪言壮语，"无限朱门生饿殍，几多白屋出公卿"，房东自勉。有点文化的，悬挂"几间东倒西歪屋，一个南腔北调人"，房东自嘲。前者牛哄哄，后者嘲叽叽。

外国文学样式，相对中国，多有对应物，诗歌、散文、剧本、小说。即便没有，通过引进模仿改造，比如话剧，衍化成《茶馆》《窝头会馆》，看不出丝毫西洋胎记。油画、水彩，由国人用来描绘江浙烟雨朦胧，毫无西装穿在汉人身上的文化上的透明隔阂。唯独对联，非汉字莫属。只有方块字，才能工整划一，直观彰显形式主义魅力。因为整齐划一，上下联的相同位置可以一一对应相同词性，还有平仄声，读起来抑扬顿挫，流露情绪。"沙场春试马，虎帐夜谈兵"，音节秦腔高亢，金玉掷地，一副赳赳武夫的豪迈，这是周姓人家的门柱楹联，暗喻姓氏符号。

诗词宜雅不宜俗，脱胎于诗歌的联语例外，捡到篮里都是菜，各种文学样式均可蕴集。借用王淑兰贺梁章钜七十寿的下半阕："简如格言，详如随笔，博如旁证，精如选学，巧如联话，富如诗集。"表现形式：可诗、可词、可曲、可文、可白、可雅、可俗、可以胡说八道，各种文体的集大成者。

一生好作名山游，青山绿水间的老宅里，柱悬楹联、墙挂对联，这栋宅子才有灵魂，才有中国人的气味。皖南故居，匾额之下，悬挂楹联，"二字箴言惟勤惟俭，两条正路曰读曰耕"，彰显农耕时代的处世为人；"传家无别法，非耕即读；裕后有良图，唯俭与勤"，永世不匮秘诀。"读书好、营生好，效好便好；创业难、守业难，知难不难"，在外创业前辈对血缘后代的叮嘱。在靠近苏南的湖州南浔镇，张静江故居尊德堂的楹联，"满堂花醉三千客，一剑霜寒四十州"。堂号是头等状元、一等老板张謇的墨宝，楹联是南北总统孙中山的遗迹，暗示主人风云际会的背景。一所旧宅子，家具嘛，会客椅子、祭祖条案，别无长物，不为寒碜。若没有匾额、楹联，再多的名贵家具，落满时间的尘埃，只不过是"一件沾满虱子的华丽袍子"，算啥名堂？上海人要骂山门了。

近墨者黑！渐渐地我也附庸风雅，在家里配置对联。先从书房开始。诗歌散发天真，是情绪润滑剂。史籍里，惊涛骇浪，灰飞烟灭，落于我们肩头，不及历史尘埃一粒，慌什么？读罢史书，心就宽大。书，读得越多，问题越多，不断激发好奇。好奇是青春的特征，所以孔子说："从不知老之将至。"书是老人春药，所以我的书房匾额忘忧亭。读书可忘忧，透露出我的读书价值。两侧对联："庭有余香，谢草郑兰燕桂树；室无长物，唐诗晋字汉文章。"上联窗外虚景，下联室内实拍。虽腹无五车，但家有五车，聊以自慰。横批"无负今日"，字是梁启超的，天津故居买来的高仿手迹。我总是这样地误解：不要辜负当下，今日事今日毕，以此自励。

出门是客厅，盆栽一株曲虬，冒充迎客松，放置在贴墙的平头案几上，对着门。门楣上一券匾：聚义厅。楹联呢？配文武联。武联秋天挂，"风云三尺剑，花鸟一床书"；文联春天挂，"名花未落如相待，佳客能来不费招"。

穿过客厅，就是餐厅，联语也短，"有酒学仙，无酒学佛"，横批"汉书下酒"，铁钩隶书，同学钱建忠写的。常在此听友谈书吟诗，以此佐酒，"饮不醹者，浮以大白"。

书房隔壁的卧房，将李鸿章的晚年名联掐头去尾，"囊有钱、仓有米、家有诗书；身无病、心无忧、门无债主。"横批："一脚去！"这是走向死亡的最佳状态，但不敢挂。卧房是夫妻共有，书蠹头不可私享。

书房坐北朝南，窗外是院子，入口罩檐有木匾曰:陶家圃，有"门虽设而常关"的意思。竹篱有刳囊半棱竹柱，刻着速朽可再刻的联：

此间有郁林一卷　话往事数千年　携酒重过鲁望宅

我来值山茶再放　愿同志二三子　对花齐和梅村诗

对联，立意要贴，书法要好，还有板材要好。恰巧有红木老板，用密度很高的巴西花梨木，板虽薄而不卷不弯，悬挂时贴着墙很服帖。最头疼的，民宅商品房顶太低，联语必须掐头去尾，意犹未尽，比如李鸿章的晚年名联：

享清福不在为官，只要囊有钱、仓有米、腹有诗书，便是山中宰相

祈寿年无须服药，但愿身无病、心无忧、门无债主，可为地上神仙

如果写全，只能顶天立地，缺乏装饰效果，于是，将靠

近周家嘴路的江浦路商铺的二楼茶馆,重新装修,做了一个"六艺书会馆"。四角竖立四尊线装本的专题书柜,一尊二十四史,一尊资治通鉴汇评本,一尊中国历代书法汇集,还有一尊应该叫本目汇集吧,正等着崇贤馆排印制作。厅堂三进,外带露天长廊。就图它轩高敞亮,可以悬长联,墙上留白,也散落挂些画,或溪或草或花或鸟,点缀其间,以免太闷。就是不挂山水,太重,怕压垮了。画是风景诗,联是哲理诗,一弛一张,琳琅满目,游目骋怀,享受中华传统价值观的熏陶,达则兼济天下,穷亦独善其身。入世以儒,出世以道,人生何惧?机会主义心态。白天与雅人喝茶,赏字赏画赏联语;晚上与俗人喝酒,说天说地说段子,荤素兼备。周末开文化讲座,月末办小型书画展。平时接待对联爱好者。

设计师是杭州的,来自六和塔下的山涧茶寮,更有禅意。经他一点拨,六艺书会馆就成了木世界:木桌、木椅、木片帘、木栅栏的隔断移门,有茶室、书房、密室,有厅有堂,七绕八弯,侯门一入深如海。墙外露天长廊,幽深冗长,垒以土丘,植以草木,亭亭玉立。如果不挂对联,就是日式庭院,有汉奸嫌疑,当心"吃生活"(沪语:被人打)。

对联是主人的灵魂写照,没有对联,白墙即白痴,一具行尸走肉。人,灵魂的携带者。中国人,内心深处镌刻着对联,铭刻着中国的思想,这就是集体潜意识。

4

我家前门蹲只猫

一楼的厅,隔着落地窗,后院水池、叠山、白墙,直视无碍,曰:裸·自然。

很长一段时间,常看到一只肥大的老猫,拖着粗壮的尾巴,绕着水池,一天几次。有时,臀部朝天,脑袋伸探,贴着水面,一动不动,端详许久。锦鲤鱼位于它"可遇不可求"的斜角,出游从容。猫,像个观赏者,更像《动物世界》里的豹儿,极有耐心。

每次推开入院的偏门,它惊悚地回头凝视着我,对视不动,显示出猫儿与狗的不同,还有高冷而孤傲的一面,凛然独立。也许因我家没有投食,也许邻人投喂,那只老黄猫许久不来了。

最近的一个黄昏,落地窗外,来了一只小猫,贴着玻璃,鼻子扁平,窥视屋内的我们。我好奇,走到落地窗前,小猫举起一爪,拍着玻璃,极想亲昵。我回到圆桌看报,它顺着窗沿左右逡巡,不断喵喵呼唤。

女儿下楼,看到大喜,快步到窗前蹲下。隔着玻璃,猫儿居然后腿直立,前爪趴在玻璃上,张开小嘴,满腔红、小白牙。女儿立刻绕到窗外,猫儿围着她,一跃一跃,扑她撒欢呢。她边逗着玩，边上网选猫粮。

自此以后，猫儿每天晚上到落地窗前，探头探脑，寻找小姐姐。见不着，就屋前屋后绕着，喵喵喵呼唤。女儿兴奋地告诉我，一天半夜，楼下有猫叫，推窗探头，见一楼窗底下站了只小猫，仰头叫唤，就是它！

晚上就倦窝一团，睡在水池的假山上，那里有凹，坳里一丛枯草，临池以显枯山水之寂。早晨见我出现，立马支起前爪，稍许端详，紧接着沿瀑布叠石，拾阶跳跃而下，瞬间直奔窗前。后来连续几天的晚上，发现我们都是从前门进来，它又转到前门，收尾卧伏鞋柜上，前臂对折，爪儿掩藏，仅露一截。"一"横，如北方老汉。冬日抱袖胸前，圆鼓鼓的婴儿脸，饱满如出锅白馒头，睁眼不眨地盯着前门。只要我开门，它一纵身，落地，悄然无声，有点阴险。冲过来，迅雷不及掩耳，一个疏忽，就从我的裤脚边蹿入屋内，兜一圈又出来了。夫人买菜回家，双手拎着菜进门，总是急叫："李大伟，侬看这只猫！"蹭着裤脚，想挤进门缝，进屋看看，亲昵黏人。我一吼，它驻足迟疑，我们趁此闪入，关门。猫，前掌直立，收尾坐地，虎踞龙盘，蹲在门口，不走。

春秋天，我喜欢坐在院里廊下看书。玻璃台面，凉，铺块桌布，晚上忘了拿回来，小猫蜷伏其上，看着屋内，谁陪我出来玩？我发现，猫喜欢孵暖，比如枯草堆、木鞋柜、铺布的桌面。有时我拿走桌布，它就不会蜷身俯卧其上。玻璃台面太凉。噢，这只猫怕冷。

现在，一旦我坐在窗外院子里，小猫就钻入桌下，看我不驱赶，跳上对面的椅子，蹲着看我。待我抬头看它，又扭头假装看院外，阿拉不睬侬！许久，见我依旧不驱赶，跳上桌面，这叫"蹬鼻子上脸"了。接着爬过来，绕到我椅子的后靠，喵喵撩人。我一吼，跳下，远远地看着我。它最终猜出我不会陪它玩，就屋前屋后绕着"喵喵喵"，叫唤小姐姐。女儿晚上回来，一入院门，小猫不知从哪个角落蹿出来，远袭直奔，瞬间跟前。女儿蹲下，撸它背脊，它会拱起脊梁，或者前爪拉着地，往后拉长身子，翘起后臀，长长的斜坡势，伸懒腰！女儿撸它头顶，它下颚伏地。待撸它下颚，它眯眼成一线，很享受的样子，此时的胖脸：更短更扁，甚至侧身，亮出肚皮，女儿说：这是它对人的最大信任，因为腹部是最软弱的部位，最易被攻击，相当于人与人之间敞开心扉。

女儿与儿子很小的时候就想养狗养猫。读初中时，一天晚上姐弟俩请我观赏电影《忠犬八公的故事》。看后与我讨论，见我赞赏忠犬八公，儿子顺势提出想养狗，如说相声的，水到渠成"甩包袱"，像猫一样，有点阴险。我说：猫狗的命，只有人的寿命八分之一，总走在你的面前，你会很伤心的，不亚于亲朋好友。顺势谈起朋友的女儿，出国留学，每天打电话回来，询问狗狗，一次她父亲告诉女儿：狗病了。电话那端，号啕大哭。他父亲愤愤不平告诉我："伊拉爷死忒，伊也勿会嘎伤心。"（沪语：她的爸爸死了，她也不会那么伤心。）儿子默然，服从理性。姐姐在旁，也没有帮衬，我想他们总有缺憾，隐秘不说而已。但我必须狠狠心。

现在孩子大了，尤其女儿，贼鬼，绕着说话。小猫光临的那天晚饭时，突然问："一年半后，我去美国，这只花猫怎么办呢？"她在摸我的底。如果直说想收养在家，有违幼时趋庭之训。我不逆鳞，顺着说：如果圈养在家，准点喂食，它不仅失去觅食能力，而且失去更广阔的自由。如果拒于窗外，那是它的领地，它愿意去哪里就去哪里。在诸多的选择中，依旧选择每天来看我们，那是真爱，比圈在家里更有惊喜。我们因此每天有期盼。"不来长思君，相见亦无事"，如老友相处。窗外的它，自由的。隔着玻璃，它不是宠物，是朋友，彼此独立，彼此欣赏，惺惺相惜，成为我们动物界的朋友。还有隔天给它喂食，让它保持觅食能力。一旦你去美国，或者长假外出旅游，它依靠本能，快乐地游荡。

女儿一举筷：听老爸的！接着又退两步进三步，想给它买个猫窝，我笑着表达我的异议：让它野外随便睡，临终前，它会寻找一个不为人知的角落，像大象一样安详地离开，有尊严地离开，悄然无声地淡出我们的记忆。让我们始终有个错觉：它走失了，而不是死去。就像麦克阿瑟豪迈所言："老兵不死，只会慢慢地凋零。"就像孔乙己消失于鲁迅笔下，被善良的期待："大概的确死了。"这是病句！但从全篇俯视，病句源于矛盾纠结的心理，因为孔乙己死过一回了。这是一份善良的幻觉，美丽的错误。这个病句漂亮！

女儿开心地说：对，散养！不豢养，予其自由。

小猫的毛色如法国旗，也是三色，东一斑西一块，像彩色地图。但一样象征"自由、平等、博爱"，法国旗的寓意与我们予猫的理念无缝焊接。其中最大一块是琥珀色，女儿唤它琥珀。每天晚上，女儿在院子里喊一声：琥珀！三色猫不知从哪个角落蹿出来，直奔脚前，扑她、拱她、蹭她、撩她，如果是太阳底下，还会侧转身子翻肚皮。

一个不设防的朋友。

5

窗前池塘

　　不幸卜居浦东，小区一侧与内环线平行。二十多年前这里是养花植草的乡而非镇的区域，区位冷僻、地貌荒芜。周边除了参天高压线，找不出参照物。在那里，手机就像《村里有个姑娘叫小芳》，很单纯。导航无、定位无、视频无、转发无，除了通话，心无旁骛，专一得很，没有备胎，一意孤行，从一而终。朋友来访，手机里介绍方位很麻烦，where? there here。由此想起一个段子，越战期间，美军空运丰乳肥臀的艳星劳军，出仓门、下舷梯，三点式下舷梯，闪亮登场，男性记者好奇地指指点点，相互追问三维何处：where、here、there，方位茫然。

　　有幸窗前有个巨坑，入夏白天蝉鸣，入梅晚上蛙喊，偶尔"突、突、突"蛤蟆唤，相当于敲边鼓，属于帮凶。最恼人上床睡觉，蚊子隔帘轰鸣。秋后还有蟋蟀："七月在野，八月在宇，九月在户，十月蟋蟀入我床下。"有的在窗下墙角。凌晨则百鸟争鸣。自然的"有机"噪声四季不断，我始终摆脱不了"超声波"。一场暴雨，水坑钵满盆满，殃及周边，泥泞不堪，出门不敢抬腿，抬腿就滑倒。一狠心，利用晴天，坑底铺水泥、坑沿木板为岸，凿个泄水管道于篱笆墙外的野浜里。

砌之前曰"坑"、曰"洼"，一白读，一文读。

砌之后，雨前曰"池"、雨后曰"塘"。池，相当于俄罗斯，具体而微，但有富贵气，比如谢家废池，散发出王谢堂前、旧燕人家的石碑铁锈味。塘，相当于苏联，但蕴含乡土味，散发宋诗的田野风味："梅雨时节家家雨，青草池塘处处蛙，有约不来过夜半，闲敲棋子落灯花。"因为偏爱乡土气，于是题匾："陶庵塘"，引出"心远地自偏"的联想。但自觉有些自大，最后选定"陶臼"，这叫低调。相对池、塘，臼内径窄而短，便于聚焦垂钓，臼里钓鱼，狭隘得如同鸟窝掏鸟。再钓不到，不是你瞎，就是鱼刁，或者兼而有之。聪明的戆大。

一个泥坑，化出五个名字，这位中文系毕业生，应该授予"化（话）学博士"，真能编瞎话！人生苦乐不均，内心必须蓄满诗意，营造彼岸境界，聊以自慰，才能假装快乐地活下去。这就是文学的特异功能，精神之化学反应。文学的无用之用——自我麻醉。

从此多事矣！年年手头稍有盈余，便会贴补于池塘，叠石、莳花、撒草、买缸、植荷，年长日久，郁郁葱葱满庭芳。

忽然发现，春来碧绿，水平如镜，无风不皱，一汪死水。于是买了数十尾锦鲤鱼，倾入池塘，一摆尾、一回身、一抬头、一闭嘴，荡漾出涟漪。一圈顶出一圈，越推越远；如凹凸版般越来越扁；如鱼尾纹般越来越淡，归于平淡，拉皮成功！

水活了！生动二字原来是鱼搅动的！怕鱼寂寞，又放下几枚乌龟，添加些"德者不寡，必有邻"的寓意。

每天早晨，我沿着池边来来回回，手持长柄网兜，撩落叶、投鱼食。渐渐地，一池锦鲤鱼见我倒影入池，便头一扭，尾一摆，箭一般射出，四面八方朝我脚下聚拢，然后并排领衔一串串如雁阵，追逐着网兜来回徘徊。我止步不动，鱼儿就成群结队围着我的倒影摆尾转，斑斓璀璨，浮光跃金，争宠于眼前、沉浸于眼下。长条的转不过身，只能绕个大圈绕过来，不嫌头晕。我常常以此"逗你玩"（须天津方言）。最后将包装袋里的鱼食倾入，布满水面一隅，颗粒漂浮水面。鱼儿挤着抢食，抬头顶破水面，像足球运动员跃起头顶球。张嘴吞噬，一张一圆口如洞，一闭一瘪嘴成线，吧唧、吧唧吞噬，半只嘴浮出水面，一池掀起立体效果，还带音响效果。饱了，四下散去。乌龟竖起五短身材，升上水面，伸出脖子，头颈半截出水面，像潜艇探视镜露出水面，更像白乌龟（上海话称鹅为"白乌龟"）昂头竖立，趾高气昂地迎面而来，四肢短爪四下扑腾，一一食尽漂浮的残留颗粒。有时路过的鱼也挤着张口，乌龟毫不客气甩头啄鱼，"啪"的一声撞着鱼脑袋。鱼儿一扭头远遁逸去，乌龟心安理得，继续一粒粒觅而吞之。可惜嘴小粒大，像鹦鹉嗑瓜子一样，只能一口一粒。见我人影一动，一翻身，斜刺刺坠入底，触地潜入乱石罅中。原来刚才我站着不动，龟儿以为倒影，当我假的！形同虚设。

现在水塘内容丰富了。有动物：鱼、龟，有植被：水草、浮萍、荷花，还有假山叠石，静悄悄的属于不动产。池塘虽小，锦鳞闪闪，浮萍点点，枯荷折腰。

从此春秋天，凡有朋友来，一桌二椅、一壶二盅，池边观鱼聊天。倘若来个书蠹头、拗相公之流，顺便迂腐一下，谈谈子非鱼之类无用而有趣的哲学命题，"会心处不必在远，翳然林木，便自有濠、濮间想也，觉鸟兽禽鱼自来亲人"，即在目下。

朋友走了，依旧徘徊池边，看着水中凌虚而行的鱼儿。或怡然平行，或交叉穿梭呈菱形，编织出一个个几何图形，倏然便无，验证了佛语：如梦幻泡影归于无，仿佛高僧谈空的PPT。

今年终于金盆洗手，从此成了"三无产品"——"无应收款、无预付款、无营收压力"，免于"负"翁之虞，从此无忧无虑，像条鱼一样，悬于虚无。

老来戒得，如鱼无欲，仅一口食，果腹便是快乐。

有位年长朋友，做金融发家，与西郊公园隔河而居。改革开放早期，也就是乍浦路风光一时的上世纪90年代，宴席硬菜是炖甲鱼，号称野生。凡是受请，朋友总是趁未杀前即赎买，算是心领了，回家放生于露台下的河里。二十多年过去了，积少成多，每天早晨，一一趴在浸水的横杈上，前后一排排，伸长脖子，一式朝向他的家，行注目礼，算是感恩。我期待我放生的乌龟何时氽出水面致敬。

到了那一天，乌龟敬礼，鱼儿尾随，混同天地一芥，与天地共生。

6

追春

　　我家后窗外有条泄洪河道，很宽，远处还有叉河，视野很广，饭后我喜欢在堤上走走看看。立春前某一天，突然发现溜光的柳枝上，点点绿、米粒卧、缀于枝，爆芽了！对岸的柳条，因为远，由疏趋密，染得空气有些绿，很嫩很薄，雾一般，湿漉漉的萌。一抹轻烟，飞不走、散不去，依稀仿佛，暧昧于若有若无，烟雨江南当此时。

　　忽然醒悟：立春，应该是北面中原的节气，江南早已有些春的意思了。

　　一时兴起，向北追春去，观赏春之嫩。

　　皖南在上海的南面，那里的乡间，满街的石板，满墙的白。春燕掠过，衬出白墙的黑点，却留不住黑，徒劳地往返穿梭，稍纵即逝，织不成网。池边柳、镜面下，浸着鱼鳞瓦的斜坡檐，一幅好画——燕串柳、柳戏春，春入燕子人家，春天来了！江南景，水是青的、瓦是灰的、天是白的，却被垂柳点点染绿于堤畔桥下，一池腌不烂的春天嫩。

　　到了燕郊塞外，湖面覆着冰，裂开的豁口里的河水青黑色，岸上残留着雪白已经不刺眼了。放眼四野，满目枝杈，显得空疏，光溜溜的，满山遍野举着权，裸露出鸟巢，东一丛、西一丛，夹在树权间。只有岸边的垂柳，缀满枝条的囊，萌萌欲蕾，沉甸甸地垂落湖面，风吹微动。北京的初春，还在难产。

折西，到了青海，春寒料峭，路旁的树，皮色光溜，万木萧瑟。再赶往青海湖畔，左侧，天边斜下的坡，越过路，陷落成无边的洼，积满了水，那是青海湖。草，着风变色，渐远渐绿，遥看绿色近却无。羊群躲得远远的，聚成朵朵云，似动非动，忽然滚下一点黑，越滚越大，到了路旁溪旁，立停，肥头大耳，藏獒！浑身抖、疯狂吼。西北的初春依然有凌厉的一面。

终于到了湖边，水面上一根树桩，悄然立着一只鹰，头低昂而缩颈，双眼直勾勾地盯着你，对陌生的恐惧有所敌视。双翼缓缓撒开，平衡、立定、凝固，终于呈"一"、如伞。一扇托起，缓缓离去，一扇一扇，迟缓有力，天鹅般优雅，而不是小鸟急匆匆地莽撞慌张。这是强大的自信，睥睨翼下尘世。青海湖的初春，一片空寂，除了鹰。

折返，最好坐绿皮火车，"哐咣、哐咣"驮着。春天隔着窗，慢镜头一闪一闪。远处，千树万树梨花开，一撮撮灰墙火烧红泥瓦，低于梨树胯下。只有北方，除了杨树就是梨树，像旗杆一样耸立，粉白花朵高高地飘扬，朵朵龟裂，合拢的手掌，捧不住，愤怒地绽放。转到扬州，已是环堤垂柳，絮随蝶舞的烟花三月，路人褪去冬天厚厚的棉，露出绿之"春"衫了，不再顾忌寒的逆袭。

回到上海，漫天的樱花，一枝枝一串串，沾满浅红泛白的花，绚烂得有些十三点兮兮。"昔去雪如花，今来花似雪。"樱花树下，真分不清雪如花、花似雪。一早坐在树下，可以穿单裤了。露天里，坐着看书，篱墙遮不住四面鸟声，分不清是布谷鸟催耕还是乌鸫求偶。"咕咕""咕咕"，短促不休，那是野灰鸽。"咕——咕咕""咕——咕咕"，那是乌鸫。"布谷""布谷"，尾声翘起来，那是布谷鸟。"叽叽喳喳"，那是器小易满的小雀儿，憋不住一声长叹。

到了黄昏，百鸟归林，聚于一丛丛，叽叽喳喳，聋鬏开会，一个比一个响，生怕对方听不清。荟萃一丛，喧闹如瀑，一开窗，喷泻而入。

"红杏出墙春意闹"的"闹"字，这，也是绝佳出处。

梅花残落，水仙花开。柳枝绿了，樱花开了。樱花谢了，万紫千红，无名花莫名其妙地开了，且争奇斗艳，凭什么？凭什么？四周什么花都开了，贴着檐下、墙角、篱前，蔓延着。春天就是这么厚道，让万物绚烂于一瞬，寸有所长，尺有所短，不分彼此，青春就是美丽。

此时户外，可以坐下喝茶了，顿时陷于鸟语花香丛中。

孤立其间，读怀旧的故事，写青春的文章，内心寂静，一片花开花落。春天里，我喝我的茶。

当我圈上最后一个句号，满池落英、满蓬绿荫，春天有些老了。

坐下不走了，再往前，又是荫浓蝉噪的夏天。

7

秋天的味道

我的家在上海，但地段有些偏。

早晨推开露台的门，冷不防，跌落一条青蛇，吓得家里的女人一声尖叫，双手交叉抱肩，呆着不动。蛇，尾巴缠着上方，垂下，三角铲的扁头，挣着昂起，颈下身段随着翘起，倒钩如问号，好奇地窥探屋里，像长尾猴荡秋千。终于挂不住沉甸甸的一条，吧嗒，摔落在瓷砖地，左扭右拐，瞬间越过露台的边角，摔落在楼下的草丛里。

从此知道后院里是有蛇的。是许仙们的亭台水榭，小青会出没，白蛇娘娘会显灵。那里不是天蟾舞台，而是天然舞台，有机的舞台。有剧情、无编排；只有开幕、没有谢幕，是《白蛇传》的后花园。

不得不给露台，加装一扇密网门，罩着玻璃门外，像防弹衣。开门前拍拍网罩，以免小蛇跌落后颈。虽无毒，但足以引爆心血管，不是小中风，就是大小便失禁。北方的比喻，老蛤蟆趴在脚面上，不咬你，瘆得慌！看到后院，就想到小青蛇，免不了这样的预感，阴森森、凉丝丝的，不寒而栗。后院朝西，属于阴面，石板有苔，院墙有藓，泥地无花。

不过后院的早晨还是蛮闹猛的，鸡叫了，黑天露光了；鹅叫了，有人起来了。

我的家，不仅地段偏，而且位置也偏。后院的墙就是园区的墙，露台斜出后院之上，凌驾于墙外一大片菜地。那里的工厂早被勒令迁移，东家改菜地了，还挖了个洼。小于湖、大于塘、宽于河，孵着鹅，昂首挺胸，悠然自得，无所事事。鹅被洼远远地围在水中央；洼，被菜地很宽泛地锢在其中；菜地呢被绿铁丝网圈起来。篱网外，夹着长长的河堤，晚上偶有电动车路过，惊起一片池塘鹅叫，伸着长脖子，费劲地嘎嘎嘎，却没有狗的声音。岂不怪哉！与人不和，劝人养鹅。鹅，预警，但不伤人，与狗不同。

后院是墙外，田多。前庭呢，树多，亭亭如盖，郁郁葱葱。到了夏天满目荫，荫下若甬，便是车道。从地图上看，块面大于公园，绿色浓于公园。我们的园区住户，外地人为主，浙江人最多。所以，园区的植被，像浙西的山区，樟树为主，但每家每户的庭院，免不了桂花树。出国回来，一进园区，香中略甜的味道沁人心脾。哦，桂花开了，秋天到了，家也到了。

一年四季，秋天的味道最好，满园的桂花香，尤其晚上，笼罩满园。夜，越深越香，极为浓郁。也许热胀冷缩的缘故，白天阳光越浓烈，这个晚上的桂花可能开得越大，散发出的香味更浓郁，简直醺醺然，若雾如烟，甩都甩不开，简直有点冲。太阳一出，魂飞魄散，香气散了。

秋天的深夜，临睡前忍不住出门，仿佛走入雾罩的香气里，走了很久也出不来。

秋天的早晨，起得特别的早，后院的露台，没有桂花香，只有草木的清新，还有寥若晨星的鹅叫。走到前园的阳台上，桂花还是躲在夜色里，香，还笼罩着。等到太阳漏出射线，香气淡了，浓度薄了，光线变宽，成为光芒，桂花的香味终于魂飞魄散。香气没了，平淡的一天开始了。桂花香是个精灵，见着阳光就隐身遁去。

秋天，宜大隐于世，坐在檐下，仿佛坐在浙西的山里。一样的桂花，到了夜里，墙角草丛里，都是蟋蟀的浅唱低吟，催眠不惊梦，那是前庭，如浙西的山谷里，一年中因此有一段隐士时光。

大隐隐于市，不需要财力，只需要窗前有几株桂树。然后，傻傻地，如禅坐于檐下，模仿着鲁迅的视觉动作："一棵是枣树，另一棵还是枣树"，鲁迅也是在秋夜。但我没有鲁迅的绝望与沉重，这就是隐士的日子。

到了冬天、春天、夏天，只剩下鸟声，味道不是树木的，而是人间的，瞎子聋子也能免费分享。只有在秋天，桂花的香甜，路人走过可以免费分享。这是互联网为了营销而鼓吹的理念，但在自然界的秋天里，永垂不朽。

我家的园儿

　　终于，有了竹篱环绕的宅子，四下花木扶疏。周末，一把躺椅，一把蒲扇，一个膀爷短裤拖鞋。古人有云：在山泉水清，出山泉水浊，但书外的世界则反其道而行之。同样一片天地，在外浊，篱外便是江湖，浑若澡堂。应付的方法，穿衣戴帽，磕头作揖，四面敷衍，假脸笑，违心话。篱墙内，"风可以进，雨可以进，国王不可以进"，我的地盘我做主，随心所欲，甚至胡作非为。很喜欢孙犁一篇文章的开头："院子不大，有两棵树。"孙犁先生的晚年文章，文字简约，连带着庭院也如此干净。因该文章的开头，我的庭院也是两棵树，一棵是桂树，另一棵还是桂树，高仿鲁迅的句式："一棵是枣树，另一棵还是枣树。"还筑有一亭，美其名曰：读书台。为了挽留"有亭翼然临于泉上者"的意境，特地砌了一个池塘。月出倒影水中，风起歪曲楼台，数年不掏不换水，有苔藓焉，有浮萍焉，红虫菌焉。几尾锦鲤鱼，养殖场老板朋友送的，可惜头顶丹顶红都偏了——不是左倾，就是右倾，扶正的，就像预警机，更像太阳旗，去了日本，歪戴红帽子的就丢在我的池塘里了。为了体现"子非鱼，安知鱼之乐也"的意思，曰：濠池。

因为喜欢，所以胡闹。一个院子，堆满了典故，像个旧书铺，乱七八糟，趣味偏酸，曰：山楂圃。

后园的墙，就是小区的墙，可见宅院之偏，差点甩出盆外，属于偏安政府。就像我的一生，永远边缘化。喜欢文学，小说是主角，我只会散文，边缘化品种。可以考大学了，结果进了师院，相比北大复旦，相当于民兵组织。住在上海，却在内环的下匝道出口，边角料。我就是那条歪戴红帽子的锦鲤鱼，但窃窃自喜：戴的不是绿帽子。只能摘抄名人名句，很委屈地说：热闹都是别人的，跟我有什么关系（朱自清语）。边缘化？也好，正合辙陶渊明说的："结庐在人境，而无车马喧。问君何能尔？心远地自偏。"边缘化？也好，可以斜眼旁观。"采菊东篱下，悠然见南山"，一眼看东，一眼看南，斜白眼！墙外是苗圃，凿个高于狗洞的后门，园子就无限延伸。站在二楼的露台远眺，苗圃有一个很大的泥塘，浮着一朵朵白鹅。苗圃外一条小道，小道外侧是人工河，环箍苗圃。人工河的河泥堆在苗圃里，隆起一堆堆小山岗，八月半煞是好看，明月夜，短松冈。陆家嘴的金融高楼群，远在天边，倚天而立，夕阳西下，会泛出闪闪的玻璃光。因为遥远，因为空气，滤去刃的锋芒，只剩下亮度。暖色调，一点也不刺眼，如灯塔，夜半钟声的雾里堤外。

苗圃都是树，树杈越密，鸟声越杂、越乱、越嘹亮。尤其西北角，一丛丛，一团团，白日密不透风，夜里不见星月。炊烟时分，万鸟翔集，枝枝杈杈、重重叠叠、高高低低，一横枝如一长条通铺。鸟儿肩并肩立于其上，你挤我、我挨你，叽叽喳喳，争论还是嬉闹？喧嚣乃至嚣张，肆无忌惮。隔着纱窗，我被淹没在满耳聒噪，拔也拔不出来。夜幕徐徐降下，只剩下星星点点的窟窿，透露天外，万籁俱寂，只听见风穿林声。忽然叽叽喳喳，鸟巢炸窝了？我总怀疑蛇缘树木而上，惊动了一窝鸟儿？因为推开后院的门，常有蛇坠落檐下，吱溜一扭没入草丛，所以有此猜忌。半夜的鹅突然昂首嘎嘎嘎，直立着脖子，高呼。估计有人路过河边。凌晨，常有鸟的凄厉声，尖锐而遥远，那是雌鸟儿头生蛋，第一胎，痛苦得很。

如此夜境，如在《聊斋》，真不想睡去。忽然窗外瑟瑟声，趋光的蝙蝠撞在纱窗上，扒拉着纱窗，张开双臂四爪，露出暗红色的腹与鼠的爪，还有一对豆粒眼，警惕地瞪着。此时抽出一卷《聊斋》，属于胆小鬼试胆、贼老鼠磨牙。

除了冬天，早晨，我喜欢坐在园里，面对着园，背倚着墙。旁有一桌，可以会友，可以搁手，可以置壶。泡一杯新茶，必须高杯，而且玻璃，这样可以看片片落叶，七倒八歪，纷纷坠下，撞壁直落，像个醉汉，忍不住拍手欢喜道：倒也、倒也。重返少年，回到《水浒》里的菜园子。

自从有了私家院，我更喜欢了秋天。入夜，坐在檐下，静静地喝茶。窗下墙角虫声，推门而出，桂香袭人，秋夜如薰，香里掺杂些甜。偶尔坐在亭亭如盖的桂树下喝茶，一阵风，摇落几粒桂花，落在肩上、飘在杯里。夜深了，有些凉了，起身想起一残句："拂了一身还满。"

秋天，树叶枯了，颜色淡了，叶面也皱了，蜡笔画一页，有了裂纹筋脉，或可占卜的龟裂？斑驳色块，有些沧桑。就像邱岳峰的烟酒嗓子，千疮百孔，一脸的人间苍茫。

书桌的窗外，围着与世隔绝的篱笆短墙，依着自己的想象，布置些花卉，坐于其间，隐于草木间，鸟语花香，便是神仙。这样的生活，没有世俗污染，享受有机生活。

我的南墙，一直想挂一排木制对联，内容是古人的，心情是自己的：

读书取正　读易取变　读骚取幽　读庄取达　读汉文取坚
与菊同野　与梅同疏　与莲同洁　与兰同芳　与海棠同韵

第 三 辑

三更鬼火五更粥

1

三更鬼火五更粥

中国人的餐桌上，最管用的是米饭："侬以为我是白吃饭的？"饭是生力气额！最不值钱的也是米饭，宁波人待客套话："小菜呒'搞'（宁波话：没有），饭要吃饱。"好像米饭很低贱，吃了不心疼。明明请客吃菜，都自卑地说："请侬吃饭。"饭店里，米饭往往免费的。南方食材中，米，属于印度低种姓。

米食中，粥更不值钱！上海人有句俚语："黑心吃白粥。"贬损"竹篮打水一场空"的贪婪行为，这里的白粥等于"清零"！旧时代的上海，施舍行为，人称"开粥店"！施舍内容往往施粥，一碗米饭，可以膨胀出十碗粥，这叫"蓬蓬大"，蓬松的蓬，相当于爆炒米花，相当于泡沫经济。唠唠叨叨，上海人谓之：饭泡粥。

恢复高考时，我还在当学徒，师傅知道我准备考大学，忍不住用故事启发我："吾们辣块（苏北方言：辣块即那里）秀才多得不得了，施主施舍秀才一碗粥，要求先做首诗，秀才望着碗内粥，感叹：'一碗清汤薄悠悠……鼻子底下两条沟，照见先生在里头。'"苏北方言念叨最后两句，特别滑爽，极富韵味。粥，是糟践人的。

但我还是喜欢熬粥喝。

粥，必须是大米，同时是新米。陈货湿度挥发，黏度极差，不易起稠，入水易碎，粒是粒，汤是汤。汤汤水水聚勿拢，充其量脱水的米汤水，不是粥。

什么叫新米？刚脱卸稻壳的米，粒粒饱满，油性大，隐隐然泛光，油润饱满。

刚褪壳的米，哪怕过了三个月，还是像新米一样。稻壳是最好的保鲜膜，好比女人夜间保湿面膜，木乃伊的千年裹尸布。刚脱壳的米熬粥，特别出汁起稠。

每天起早，第一件事就是淘米，水深见底即可盖上盖，上灶旺火烧，然后刷牙、洗脸、上厕所，一个轮次回来，粥要"潽"了。此时必须候在粥旁，锅盖被顶起——潽前刹那间，揭盖。千万不能潽出来，最上一层的米汁最稠，是精华，相当于热牛奶的一层醫，稍凉起皱。这一层溢出来，香递减，稠变薄。粥，就寡味了，只剩下裹米粥。

开锅后就是熬的阶段，火要小到若有若无之间，萤萤火苗，这叫鬼火熬粥。锅盖下搁一根筷子，隔开盖与锅，之间缝隙太大，蒸汽挥发太多，粥太稠密，黏糊糊的一团，只能舀着吃，不能嘴唇套着碗边吮着喝；缝隙太狭，易潽，粥汁就不稠了，此时必须候在一旁，熬粥的口诀："宁可人候粥，不可粥等人。"一个熬字，需要时间耐心，不厌其烦，如同闺蜜之间电话里聊天，谓之煲粥。

作与粥，沪语中同音。上海女人作，上海男人搓伊（沪语：讽刺她）："噢，伊是开粥店的，是'粥天粥地'的老板娘。"这样的女人又称女"作"家。跪搓板是家暴，"作"是细巧活，针尖戳耳朵，是在侬的"视野里"刷存在感。它不是敌我矛盾，而是人民内部矛盾，是坏习惯，不是坏事体。

书呆子候粥，最好灶旁背外语单词，背一个，看一次，确保盈而不溢。如果看母语书，极力推荐数学家写的经济学，看不下去看粥。或者看微信段子，半分钟一笑一段落，可以照看灶上粥。极力反对看小说，尤其侦探类，在此场景下熬的粥，往往只配送牢饭。我喜欢熬粥写随笔，结果"有理三扁担，无理扁担三"，写一句看一次，有一句无一句，越写越长，终于明白了：什么叫随笔？随地大小便！我的随笔，就这样熬成了饭泡粥。

到了粥面起稠，如一层薄雾，锅底的热量蹿不破粥面，于是顶起、鼓泡，咕嘟、咕嘟，鬼火顶粥，一层层往上涌，如趵突泉的涌泉，前赴后继，攀城般要潜出来了。此时的米，一粒粒松散瘫痪，在锅里不再翻滚，而是黏糊糊地翻不动了，粥好了！

浸在半锅深的一盆冷水里，稍凉，舀一勺，稠稠的，一粒粒黏连牵扯，一粒粒碎玉状，半透明、亮晶晶。此时的米一粒粒绽开，一粒粒爆裂，绽而不断，被稠底托起，沉淀不坠，米，粥状化了。

粥的黏稠度，可以吮为佳。佐菜？咸蛋可，皮蛋可，酱瓜也可，吃腻了可以拌以糖，搅匀了也是难以释怀的。再不，光棍喝白粥，粥稠米香，足以醉人。凉了也香，饿了更香。幼时隔壁苏北大妈大嗓门吼道："不吃不吃三大碗，偷着摸着又是三大碗。"凡是被坏话褒奖的，都是俏冤家。

配粥的小菜都是配角，可以荤、可以素，可以有、可以无，新米才是挑大梁。

每年稻黄蟹肥时节，新米下来后，我总是囤一箩带壳新米——稻谷，每月初春二十斤。只要是新米，英雄不问出处，什么东北五常、松江一号，只要刚脱壳，立夏前的都是新米，都能起稠。我对新米的理解逻辑：再难看的姑娘，都比变老的美女漂亮，因为皮肤紧凑而鲜亮，有光泽，好比新米。青春是美丽的，新米是好吃的。

至于糖尿病患者，待在厨房闻其清香，好比闻香识女人，过过干瘾，聊胜于无。

早上的粥，到了中午，有些蓝莹莹。再用微火烘焙，味道不输于头潽粥。早中两餐，我是顿顿喝粥，直到暮春三月，米虫肉肉地诞生，新米终于撑不住了，就像新娘子生了孩子，就不能再叫新娘子了。

2

面条：说理道具

在中国，有不吃米饭的地方，没有不吃面条的区域。

面条，因为广泛，所以通俗，常常被借作喻体，阐述为人处世的道理。大道至简，古今的人物往往很俗，喜欢拿吃喝说事儿，前有大智老子："治大国，若烹小鲜。"今有大亨杜月笙："人生下好三碗面。"一语既出，闻者"心有戚戚焉"，同频触电，感同身受。

上海是个工商城市，开门七件事，样样要铜钿，谁也躲不了。所以住在"七十二家房客"里的老上海不得不务实，没空与你扯"诗与远方"。起身于底层社会的杜月笙，钻营缝隙，野蛮生长，咸鱼翻身，集聚了底层社会的生存智慧。他无甚文化，只会大白话，在创办的中汇银行开张仪式上，开口"浦东土话"："伲是'强盗扮书生，泥鳅修成龙'。"开口说理，不会术语，只能借用比喻与谐音。人生道理，经此过滤，深入浅出，老百姓不仅听得懂，而且很相信，奉为圭臬。解放前的上海人，识字率很低，自然不知道鲁迅，更不知道鲁迅的警句，孺子牛，甚么牛？但都知道杜月笙人生格言：情面、体面、场面，上海人简化为"三碗面"！成了家喻户晓的口头禅。

进了面店，冲着伙计高喊："哎，老板，三碗面！"掌柜吓破胆，以为来了黑道朋友，应该全称：阿拉要三碗面。

杜月笙叹着苦经告诫混市面的朋友："三碗面里最不好吃的要算情面。体面和场面，可以用金银铺、用力去争，唯独情面这东西，硬碰硬要用心换心，交情换交情。"

一句闲话要算数的，他用行动做诠释，上海商业储蓄银行，因为汉口分行的抵押品——四十万担盐，在 1931 年汉口水灾中消溶，引起储户恐慌，波及上海。杜月笙闻言，立刻将银圆箱装成一车车，浩浩荡荡前往上海商业储蓄银行储存，让清高的美国名校出身的陈光甫感慨，从此深交为友。这叫场面。

抗战期间，梅兰芳蓄胡，明志拒演，画画度日。一个外行的画，能值多少钱？远在香港的杜月笙要求上海的账房先生黄国栋多多买入，增加梅家的收入，这叫体面。

1949 年，杜月笙带着全家老小三十多人去了香港，住在坚尼地台 18 号的底楼，三室一厅。手头上只有卖掉东湖路别墅的钱，只有出，没有进。但老朋友过香港，往往都是落魄逃难者，临出门辞别他总是手心里藏着钱，握握手馈赠落魄者，天知地知你知我知，这叫情面。最难吃的面，他坚持了，三碗面因此成为警句，被口口相传留下来了。言传身教，血肉铸成，做码子痛苦的。

改革开放前，厂里食堂，汤不要钱，节约的，汤淘饭，不买菜，人称"汤司令"，因此面黄肌瘦，人称"黄种人"。节约下菜金撑家什，讨娘子，这叫体面，瘪三也能做到。改革开放后，饭店吃饭，米饭不要钱，不点菜呢？滚蛋！起码点个炒蛋！面店则相反，加汤必须付钱，而且全款，面条奉送。面的价值就是味道，味道都聚落在面汤里，面汤是面条的附加值，木雕是木头的附加值，茂名路是茂名公寓的附加值。买的就是附加值，贵的就是附加值。

上海这三十年迅速繁荣，房价快速增长，有时地皮比房价还贵，促狭人发牢骚：面粉比面包贵。但这个偶然性是经济常有的现象呀！上海滩的"懂经"（沪语：领市面、懂道理）码子（沪语：人中范儿）就会借面说事，面汤应该比面条贵！

面条是面粉，面汤是调料，相比面粉是奢侈品，如同点心总比食品贵。太平盛世，汤比面贵，除非灾年。到了面比汤贵，灾难就来了。面，有时是国运晴雨表。

面条，作为喻体，成为面道了。杜月笙的三碗面至今不朽，他不是开面店的，但抽象出"面之道"。

吃拌面

液体是喝的，上海人眼睛一闭，开口闭口：吃、吃、吃！吃水、吃汤、吃粥、吃泡饭、吃老酒、吃辣火酱，焕发出前工业时代的语言特性，简洁！合并同类项，凡是入口的，都说"吃"。指着眼前一碗面："侬吃呀！"正确的说法是喝面，但上海人要掩口嗤笑："侬讲'牙'地咸话啊？"（外、牙，沪语里同音）。在民间，正确的往往水土不服，喝面用词正确，但所有上海人听着就觉得别扭。就像戏里的念白，字字经过千锤百炼，但放在生活场景里，拿腔拿调，如汤里放醋，有点酸！如此文绉绉表达，属于喝过墨水的，近墨者黑（黑与瞎，沪语里同音），属于"黑（沪语：瞎与黑同音）讲八讲"（沪语：乱说），上海人会校侬路子："上海话叫'吃'面好哦。侬迭只书蠹头。胸口表袋里插着三支钢笔，侬以为是博士啊？修钢笔的！"

不过确实有一种面，只能吃，不能喝，否则要噎死人的。

去年初夏，我去福州路的上海书城，路过交叉的湖北路，有一家新装修的苏州面馆，探身进去，竖招牌主推三虾面（虾子、虾脑、虾仁），标价 128 元，是其他面的六倍。我好奇，来一碗！不一会，端上来一碗干乎乎的拌面，我嚷道："不是汤面啊？"服务员甩下一句话："三虾面就是拌面！"我有些上火：如果是拌面，应该写清楚，不写拌面就默认为汤面。因为我从不吃拌面！这时厨师长从操作间里转出来，一口苏白："奈（苏州话：你）要汤面，马上下一碗汤面转来，勿算侬额铜钿，但是浇头还是倒在拌面里面。"很平实的话，我怎么听都像在骂我，我意识到自己有些洋盘（沪语：外行），阿缺西！（沪俚：巴西来的同志——巴子。指智商和情商都低。）连忙改口，谢绝汤面。厨师长当即用长筷挑开一小团拌面，蓬蓬松！仿佛辫子散开，涨开一碗。倒下黄澄澄的三虾浇头，再不停地翻挑。干乎乎的面条，沾满了浇头屑粒，大大小小、星星点点，"粒粒"在目，挂满味"晶"，送入口里，"打耳光不肯放"，出典就从此来的。油津津满口香，还有苏式面条细而滑爽且有筋的嚼劲。

终于明白，三虾浇头若放在汤面里，味道就散了！不纯粹了。一碗拌面吃得干干净净，厨师长候在一旁，最后问道："啊好？"我一撸嘴巴：赞货！

现在与朋友谈点事，尤其同学回国探亲，彼此两三位，我都约在湖北路的苏州面馆里，要么上午十点，要么下午三点。店里空荡荡，尚未开市，直上二楼，拣个靠窗的位置，仿佛西门庆坐在狮子楼，窗外车水马龙，"天下熙熙，皆为利来，天下攘攘，皆为利往"，好一幅清明上河图的感觉。里面空空荡荡，闹中取静。这里是市中心，离开1、2、8号地铁线不远，然后谈事，到了饭市，要上几份三虾面，四月末上市的三虾面，十月后秃黄油，让朋友尝尝天下至味。如果找家饭店，上点档次，没有三百元一位不敢上桌。如果两三知己，也没法点菜。实际上圆台面，等于叫花子吃法式大餐，一肚皮的洋盘，一桌菜实际是学徒们的拼盘，等于小舢板拼凑成的航空母舰，就是大杂烩。场面宏大，回家后，说不出哪个菜好吃。即便好吃，也就是一只菜，不过十几分之一，其他都是陪衬，都是油腻。而且好吃的，只能吃两口，多吃，别人没吃了，再说也吃不下了。不如这家苏州面馆，聚焦纯粹，不过一百多元一位，比大桌便宜，比大桌纯粹，比大桌好吃。而且还有腔调，一碗面居然一百多元，"朋友，侬舍得为朋友掼钞票！"再说在仅次于南京路的四马路口。信不信，多少年之后，他一定记住这碗面，也就记住我。倘若一桌菜，往往记不住，这就叫"门槛精"。

还有，这碗面只能吃，怕你噎着，配给你的一碗汤，这叫扫帚簸箕，如一夫一妻，一搭一档，狼狈为奸。

4

馒头切片　中点西烤

"别把馒头不当干粮，别把村长不当干部。"村长无品级，就像馒头算不上点心。客至，奉上云片糕，待客之道；递上淡馒头，当心遭白眼。

如果烘烤切片呢？

几年前我家阿姨要回家带孙子，急得我遍访中介，一中介说："手头有一个，不过年龄偏大，但菜烧得好。"我说："行啊，清洁阿姨本来也要兼烧饭。"拔萝卜顺带着泥，不讲究。

阿姨是山东人，烧的一手上海菜，发海货、孵豆芽，热炒冷菜、红烧清蒸，尤其红烧系列，略带鲁菜的浓郁，但绝非山东料理，却有安徽口味，看客先别笑，上海本帮菜，源自安徽菜。

毕竟山东人，面，发得好，一团面，按得下，弹得起，暄！弹性大、拉伸长，出锅的馒头可以拉着吃，就像扯没牙的婴孩脸，瘪子——胖子、胖子——瘪子。复原始终胖鼓鼓，忍不住手心向上抄下巴："嘎胖额囡囡！"就像阿姨发的面团。

之前，我偏爱面包，以为除了面粉就是水，可以放心吃，结果肚腩凸出来了。一查，原来面包之所以那么香、那么松，靠的是油、糖、蛋、奶粉，还有食盐。乖乖，暗藏那么多诱发血脂、血糖、血压升高的添加剂，好比白米饭淘猪油、白馒头嵌白膘。从此印象中的面包，贴上敌敌畏商标——一个骷髅头、两根尸骨叉。偶尔买个羊角面包，拼死吃河豚鱼！

现在看着阿姨发面，除了面粉就是水，突发奇想：切片烘烤，如何？

馒头切片，放在面包烤箱的铁丝夹里，按下，烤好了，弹出，两面黄，起壳！冷却后，按下再烘，再次弹出，外脆内松，如裹盔甲，一弹即碎，很有层次感。入口嚼，刮啦松脆，塌方般的脆裂，脑门上"刮啦啦"回响，嘣碎屑、粒粒脆。此时牛奶是最好的知己伴侣，吮一口，焦脆软化，卷成一团，面粉的"拧"性就焕发出来。脆之糙粝，绸般润滑，复合口感，立马立体，丰富起来了。

面包切片不能厚，否则外壳脆、夹心软。嚼在嘴里，喷出一股热气，齿间一团湿面团，脆壳散成的焦粒被淹没了，嚼劲没了，还嵌牙缝。太薄成了瓦片，卷成弓背瓦，只有脆的一层，近乎焦炭，一咬碎粒满地，干乎乎的，微苦。最佳厚度两次烘焙后，馒头片边角微卷，心片金黄，此时香而不焦，一层壳，如痂。古籍中有路人甲语："性嗜食疮痂，以为味似鳆鱼。"

还有个诀窍。第一遍弹出，钳出来透气冷却，再按入烤箱。

这就像文章，第一稿写完，搁段时间，再改，会有新的感觉，掺入后更丰满。好比谈朋友，丢丢掼掼，忽冷忽热，忆苦思甜，倍感亲切，知道珍惜。否则，只有《后来》的后悔，味苦！这是上海妈妈教唆女儿的钓金龟、驭龙术。所以上海小姑娘，不管好看难看，喜欢板起额面孔，豆腐西施搭足豆腐架子——碰不起。就像切片馒头两面黄。如果第一遍烤黄弹出，未冷却，迅速按下夹子烘焙，等于加倍烤，外焦内枯，口味发苦，需用糖开水漱口过滤。如此疯狂恋爱——剃头挑子一头热。

切片馒头的面粉须"阳光带面粉"，比如陕西，早晚温差大，生长期长，日照足，出锅的馒头切片，散发出酸香味。横截面蜂窝状、网络化、气孔密，相比面包紧凑！气孔间的筋丝有点儿闪亮。面粉有筋道才会亮。

揉面时，一大把核桃仁，匀着撒，最好是山西货，油性大，生吃脆香。美国货仁大油少，生吃不宜，涩而微苦。镶嵌核桃片的馒头切片，级别上去了，好比村长戴着五一勋章，内涵是不同的！称呼要改口，核桃片！以偏概全，入口嚼到核桃片，有云片糕的差异性。有时候阿姨会掺入红豆。先熬煮一夜，豆：酥不失形，灌汁和面。这样烤出来的馒头片，色如重糖糕，暗红，白斩鸡变红烧肉，色香撩妹。

进大学前，我当过一年大炉工，封炉子前，将馒头切片，放在铁锹里，搁进炉膛内，两面烤黄后，脆而已，香气没有，煤气很重。滞留于烘山芋级别，因为没有核桃片，缺乏油香，还有，不是陕西筋道面粉。

美食如美女，见了贪婪，不免失控，难免过量。美食家们多为"堂（糖）"兄弟。馒头切片例外，虽然美味，纯天然、素食材。每顿两片，计量精准，美食居然减肥，闻所未闻，好比富贵两字，均落君家。最近体检，脂肪肝由中度偏重，降为轻度。这几十年来，我的肝，从麻点状、到轻度、到中度、到中度偏重，只升不降，恐惧带着骷髅面具，扑面而来，不敢深想。切片烘烤，使好吃与减肥，这对天敌，居然和解了。

我晚上吃菜不吃饭，早饭中饭，一杯牛奶、一碟净水蔬菜，一餐两片烤馒头黄金片。无糖、无盐、无油、无脂肪、无添加剂，"扫尽一切害人虫"，动物脂肪杜绝。再过几年，脂肪肝只剩下肝，最后成为植物人。

生煎馒头最好吃的部位，应该是锅底一层壳，好比饭糍，又叫底板。烘烤后的馒头切片，等于两颊贴着两爿锅底，一咬双面脆，还有切片周边一圈皮，好比裙边。生煎馒头的锅底，如中年油腻男，油性重，吃多了，喇嗓反胃。切片馒头天然，烘烤如同太阳晒被子，晚上横在鼻下，焕发出阳光后暄之味，幼儿园里记忆最深的被横头的气味。

这道美食，我称之为：李氏素片香糕。

1896 年，李鸿章到英国国事访问，顺便探望"老战友"

戈登的家属，临别前家属送给他一只珍贵的宠物狗。不久来信问狗的近况，李鸿章回信：狗肉很好吃。于是就有了"李鸿章狗肉"。

我们都姓李，五百年前或许一家，一百年后，都有一道"上不了台面"的名菜或名点。

5

替月饼卸妆

无人机翱翔直达于人力所不及的空域，比如高山绝顶、悬崖绝壁、密林深处。甚至急件快递，借用美国人的战略思维"长臂管辖"。这大概是研发初衷。

某国国防部长在深圳参观无人机公司，好奇地询问：一架无人机可以装载几枚导弹？一语惊醒梦中人。在旁的这家私企老板立刻开发装载导弹的功能，军民双栖两用，增值翻倍。请容许痴人说梦，假设面对航母等重大目标，像群鸟一样扑过去，密密麻麻，雷达无法辨识，远距离隐身后突然出现在船舷前，再多的炮也应付不了。无人机瞬间变形金刚成了航母的杀手锏。无人机挂弹，这是赋能。

一只大饼，重油重糖后，让"白粉"更好吃（白粉：白面粉之简称，如交通大学简称"交大"甚至"焦大"），大饼转型升级成月饼，相当于嫁入豪门，丫鬟变太太，乌龟叠背撑阳伞，这也是赋能。

现在赤膊月饼变礼盒月饼，包装越来越华丽，盒子比月饼贵，结果买椟还珠。月饼扔了，怕招惹糖尿病。礼盒留下，换上茶叶送人。接棒者又把茶叶扔了，以为是梅干菜，留下礼盒做摆设，包装是赘赘。

赤膊月饼，比大饼好吃，这是升华。礼盒月饼给人看的，是异化。

我不食礼盒月饼，它不及前店后厂的出炉月饼新鲜，相当于田头活杀青菜。我喜欢"裸月饼"，没有包装，只有味道。我喜欢将月饼掰开，将油浸面皮去掉，单吃内瓤，比如五仁、椒盐、奶椰，解馋不增肥。每次去福州路上海书城，地铁南京东路站出来，沿山西路，丁字路口冲着福州路上的杏花楼，有刚出炉的赤膊月饼。皮浸重油，瓤是椰蓉。软软的，一口几粒齿印，像象牙微雕印章，掰裂还伴有嗞嗞的黏连声，浓郁的奶香味扑面而来。礼盒里的月饼，往往干乎乎邦邦硬，可以砸人，一掰就裂，那是"万寿无疆长命牌"的储存物。

逛南京路必去食品一店，有千层酥的苏式月饼，小白脸裹小鲜肉；有重油酱色的广式月饼，油彩浓妆关公相。还有各式小众的月饼。走在南京路上，垫一叶黄纸，托着吃，无包装的"裸"，谑称嫦娥裸奔。一只不满 10 元，倘若裹以彩绘礼盒，四只一盒，起价 188 元，水落石出的差价，傻子也看得懂包装盒的价格。倘若买回自食，就是傻子吃"傻子瓜子"。傻子瓜子是老板年光九为凸显吸引力而自嘲。买礼盒自食的，那就是名副其实的"傻子瓜子"的升级版，"戆大月饼"。

礼盒月饼是送人的，蕴含了"千里送鹅毛，礼轻情意重"。

月饼占比，轻若"鹅毛"；礼盒占比，重于泰山。礼盒相当于金融加杠杆，忽悠人的。鉴别上海人的彼此关系，中秋节里看得一清二楚。送礼盒月饼，那是生意朋友；送赤膊月饼，那是实惠朋友；送鲜肉月饼的，共事数十年的老同事，晓得侬口味，可以随便敲门登堂入室；送肉馒头的，那是老兄弟，可以开口借钞票的。因为生意关系,礼盒月饼"贵"在冠冕堂皇，可以招摇过市，好比开航空母舰摆渡，这叫腔调，嚣张哦？如三伏裹风衣，三九天穿旗袍，豁胖找罪受！

　　近些年奢靡风泛滥，到处弥漫"凡尔赛"氛围，喝个下午茶，点心比茶水贵，瓷器比银子贵。今年的月饼又叠床架屋，一盒三层，一层一类馅，每层一侧镶嵌小瓶朗姆酒，拇指粗细，成为奢华注脚——月饼是沾着朗姆酒的。的确香！冲鼻！显然香精多。酒液呢,锁在酒瓶里。另一侧镶嵌一柄镀银小刀，分割月饼的利器。参数一多,反而失去目标。上海人搓（沪语：讽刺）人："笨么来得额笨，耿么来得额耿，门么不肯门（沪语"问"与"门"同音），讲讲侬还要恨。"被咒的对象到底犯啥病？要素太多，无法确诊，自然也无法配药，吃点安眠药吧，减缓症状！

　　什么叫奢侈？

　　白布上绣花这是赋能，手腕上套个玉镯、手指上箍个金戒指，既不充饥，亦非御寒，只是告诉过往者：咱有钱！偏偏过往者互不相识，相当于向瞎子抛媚眼，浪费表情。无用之"贵"叫奢侈，等同于聋子放鞭炮，给旁人听，越贵越傻，无异于当众撕钱。

疫情后，只能国内游，渐渐发现有一家聚焦睡眠的宾馆。它追求高档宾馆的住宿要素，不断去赘肉：去掉游泳池、去掉健身房、去掉餐厅，独独保留五星级的住宿诸要素。要吃饭到门外小饭店，个性更强，品尝当地风味，将旅行成为真正的市井体验；要健身去闹市隔壁更专业的健身房；要游泳去体育馆，那里有更宽更长的标准泳池。宾馆仅提供最专业睡眠——"静"服务，因为瘦身，所以价格是五星级宾馆的三分之一。当然咯，近似"裸"睡宾馆一定位于闹市区域。

中秋节即将来临，但愿今年的月饼，去礼盒、去朗姆酒、去镀银刀、去话剧券，聚焦在馅、皮、味，让我们吃到比大饼好吃的月饼，而不是比味道好看的礼盒，及吃了会醉驾的月饼，醉了会持刀行凶的月饼。有些礼盒还有精密的"裹"技巧，相当于密码，吃个月饼，就像转魔方，放屁还要脱裤子，偏偏一时脱不下来，月饼盒拆不开、撕不开，真正急煞老百姓！

让我们吃月饼就像下午去喝茶，不是去喝下午茶。去包装、去奢华，行吗？

6

中秋送月饼，等于贩毒品

战场上最难防的是子弹，中秋节最难躲的是月饼。

中秋前半个月，门口的月饼礼盒渐渐多了。因为都是快递，隔空送礼，如隔山打炮，聚焦打击，挡也挡不住。

如果是商品，你可以原路返回退给商家，比如买件衣服，穿穿不喜欢，七天无理由退还。月饼是礼品，嵌着人情：退回去吧，断六亲；收下吧，不敢吃。捧着烫水瓷碗，捧不得摔不得。你想想，月饼的外衣是面粉，却久浸糖里、油里，泡软了、泡透了，捞出来裹馅成饼。即便苏式素月饼，也是起酥的油片片，一层层，比甜大饼蜜甜，比油条油香，与粤式月饼一样的高油脂与含糖量，拿捏必须用瓷盘托着、厚纸裹着，否则五指油淋欲滴。如果抽出餐巾纸裹，油渍透纸背，一手油亮，可以给皱脸护肤！对糖尿病患者，是催命符。对暂无糖尿病症状者，等于引诱鼠药，诱发糖尿病与高血脂。如同线上退回服装，皮肤病穿过吗？肝炎患者穿过吗？就概率而言，危害性大于裹尸布。越想越后怕，夜不能寐。

中秋临近，最恐惧朋友手机呼我："在家吗？等一歇我送月饼过来。"这句话相当于探照灯，先精准定位，再精准打击。

即便你不在，也会放在你家门口，相当于"不"定时炸弹，不知何时引爆心血管等，让人始终活在不确定中。好比一段子。一个死刑者站在刑场。第一枪哑火，第二枪臭火，第三枪后，囚犯扑通跪下来，抱着持枪者的腿，喊道：杀了我吧！吓死我啦！这就是假冒伪劣引发的不确定性，"不"定时比"肯"定时炸弹更恐惧。定时能够确定坦然度过，在此时间段里，可以选择索酒畅饮，边酌边说："割头，痛事也；饮酒，快事也；割头而先饮酒，痛快痛快！"可以选择席地而坐，对着行刑者，从容不迫道："此地甚好，开枪吧。"虽不能选择求生，但可以选择圣徒般的壮烈。

但是面对送"不定时炸弹"的朋友，即便你在手机里连连拒绝，他也义不容辞，昂首阔步，慨然前行。他的挡箭牌源自很世故的名言："伸手不打笑脸人，开口不骂送礼人。"

节日礼物，往往都是成人版的"丢手绢"，月饼到我则不敢往下再传，连送门口保安的勇气都没有。因为"己所不欲，勿施于人"，明知是老鼠药，还明知故犯，涉嫌"故意谋杀罪"。这样我就成为月饼链的终极者，但也成为浪费的罪魁祸首！礼品是商家的促销阴谋，浪费就是消费。

油画家黄阿忠，出生崇明，祖籍崇明，谑称"崇明蟹"。因为年龄，我叫他崇明阿哥。逢年过节我们才见面，他喜欢用崇明方言念歪诗："小小崇明岛，四边浪滔滔，一颗手榴弹，逃呀呒次逃（崇明话：逃也没处逃）。"我不会欣赏油画，蛮好看的囡："远看是丽娜，近看是册那（皮肤粗糙，像马粪纸，网格化）。"相比之下，更喜欢阿忠的水墨画，一笔入纸，化成五色，显出轻重深浅。几年前深秋螃蟹宴，我有事没参加。事后阿忠送我一幅水墨螃蟹，墨色深浅，显出蟹壳的凹凸，还有蟹脚的毛茸茸。墨韵显型，惟妙惟肖，张牙舞爪，横行霸道，跃然纸上。因为画油画的，捉型极准。因为水墨，极得神韵，不愧为崇明祖籍崇明蟹！想到此，我突发灵感，中秋可否请阿忠画个瓷盘月饼，送到雅昌——中国最好的艺术品印刷厂，限量版印刷108张，暗合《水浒》英雄数。然后装裱成帧，一一送赤膊型男。请允许我选优修辞格"既要、又要、还要"："既有规模化，可以砍价；又能讨口彩，只送兄弟；还不失稀缺而珍贵。"好事成双，再套用一次："既好看，又别致，还无糖无油，健康食品。"今年画广式月饼，配景德镇白瓷器；明年画苏式月饼，配钧窑浅蓝瓷盘；后年画鲜肉月饼，配屋里厢搪瓷碗。做老板要会画饼，我请黄阿忠画饼，迭只饼值铜钿额！落款处标注：非毒品非卖品，黄阿忠手绘，李大伟创意。还请篆刻家吴友琳刻个闲章——画饼充饥。

久而久之，黄阿忠成为画饼大家。就像解放前上海靠噱头发家的黄楚九，麾下九福公司的美术部主任谢之光，最出名的是月份牌美女，并非"耶喽补脑汁"画面里的拄杖老翁。

做老板要有两大底线品质。好品质："没把别人的肚子搞大，却把自己的肚子搞大。"因为天天陪客户喝酒吃饭，从青葱岁月的理想男，到油腻男、到大肚罗汉男。还有个不算太好的品质：给员工画饼。起码带给员工价值情绪。我兼而有之。

7

点菜

家有余粮，不免酿酒；袋有余钱，难免请客。冷血者除外。马齿徒长，朋友叠加，请客就成为"不得不"的家常便饭。

我像谁？像我母亲。我母亲像谁？像清教徒，而且近乎原教旨。生活近乎苛刻，烧菜不放糖，过年不喝酒，开水不放茶叶，三餐之外，没有点心。等我读到美国清教徒，我的印象就是清水一杯，就是我的母亲。母亲养娃口诀：管饱不管好。我离开父母独立生活前，早餐没有油条，除非来客人。全家没有酒席，除非过年。酒店就像天堂，可望不可即。也有好处，至今的我，没有成为"堂兄弟"（糖尿病病友）。

近墨者黑，中年以前我没有请客习惯，有点"沙"（沪语：抠），中年后，不得不请客。点菜缺乏基因，至今不会点菜。每次请客，根据自己的偏好点菜，从不看客人需求，纯粹"老吾老、幼吾幼"的"搭电麻电"的传导思维。结果点了一桌家常菜。饭后有客剔着牙，有气无力地说："蛮好，蛮好。"这是骂人：还不如在家吃呢。

我知道，去饭店点菜，要点家里不能烧的菜。但我从不买菜、从不烧菜，无法确认哪些菜是家里不能烧的。有段时间，黄河路时髦，就在那里请客，结果点了码子菜。码子是上海滩染黑的切口，就是为人要肯吃痛，即肯吃亏，这叫做大哥，要有担当。码子菜就是认宰菜！居然点了盐水煮毛豆，毫无技术含量，售价是家里的十倍。

每次点完菜，都胆战心惊地追问服务员：够吗？服务员说："要么再点只澳洲龙虾？这是我们家的招牌菜。"这是家红烧河鲜的本帮菜馆，并非清蒸海鲜出身的粤菜馆。说招牌菜"酱爆小龙虾"勉强说得过去，说澳洲龙虾就远开八只脚了，差距大于大小黄鱼，小于壁虎与鳄鱼。好比修奥拓的汽修店，敢冒充奥迪 4S 店。在座的女同学忍不住，她是大国企的办公室主任，一把抢过菜单，侧脸朝伊白一眼："澳龙？想得出！要么红烧澳龙。做减法！"踏刹车！否则又是一桌剩菜。

我生性懒，打牌不记牌，点菜不记菜，自然无法点菜。幸亏近十年，大学同学陆陆续续退下来了。中文系毕业的，当办公室主任的不少，干这一行不会写文章没关系，不会点菜就没法混了，所以个个都是点菜高手。我到了餐厅，竖起菜谱，打电话，这个没接，找那个，顺序而下。往往先找三班刘建飞，他是《上海证券报》的总编办主任。我告知店名，在什么路上，他"噢"地恍然大悟，想起来了！然后告诉侬这家店的看家菜，接着问一共请几位？大都什么年龄段？哪里人？有什么忌口，我大声告知："两只脚的爷娘不吃，四只脚的冥床不吃，大怪路子，一百样全带。"接着我读菜名，他确认。两百一位的菜，就像三四百一位，终了，几个主菜盘子里只剩一二筷子的菜。各位站起来，摸摸肚皮，酒足饭饱不胀气，不仅夸味道好，而且菜点得好，恰到火候。一家饭店，总有几个拿手菜，看你主菜与寻常菜怎么配。配得好，主菜鹤立鸡群，冷菜也有点睛之笔，日月同辉，互相成就。不会点就是散兵游勇，一台子烂污三鲜加"汤司令"。这个功夫我学不了。

我出国喜欢采购土特产，回家塞进冰柜。有时来了外地朋友，见一面就走，一时凑不齐一桌人，两三人又无法点菜，那就在家里请客。一人一盅煨海参，澳大利亚的；一盘甜而脆的玉兰瓜，厚切成片，叠一盘薄切火腿，西班牙的。天蓝色瓜瓤，配红瓤火腿，咬在嘴里，甜里渗咸、脆中嵌韧。瓜的清香、肉的腊香，矛盾的复合味，风味传遍天下而独绝，这是解放老阿姐传授的。再切一盘鹿儿岛牛肉，日本的。红肉镶嵌白脂如叶脉，比人参根须还匀称，放入开水里一烫，捞出，入口即化，鲜嫩无比。或者黄油贴锅一抹，覆上牛排，美国的。刺啦刺啦冒油，喷香，脊背翻翘，五分熟了，平铲起，移入盆中。这一桌菜，没有冷盆，没有热菜，没有主次，一片混搭。不靠煎炒煮蒸技术，全凭食材鲜美，一桌"懒汉席"。我不会点菜，永远仅此菜"四"，号称"李斯（四）食单"，枉呆朋友！

反其道而行之，每次宴前，先上米饭。这道头菜，我亲自卷袖下厨。我用日本釜煮一锅日本鱼沼产新潟大米，封袋标注"金赏"，少些水，米粒硬，弹牙有嚼头。

跳闸揭盖，风吹后，表层粒粒竖起，中指如笋，我称之为"伟哥立米"，如年轻时风靡一时的立领。用扁盆盛饭，透气，舀入、摊开，再窸窸窣窣撒些海藻屑芝麻粒，一人一盆。开吃前先上"伟哥立米"，吃耳光不松口，我称之为"耳光米"，成为宴客主菜，其他仿佛是点心。尾菜头吃，辅菜主吃，和尚打伞——无法无天。

这一桌菜，酒店里不会有，酒店只有大众口味流水席。

这一桌菜，我又称之为瓜子菜，有句广告语曾经一时间铺天盖地、满城风雨："瓜子二手车，没有中间商赚差价。"

这一桌菜，我还称之为"吃遍天下"，食材来自各大洲，属于联合国秘书长的私房菜。

自己有本事固然重要，但朋友比你有本事更重要，他是你的外援、外脑，外挂 CHAT-GPT。他可以补你的不足，哪怕你是万宝全书，比如点菜。

第四辑

记忆深处，时常弹窗

1

又想起了那一代人与事——我的上师大先生 之一

最近网上流传《久违陈焜》。上世纪 80 年代初，陈焜的名声在高校师生中如雷贯耳，光芒万丈，源于他的《现代西方派文学研究》在上海高校风靡一时。最大优点，浅显而系统地介绍了与西方哲学、心理学、社会学紧密关联的西方文学流派，连我这个充耳不闻文艺理论的顽固派，也凑热闹。看完最后一页，知道了意识流，与胡说八道似是而非。

与他同时出名的，还有一位叫什么虹的，是个女的，也是介绍西方文艺理论的。北大毕业，与教我们当代文学的李学娴老师是同班同学。李学娴老师常用影印印发了他们两位在各地高校的讲稿。那时正处于特殊的年代，大学的围墙可以屏挡一下，但还是要冒风险的。

李学娴，解放前考入清华大学外语系，解放了，毕业了，苏联的红色教授进入北大。她告诉我，当时想到北大看看苏联人的货色，便考了北大中文系研究生，毕业后分配到上海师范学院。她家住在襄阳路，为了照顾她的先生，自己的学业难免荒疏了。她的先生江希和是上海外国语大学教授，词典权威，与美国犹太人合编汉英词典，那是中美合作项目。美方犹太教授好奇地问他：在英国、美国哪所学校毕业？他说我没有出过国，就是浙江大学外语系毕业。老外听罢摇头不信。他的学问底子非常好，当年大学生几乎人手一册的《新英汉字典》，浮在上面第一行的，都是学界顶级人物，他是其中一个。他很自负地转述学生们的感慨："我们上外有江先生在，还像个大学。"在家里，他说上海话，江读"刚"。"还像所"改成"还像个"，老派的江浙教授，宛若民国时代的沪江大学教授。

后来李学娴去了美国，江先生还留在中国，因为手头还有好几本词典没有完成。他对我说："搞完这几本词典，自己这辈子算有个交代。"我常去襄阳路的西式寓所看他，第一次发现外国的单间公寓还带套内的浴室和厕所呢，浴室还有陶瓷浴缸。

他儿子大陆下班回来给他烧点饭，他一动不动地坐在窗下低头编词典。他说，缺钱了，就翻译一两篇短篇小说。那时刊物少，学问家多，投稿很难发表的，他的译稿百发百中，好像登在《外国文艺》之类的一流刊物上。或者去前进外语进修学校兼几节课。创始人蔡光天总是拉住复旦上外几个台柱子撑绷场面、充市面。江先生家的窗下就是位育中学的操场，前进进修学校借位育中学办夜校。蔡光天是位育中学的数学老师，一口崇明话，开口闭口 logo、logo，当年的学生用崇明话称呼他：logo 先生。江先生贪路近，兼几节课赚点外快，活络活络腿脚，赚点外快到外面犒劳犒劳自己。他是个美食家，我下海后，他在家见了我，总说："侬欠江老师一顿饭噢！"

每次去江先生的家，他放下笔，关掉收音机。他喜欢边编书边听英语新闻，声音在高顶的外国公寓有"控控控"的回声，衬托出静悄悄，也衬托出寂寞。离开窗旁书桌，过来坐在抛在中央的沙发上，很享受地将脚搁在搁凳上，饶有兴趣地听我讲讲外面的行情。那时我已走南闯北，做点小买卖了。这就是书斋先生，不参与社会，但关心社会。

李学娴老师来学校上课，骑着一辆英国名牌兰羚自行车，一顶翻毛海军帽，双排扣的呢绒上衣，高挑的个子。进了校门，左拐一个燕子斜，一个大弧形，划过一大片草坪，就到了两层红砖房的中文系门前。刹车，靠上撑脚，干净利索。那股潇洒劲儿，旧上海富家子弟的做派。那时她也该有 50 岁了吧！依旧风风火火，忘这忘那。作为课代表，我常常奔到她的教研室去拿她忘记带的、准备发给学生们的影印讲义。印象中李学娴老师就是旧俄油画里坐在马车上远去的、穿着深色长裙的高贵女性。

她讲课，一有灵感，随即迸发，自然忽东忽西，率性得很。看了陈焜的书，同学们称她为意识流授课法。

1984 年，里根总统到复旦大学演讲。事后重播，那天我正好在他们家里，她坐在收音机旁，听着听着，感慨地说："真漂亮。"指那一口英语，说罢流下了眼泪。她发觉自己失态了，赶紧解释道：“为了照顾江老师，她放弃了自己的学术研究。”

听朋友说，在美国她做了房产商。一个丢三落四的人，居然做起生意，据说还风生水起，不可想象，这就是天资聪颖。后来她回国，得了老年痴呆。我去她家的时候，楼下的门卫告诉我，她是不肯开门的。潜意识里的尊严！

不久她就过世了。这个时代也渐渐过去了，那一代先生渐行渐远。

谢谢"六艺书友群"的群友应光耀，转发《久违陈焜》。提到了陈焜，让我想起了我的老师，想起了那一代读书人，想起那遥远而蒙灰的一团团往事，啰里啰唆。

2

先生之风——我的上师大先生 之二

上世纪 70 年代末，西南联大毕业的先生，有些还能站着给我们讲课，比如程应镠先生。

程先生是上海高校十大右派之一，我们刚进大学，他刚摘帽，出任历史系主任。第一个举措，中文系学生也应该上《中国通史》，自古文史不分家嘛。而且与历史系同堂，也是两年，与中文系的《中国历代文学作品选》是一样的课时量，比中文系主课——《中国现当代文学》的课时长一倍。为表重视，身先垂范，他亲自给我们本科生上课。那时候，副教授比现在的博导少。正教授更少，大牌教授寥若晨星，都是神仙人物，供着的菩萨。据我所知，给本科生上课的，程先生是唯一。

程先生宽额深目高鼻梁，人高马大，声音洪亮，气宇轩昂，一站上讲台，一副"伤人乎？不问马"的气派。东一阶梯教室 200 多人，鸦雀无声。一口江西官话："关为（于）中文 'C'（系）同屑（学）（与）历史 'C' 的同屑（学）。"接下去说什么，我们就不清楚了。但他那个气场，让你听不懂也不敢说废话。

当时的大学，先生都说带口音的普通话，似乎口音越重，学问越大。学生听他的课，是看了他的书，仰慕他的学问，话听不懂，没关系，书看得懂。口音就是性格，口音越重，性格越鲜明。倘若一口标准的普通话，"说书的！"同学们很鄙视。当然，教现代汉语的、教戏曲史的除外。

几节课后，大体能听懂，讲到魏晋南北朝，这是他的学术专业，也是他的精髓所在。他说："我有一本小书。"《南北朝史话》，薄薄的，约一部中篇小说的篇幅吧。这是一套系列丛书，每本均出自断代史名家，当年由明史大家吴晗挂帅点将。那时的学问家，有一说一，有话则短，无话则无，经典往往很薄，举重若轻。不像现在，学问很小，开本很大；学问很少，著作很多。其实无非干了掺水，湿了掺面，一勺麦乳精，泡出一大杯，真敢扯！教材，不过天下文章一大抄的汇编，竟也成了学术著作，等于鼓励抄袭，践踏原创，无耻者无畏！相比之下，那时的老先生的著作都是牛初乳。一辈子埋首东窗，皓首穷经，研究断代史，甚至解决一个很细节的问题。专家就是专业，角度窄，挖得深，挖得透，才能脱颖而出。比如《南北朝史话》，这么大的名气，写这么薄的书，直觉内涵饱满，坚信开卷有益。知道这是卖馒头的，不是卖拳头的。

那年头有一位老先生，写了一部《中国通史》，还写了一部《西洋通史》，一看就是"开水泡面包"的货色。同为历史系的谭其骧先生，对他的研究生说："×××老嘛，狗头摸摸，羊头摸摸。"这是在告诫：做学问，要专注，别泛滥。

现在还有更胆大的，读中文的，靠电视出名，居然写中国史。不到十年，出了三十几卷，一年几卷。即便翻一遍二十四史，十年时间也不够，这团面发得真够大的。你敢花时间看吗？选用连环画里的行话："跑马书"，求量不求质的"拆滥污"生活（沪语：质量欠佳的活儿）。

程先生组建上海师院历史系，请来宋史大家张家驹。他提出中国经济南移始于宋代，后来程先生被打成右派，出缺的系主任由张家驹继任，不久张先生下世，程先生也恢复工作。感到上海师院的宋史研究不能中断，他放下自己钻研多年的专业，进入宋史研究。"文革"后，上海师院成为宋史的研究重镇，国务院古籍整理小组就将《续资治通鉴长编》的校点放在上海师院，这在地方高校是不可想象的。趁火打铁，程先生还申请添加古籍整理专业的硕士研究生班，从中文系历史系选拔有志于此的本科生，培养后续人才。我们进大学时，程先生利用在上海师院举办的全国宋史系列研讨会，请到国内的宋史大家来为我们本科生开讲座，比如漆侠、邓广铭。邓先生是北京大学历史系主任，程先生坐在下面第一排，双手平放在膝盖上，三角尺、90度，笔笔挺。台上讲了两个多小时，他就这样坐两个多小时，纹丝不动，岿然屹立，那时他已经六十多岁了。读线装书的先生，就是诚恳恭敬。我们坐在阶梯形教室的后面，一目了然，想说闲话也不敢。

作为非历史系的学生，我们更喜欢听程先生"外插花"。讲着讲着，讲到相关的人："到了月底，吴晗的老婆就问'这个钱怎么花呀？'"买宋版书！好像那是西南联大的时候。究竟是抗战军兴，百物腾飞，世家沦落，宋版书流散民间不值钱呢，还是大学教授太有钱。"文革"前夕，吴晗到上海，到他家。那是个阴天，吴晗默默地站在窗前，看着外面，无语许久。说到此，程先生站在讲台上，也默默地望着窗外，沉浸于当年。现在我知道了一些"文革"前夕的历史脉络，才知道吴晗当时的忧郁心情。当年我缺乏历史坐标通识。只是被程先生的肃穆站姿所震慑，至今历历在目。

我的同学张立雄，中学的班主任是大牌教授陈伯海大学同学，带张去陈府。那时陈伯海刚刚从上海师院调到上海社科院文学所当所长，属于正局级。告辞的时候，陈先生戴上绒帽，围上围巾。当时他已经弱不禁风了，坚持送到门外，站在台阶上，不动、挥手，直到他们消失在拐角。

余生也晚，还算有幸，读大学的时候，还能遇见读线装书的老先生，夕阳余晖。他们读圣贤书，受趋庭训，为人处世不卑不亢，温良恭俭让，有人情，很温暖，玉一般的润泽，缙绅气象。

先生之风，山高水长。

3

魏晋人物——我的上师大先生 之三

唐诗与宋词，中国古典文学殿堂最显赫的两扇门面，对襟环扣，中国人多缘此径登堂入室。马茂元的《唐诗选》，胡云翼的《宋词选》，解放后发行量最大，乡人献曝，"自以为"也是最好的选本。《宋词选》初版于上海古籍出版社，前身是中华书局上海编辑所，1979 年再版，已经是第十一版了，至今这两部选本还一版再版。说来惭愧，等我进了上海师院，才知道他们都执教于上海师院，才知道上海师院还有几位奠基人物。

胡云翼"文革"前就下世，只留下橘黄封面的《宋词选》，好像也没有嫡传子弟。幸亏互联网，还能获知一二先生的传奇经历。

原来他与历史系的程应镠先生一样，是血性书生奇男儿！抗战军兴，投笔从戎。抗战结束，回归书斋。程应镠先生西南联大毕业后，闯关千里到洛阳，受聘为第一战区上校秘书。军旅倥偬，挥笔写下："萧条山市堪沽酒，寥落军书好醉眠。"不脱陆游的烙印，兼有辛弃疾的豪迈。胡云翼则转战于浙东绍兴，以文人的智慧和军人的胆识，率领妇女营夜袭日军在沪杭线上的重要驻点王店。左右盘旋于敌人的夹缝间，举办浙西青年训练班，创办《浙西时报》《浙西导报》。1941年，绍兴沦陷，浙江省政府主席黄绍雄任命胡云翼为绍兴县县长。这种敌占区县政府很难干，基层的保甲长白天应付日伪县政府，晚上应付国民党县政府，派粮派工很难。他拉起一支以青年知识分子为主体的武工队，开展游击战争。读了他的简历，才知道国民党军队也有武工队啊。抗战胜利后，胡云翼出任嘉兴县县长。不久内战爆发，他辞职以示不满，返回上海，做他的穷教师混口粮，坐他的冷板凳做学问，也许在险恶环境下从政从军的履历，一脸肃穆，为人不苟言笑。有传奇，无逸闻，自然传之不远，付之阙如了。不过毛主席还想起他，"文革"期间，问道："上海的胡云翼现在怎么样了？"毛主席记不住上海师院，但记住胡云翼，有大师才有大学。他与程先生是那个时代的精彩，满怀家国天下，置个人得失于度外，令人肃然不语。属于辛弃疾一流的人物，属于士——有知识，还有担当！不只是知识分子，只有知识。

我进大学的时候，马茂元还在，患了严重的肺气肿，只能坐而论道，在家里给研究生上课。他住在师院的小红楼里，两层的砖房，前后院子。但师院远僻漕河泾，不通煤气，课后都是他的研究生给他搬煤饼、叠煤饼，还要给他去配药。"色难，有事，弟子服其劳"，那时的研究生与导师，情同父子。

桐城派的殿军马其昶，清史馆总纂。马茂元是他的长房长孙，六岁开蒙，马其昶亲自托北京大学文科教授、清史馆纂修的姚永朴挑选蒙师，几经挑选，姚永朴推荐了李诚。

　　说起李诚，寂寂无闻，说起他的高足，吓你一跳，他先后收了四个学生。马茂元表兄舒芜，"文革"前任人民文学出版社编辑、编辑室副主任、编审，"文革"后任《中国社会科学》杂志社编审。"文革"前，封建遗老遗少，能做到国家级的刊物编审，就因为专长出众。又收了马家的姻亲吴孟复，后来任安徽合肥师范学院中文系教授，安徽省社会科学界联合会副主席。最后一位学生，缘起"文革"前。李诚在一大杂院里看管供省文史馆馆员查资料的两间图书室，常有大杂院里的孩子跑进来嬉闹。唯有一个孩子进来后，不吵不闹，在书柜前徜徉。"文革"开始后，一位父亲拉着一个十岁出头的小朋友，来到李诚的家，希望教点什么。李诚一看就是那孩子，欣然收为弟子，规定每天晚上九点，学生翻开书，先生边烫脚、搓脚（一种养生方法），口授开始，前后如此五年。其间先生很关注该学生所读的书。"以他的观点，初学者宁可少读书，或者等书读，也不能读类似三家村中的书。这是因为沾了村夫俗子之气后，再脱胎换骨便难了，所谓璞玉可以雕琢。"这位学生就是后来的李克强总理。1997年，李诚去世二十年，身为中央大员的李克强深情地写下这篇《追忆李诚先生》)，发表在《安徽日报》。其中写下这一段读书之道，高屋建瓴，高人之识！李克强当上总理后第一次的施政报告，有自酿的名言："为官经商，自古两道。"文字干净，一语中的，一听旧学底子深厚。

我的前辈校友马兆忠，"文革"前毕业于上海师院，马茂元高足。一次在去东一教室前的路上碰见马先生，问："先生今天上什么课？"马报出篇目，马兆忠不感兴趣，马茂元反问："你喜欢听哪一篇？""《长恨歌》。""格么（沪语：那）就上《长恨歌》"，这是马兆忠的转述，安徽话就变成了上海话，"格么"就出来了。

马茂元上课没有教案，只有提纲，据说写在火柴盒上，于是受到批评。马私下里对弟子说："实际上火柴盒上也没有提纲。"那一代先生，烂熟于心，信手拈来，上课上着上着就有"外插花"，然后越走越远。一首诗可以讲一个学期，就是"外插花"太多，也最有趣，考试的都忘了，"外插花"的永远记住。学问轨迹都在"外插花"的意识流里。

马兆忠也是奇人，过目不忘，唐诗据说可以背出一万首。十年前拜访，已经七十岁的人了，他说：随口背三千首没问题，温习一个月六千首，巅峰时期八千首。"一万首？瞎讲瞎讲。"他是马先生的活字典，有些资料查阅不到，派马兆忠去图书馆兜一圈，不一会儿就找到出处。这一点马茂元的研究生做不到。马先生视他为嫡传弟子，特许他本科的课程可以缺席，直接参与研究生的研究，同时接出版社的活儿，充当写手。为此介绍他去听同事姚篷子为研究生开设的写作课。

姚篷子是鲁迅的朋友，解放前办过报纸、编过副刊、开过书店，与中统特务头子徐恩曾往来密切。徐恩曾第三任美女妻子费侠喜欢姚文元，认作干儿子。费侠是共产党早期潜伏在中统高层的机要员，美貌多才，爱好文学。顾顺章叛变后，徐恩曾获知费侠的身份后，大喜，以此要挟，将费侠娶过来，费侠从此变节。

解放后，姚篷子转入上海师院，据说终日双臂套着袖套，宽大的走廊，沿着墙角，低着头走，目不斜视，谨小慎微。他在上海师院的身份也很奇特。编制不在上海师院，只兼课，每月以车马费代月薪，高达160元。讲师最高一级的薪水，十三级高干的级别，当年熟练工人工资才60元左右。如同周作人待遇，在人民文学出版社，每月预领稿酬300元。

为了打好学术底子，马茂元还介绍马兆忠去文字学家罗君惕的家受教。罗君惕的书法、绘画、舞剑无一不精，一部《说文解字探源》写了四十年，直到临终才付梓。淡泊名利，不求闻达。每次到他家，先从床底下拿出一叠精美的蟋蟀盆，玩一会儿蟋蟀才开讲。

上世纪30年代著名作家胡山源，家住市中心，在上海师院任教。凡有学生去看他，先不谈学问，问：会下围棋吗？不会！皱眉；会养花莳草吗？不会！皱眉；会遛鸟吗？都不会，就泄了气，长叹：嗨！没有爱好，活着有什么意思？

还有一位研究元曲的章荑荪，我们进大学时他还健在，带研究生。他喜欢就着油条咪白酒，写论文，无一本参考书、一张卡片。书桌上，一沓稿纸，一只酒杯，半杯白酒，搁着半截油条，写一段、哼一段、喝一口、啃一截。文字未过半，稿纸已油渍斑驳，浸润处半透明，如卤菜裹纸。啃完最后一口油条，圈上句号，微醺中，完成论文，出处难免有错，他也不在乎。解放前他就是金陵女子大学的教授，刚解放，高校规定，解放前有教授聘书，直接聘教授。他居然连聘书都找不到了，"文革"前甘心情愿做了十七年讲师。"文革"后，落实高级知识分子政策，凡可以证明解放前有过教授经历，就可以恢复教授职衔。他一跃而为正教授，没有副教授的履历，从六级直达三级，也是奇葩独秀。

余生也晚，还算有幸，读大学的时候，还能遇见这样有趣味的老先生。虽然易服换上中山装，但言谈举止，仍不脱旧文人的名士态度。双袂飘逸，魏晋人物，一部《世说新语》的未刊稿。我也耳闻目染，深受其害，至今不拘细节，偏爱陆放翁的零头布："落拓江湖载酒行。"古人有言："取法乎上，得乎其中；取法乎中，得乎其下；取法乎下，无所得矣。"我是浮躁人，读书读个皮儿，文章看个题儿，自然仅得乎皮毛。酒水糊涂半辈子，没有浸染先生们的半滴墨的学问，但永远很开心，一生东翻翻西翻翻，学问没有，专业也没有，职称也没有，但段子很多，听众不少，不亦乐乎？！

4

摆摆龙门阵——我的上海师大先生 之四

我读书如经商，不肯下死力，老来学问上一事无成，只能靠母校的名师装点门面，否则活得一无是处。

"文革"后，我考进了上海师院中文系。那时的高校教材，北大、复旦、师院，同一门课同一本教材。这本书叫全国文科教材，也称统编教材，相当于全国粮票，全国通兑。当然，每个学校的教师的学问渊源不同，影印材料也不同，各显神通。其实，每个学校的差异就在于影印材料，相当于小灶。但这套文科教材却是全日制大学的底盘，它决定了高校的高度，底线的高度才是最低的高度。

这套文科教材，1960年年末，在中央书记处一次会议上确定。彭真受邓小平委托，向中宣部周扬下达任务，1961年4月召开高等学校与艺术院校教材编选计划会议。为此专门成立"文科教材办公室"，分别成立14个教材编选工作组，遴选全国顶尖教授。不仅挂帅升帐，而且亲自操刀，扉页印着的名字，都是学科精英，挂头牌的，行业大拿。

《中国历代文学作品选》指定复旦朱东润先生挂帅。上编先秦至南北朝，复旦编选注释；中编隋唐宋，中国古典文学最灿烂辉煌的重头戏，相当于白鱼中段，最吃价钿，由上海师院古典文学教研室承揽，主编马茂元，副主编胡云翼。马茂元当时研究重点在楚辞，但他的《唐诗选》是唐诗选本发行量中最大的，而胡云翼的《宋词选》已名满天下。当时马茂元还是副教授，却做了主编，胡云翼是正教授，屈居副主编，可见那时不重学术职衔。其次，大概唐代比宋代辉煌，毛泽东更喜欢唐代三李（李白、李贺、李商隐）的缘故吧。

其实上册也应该请马茂元主编，他的楚辞研究高于唐诗，《楚辞选》已经出版，风靡当时，至今不衰。单单上世纪50年代，马茂元的《楚辞选》稿费两万多元。当时上海工人月薪60元左右，最高级别的八级钳工，月薪128元，800元可以买一件虎皮大衣。两万元是神的感觉。

在主编《中国历代文学作品选》的同时，他还被郭绍虞上门请去，协助主编全国文科统编教材的《中国历代文论选》。也许属于最高级别的国家项目，上海拨专款在国际饭店十三楼包了两个房间，郭绍虞、夏承焘一间，马茂元、钱仲联一间，四位在国际饭店顶楼吃小灶食堂，其他人都在二楼的职工食堂。当年上海，锦江饭店与国际饭店双峰对峙，不分伯仲。

《中国历代文论选》的总论由马茂元与他的授业老师钱仲联执笔起草，属于扳龙头的。

当年的上海师院，古典文学不容小觑。

上海师院有外语系，也有陈冠商教授，获得波兰文学奖。但在全国有影响的外国文学专家则集中在中文系。我读书的时候，外国文学教研室主任朱雯，后来的郑克鲁，在国内读书界，如雷贯耳。陈冠商在行业内鼎鼎有名，他的早期研究生告诉我，陈先生上课，低头读稿子，读完了，课也完了。第一感觉，一个学究，埋头读书，不善于发挥，学问再好，只能局限于专业，做具体的事，属于专家。如同编辑，学问往往高于作家，文章里的蛛丝马脚都逃不过他的法眼，满肚子的学问，闷在壶里，终身替人做嫁衣裳。朱雯、郑克鲁的名声溢出行业而有名，那叫大家。不过这两位中文系的外国文学教授，都是研究与翻译法国文学的。法国文学在欧美独树一帜，猎猎旌旗，高高飘扬，就像它的绘画，别开生面。中文系嘛，研究文学，不外两大类，中国文学、欧美文学。这两大门类，古典文学、法国文学更是重中之重，上海师院的中文系始终坚持扎硬寨、打硬仗。

现在想想，当年的上海师院中文系，办学有传统、布局有眼光。

大概外语系更注重技术，中文系则侧重学术。

如果想求学问，做学生时，埋首东窗，将师院这些名师的书认认真真读一遍，胜过一张北大文凭，可惜啦！我就像《最后一课》里的小弗朗斯，只有后悔，"我躲在角落里，靠回忆熟悉的面孔取暖"。

5

上美学课的先生们——我的上师大先生 之五

刘叔成退休前，上海师范大学还未脱旧名上海师范学院，校名还是郭沫若题的字。岩石般硬朗，不脱岩体魏碑的火气。改为上海师范大学的时候，郭下世多年了，居然又是郭沫若题的字，这就有些活见鬼了。显然是拼凑的，但架子散了，总感觉字与字之间少了呼应，脱臼了！好像加拿大的联邦制，法语区与英语区，同床异梦，貌合神离。

今天上百度，还能找到刘叔成的遗物。他在北师大求学时的读书笔记，装在两个大大的牛皮纸信封袋里。文化成了文物，猪头肉卖叉烧的价钱。网上还特地注明美学原理作者，因为他写过一本著作《美学基本原理》，上海人民出版社出版，我看到的已经是第四版了。《美学原理》是克罗齐的名著，名头大多了，书贩子捕风捉影，结果似是而非。

上世纪80年代初，刘先生教我们文艺理论，选用的教材《文学基础原理》。这是1964年，受中共中央书记处委托，中宣部常务副部长周扬，汇集天下名宿领衔，倾力主抓的高校文科统编教材之一。刘叔成是其中的编写者，当年属于青年学者，主编叶以群。叶的儿子叶新跃是我的同学，就坐在下面做学生。

文学理论是中文系的轴心课程，中文系向来号称，不培养作家，培养学问家，还有评论家，就是面对作品说三道四、指手画脚。换言之，不培养司机，只培养警察，运用的主要武器就是文学理论。

全年级四个班集中在东一教室，那是有阶梯的教室。80年代初，美学流行，课上刘先生引入很多美学新潮的资料，从某种意义上讲，80年代的文学理论被美学取代了。相比之下，"文革"前被政治替代，新世纪后被哲学替代，好比当下的经济学被数学模型替代。文学理论就像个麻布口袋，有时装面粉，有时装粳米，也可以装地瓜。刘先生的文学理论课，选用时髦的美学。他的口才又好，长相也俊朗，浓眉大眼，鼻直口方，脸型酷似电视教授郎咸平，深受同学们的欢迎。坐在我旁边的同学告诉我，"文革"期间他参加普陀区工人文化馆工人写作班，刘先生客串来指点江山，引经据典、名人名言，他听得如痴如醉。结束时，刘叔成从背后挪出拐杖，站起来，原来腿疾，如梦初醒。就像林肯遇刺，诗人惠特曼的惊讶，作《噢，船长！我的船长！》（O Captain! My Captain!），恍然大悟的口吻。当年我第一次在东一教室听他的课，结束也是如此感觉。这叫藏拙，不愧为教美学，知行合一。

80年代文化界新潮澎湃，风起云涌。文学界的朦胧诗，学术界的美学，《美的历程》一出版，一纸风行，路人争读，洛阳纸贵。这本书的印刷也是颠覆性的。首先不惜工本，书的纸张选用道林纸，那是画报纸，木浆含量高，拿着沉甸甸的，前所未有的豪华。图案精美清晰，呈现出商代食鼎所镌刻似虎非虎的脸谱，狰狞面目，凶神恶煞，这就是美，阳刚向上的蓬勃之气。狰狞居然是美？丑到狰狞就是美，它焕发出的力，生气勃勃，坚忍不拔，对我，是颠覆性的。不久看到四川美院罗中立的油画《父亲》。缠着白头巾的大巴山老农，一脸皱褶，满面糙粝，捧着一只碗，震撼！我看出其中的沧桑，丑，居然可以转化为震撼的美，这就是《美的历程》给我开的蒙。作者的文字简练、恢宏，其中一章的开头："《红楼梦》说了千言万语，恐怕还要说上千言万语。"高屋建瓴，气势磅礴，既大气又自负，"说了千言万语"，说明他的阅读量囊括该领域的相关文献。接着的"恐怕"两字，是高傲的谦虚，黏连着"还要说上千言万语"，是对以前的"千言万语"的否定，自诩甚高。

作者李泽厚，当时风头正健，国家教委请他给高校文艺理论的教师开讲座，他迈出座席，走到前台，说："我是研究美学的，亮相三分钟。"说到这里，老师转述："他穿着垂线隐条的西裤。"隐条裤在当时很时髦的，印象中，风流倜傥，才子品相，不像学究。

三十多年后，读台湾学者型作家齐邦媛的《巨流河》。写到抗战期间，到流散至四川乐山的武汉大学外文系读书。外文系主任就是中国美学奠基人朱光潜，在这个领域，空前绝后、独领风骚，相当于一夫当关的擎天柱。一次朱光潜先生邀请归他指导的学生去他家喝茶。"那时已秋深了，走进他的小院子，地上积着厚厚的落叶，走上去飒飒地响，有一位男同学拿起门旁小屋内的一把扫帚说：'我帮老师扫枯叶。'朱老师立刻拦阻他说：'我等了好久才存了这么多层落叶，晚上在书房看书，可以听见雨落下来，风卷起的声音。'"我想，这座落满枯叶的小屋，应该在山与涧的斜坡上，幻觉中是日本庭院的枯山水，发自内心地欢喜。

让我们从书本中获得知识，获得文凭，那是老师。让无用变得有趣（——海德格尔有言：哲学是无用的学问），那是经师。生活中不经意间流露出学问的点点滴滴的耀斑，让源于生活的结晶，还原生活，照耀生活，焕发出"理论之树常青"的绚烂，那才是人师。古人云："经师易遇，人师难遭。"百年一遇，我从美学先生们的言谈举止中感悟到了。

6

教外国文学的外语盲——我的上师大先生 之六

搞外国文学，与懂外国语言，大概属于鸡跟鸭讲，关系可以不搭界。

林纾是文言文的散文大家，外语一窍不通，却是中国翻译史上的地标人物，是绕不过去的三门峡。他的翻译简直荒唐！找一个懂外语的"露天通事"，一个懂外语，一个精汉语，一搭一档，取长补短，中学为体，西学为用。他一边听一边译，一时兴起，不免技痒，夹些私货。原著是汤面，译文是浇头。杨绛先生读了他的译文，爱上外国文学，等懂了外文，再看原文，大失所望，一碗碱水面啊！核对之余，才知是衍文，却是点睛之笔。

举个例，译文"汽车"，指出有别于马车、三轮车的车，不失准确，如蜡人馆里的雕像，形似而已。到了林纾笔下："缩地之车"，利用物理参照物的错觉，还原出汽车的速度，状难写之景如在目前。林纾是点卤水的，液体变固体，一汪豆浆，凝结为豆腐。

邱岳峰时代的外国译制片，对话比原版更精彩。邱岳峰是中国人，语调比外国人还像外国人，以至于我们以为外国人应该是他那样抑扬顿挫地说话！等到了英美旅行，才发觉外国人，除了高鼻子凹眉框，语调平、平庸，相比译制片，简直是猥琐。翻译既然是再创作，冰，水为之而寒于水，优于原著的奇葩就不是小概率事件。

教我外国文学的先生，会说三地口音，这在欧洲就是三国语言，却不通英文。先生是广东人，到北京读书，到上海教书，娶了个上海籍的老婆，一口"三夹板"的塑料普通话。对老乡，纯广东话；对同事，偏普通话；对上海籍学生，偏上海话。但戒不掉粤语，绕不过国语，成了混搭"三重唱"，仿佛滑稽戏《学方言》，但比滑稽戏更滑稽的是，哪一种都学不像。他"文革"前就是讲师了。"文革"十年，高校瘫痪，职称评定停止，"文革"后就成了老讲师了。恢复第一批职称晋升，名额很紧张，教日本文学的晚一辈的讲师，因为精通外语而荣升。上课时，他酸溜溜地说："听说某'银'要提副教授了，他'细'（粤语：写）的字像'蛤婆'。"蛤婆是上海话蟹爬，写字如涂鸦，他老婆的上海话转世出窍显影出来了。先生的语言特色，粤语语调，国语发音，沪语单词，裹成"三明治"，一锅烂污三鲜汤，真正急死老百姓！太监急，皇帝也急，因为学生是顾客，顾客是上帝。阶梯教室哄堂大笑，乐不可支。民国早期，中央政府广东人多，全国流行一句醋话："天不怕、地不怕，就怕广东人说官话。"

　　因为不懂英语，给我们上英美文学时，只能偏重于思想、背景。分析小说可以，因为小说是故事，布局比文字重要。如果是散文，讲究语言的精妙，诗歌，讲究文字产生的意象，不以中英文对照，无法折射出神采奕奕的语言光芒。比如，正在领导统一美国的南北战争林肯，遇刺身亡，诗人惠特曼含泪写下《O Captain! My Captain!》(《啊，船长！我的船长！》)那种突如其来的震撼，顿时陷入迷茫的神情，仿佛飘泊在大海上，突然失去了舵手——我的船长，一个"O"，紧接着叠字：Captain! My Captain! 焕发出祈求的语气，一览无余地流露出来，仿佛流放者期待弥赛亚，陷入无主状态。这种迷茫无依的情绪，只有通过语言中的语气传递。翻译后的文字，失去母语瓷的釉彩，好比嚼过的馒头，真味全失。外国文学课上，我从未被感染过，我们受到的是略带政治定势的历史背景介绍，文学课成了政治课，也不像，因为没有制度的诠释。历史课吧，又缺乏系统性。最后产生这样的错觉，在那些历史舞台上的政治社会人物都套着文学的罩衫。

　　这就好比追求人生规划的现代女性开出的征婚条件：要帅、要有车，电脑帮她搜寻——象棋。女子不服，又输入：要有漂亮的房子、要有很多钱。电脑再次搜寻，结果是银行。此女子仍然不失望，继续输入条件：要长得酷，又要有安全感，结果——奥特曼。此女子仍然不依不饶，继续输入条件：要帅、要有车、要有漂亮的房子、要有很多钱、要长得酷，又要有安全感，结果皆大欢喜：奥特曼在银行里下象棋。我的外国文学课，就是大杂烩。在某段历史背景下、某个政治环境中、说中国话的外国文学。有点绕，还有点扯！

我也不懂外语，外国文学欣赏只能从中译本中爬梳，从中感受一二。由记者出身的曼彻斯特写的《光荣与梦想》里，写到二战即将结束，带领美国人走出危机、走向繁荣、走上巅峰的总统罗斯福，突然逝世，那个章节的黑标题：《正是丁香满园时》，令人低首徘徊，译得妙！

无独有偶，我的同学王奇，英语水平，与我脚碰脚的难兄难弟，属于"me donot know"，主格、宾格都没有搞清楚。他居然研究美国文学，收集了所有相关资料，四年大学躲在蚊帐里，抽着烟，盘着腿，挨着矮桌，孜孜以求。除了中饭晚饭，撩开蚊帐帘，下床吃饭，临毕业的毕业典礼上，女同学居然问我：这是谁？所以我给他的绰号"狐"，Who（英语：谁）的音译。同一个发音，中国人明白，英国人也明白，传神不？如可口可乐的音译。蚊帐熏黄了，被烟烤脆了，毕业论文出来了，《试论梅尔维尔的〈白鲸〉》，居然找不到指导老师，他洋洋得意地说，中国只有两个人读过———一个是翻译的，一个就是在下王某。

王奇非常关注我的随笔，最近我的随笔关注的面，从市井人物转移到大学教授，文风自然亦随之而变。他晚上来电，敏锐地指出："过去你写的市井人物，都是'类'的描写，只有面孔，没有眉目，如丰子恺的漫画。现在写的大学系列回忆文章，最大特点：有眉目！寥寥几笔，个性昭然若揭。"我恍然大悟，第一次有人这么精准，聚焦到位。觉今是而昨非，过去我以为，不懂英语，研究英美文学，难免有二毛子之嫌。对于王奇的英美文学研究，现在应该另眼相待，刮眉相待。

残雪不懂德语，也不懂英语，但她写了三十万字《灵魂的城堡——理解卡夫卡》，获得美国最负国际声望的文学奖纽斯塔特国际文学奖，成为中国现代最顶尖的德语作家卡夫卡研究者。

看来，不懂外语，不影响研究外国文学的深度。好比外行领导内行，往往别出心裁，另见一功。

最近我在六艺书友群里策划发起"明治维新之旅"。请北京大学历史系日本史教研室主任、中国日本史学会副会长王新生教授随队做学术导游，畅游明治维新的发酵地区日本西南部。出发前请老师开书单，其中一本英国人威廉·G.比斯利的学术著作《明治维新》，无论角度、深度引人入胜，而且基本功扎实。日本礼节繁多，社会层级繁琐，一个外国人居然一一勘察坐实，功夫极深。但越看越气！句子实在绕！译者好像是名牌大学的先生，肯定精通英语，重视原著，学得真像。就像侯宝林在饭桌上学唱某京剧名家的唱腔，结果此演员从隔壁过来，夸奖："连我缺点都唱出来了。"欧式长句，拗也拗不断，就像炒菜忘了加盐，句子忘了加标点。"认为断无既废藩而在废藩过程中又不摧毁政府自身统一的可能"，（370页）还有的到了不通的地步："它都不必然使朝廷获益"（第277页），恨不得抄刀宰了他！太烧脑了。我不断徘徊，不断煎熬，不断怀疑自己智商，不得不左右扫描来回看，最终还是云里雾里。译者的毛病，英语太好，汉语太差，没有更多相对应的汉语词汇供选择，汉语习惯法又生疏，所以行文疙疙瘩瘩，还不如不懂外语的林纾的译著畅达。

7

记忆深处，时常弹窗——忆李培栋老师
——我的上师大先生 之七

从我们这一届开始，中文系必须主修中国通史，而且是主课，与历史系同教室上课。先是刚刚平反脱帽的上海高校十大右派程应镠教授上。一年后，接他课的是他的得意门生李培栋先生，刚刚从金陵中学调回上海师院。

东一阶梯教室，座椅缘阶梯叠上，后排比讲台还高。李先生迈着八字步进教室，漫步踏上讲台台阶，永远漫不经心，就像他的裤子永远松松垮垮。夸张的说法，裤裆垂于胯下、横在膝盖之间。看他上课，总感觉自己的皮带少扣一眼，感觉居然也会传染呀。讲台上的李先生，习惯张开双臂，撑住讲台的两角，双肩前倾，缩着颈、眯着眼，一副塑料眼镜框，早已泛黄，掩掩不住狡黠的眼珠，始终似笑非笑，一脸的讥讽。讲到得意处，抬起头，俯视下面，镜片一闪一闪，落拓不羁，名士派头。

第一堂课的第一句话，他抓起薄薄的一本书，一掌叉开书的两瓣，哈着腰，举过头，封面对着座下的我们，在空中挥一挥："我的这门课，选用翦伯赞的《中国史纲要》做教材。"放下书："这不是一本好书，但我也写不出。"高傲的谦虚。

那时"文革"刚结束，我们刚刚从百里挑一的高考中脱颖而出，血气方刚、双袖抱胸、鼻孔朝天、舍我其谁。坐在下面，寻隙与老师抬杠，一般的讲师，低头讲课，不敢看台下，就怕座下提问题。李培栋很自信："这不是一本好书。"我们一怔，接着谦虚："我也写不出"，他的坦诚，让我们无懈可击。场下一片掌声。

开场白让自以为是的我们服帖了。

李培栋是程应镠的高足，大学毕业后留校，做张家驹先生的助教，但一生的学术兴趣始终不偏离魏晋南北朝。这是程应镠先生"文革"前的钻研领域。北大的周一良先生，在燕京大学读书时，慕名去清华听陈寅恪剖析魏晋南北朝，深为陈寅恪的学问惊叹："博矣，精矣，几若无涯岸之可望，辙迹之可寻！"从此发生了终身不渝的兴趣，后来成为该领域的前辈大家。晚年在陈寅恪先生的纪念会上，谈到魏晋南北朝史的研究成果："程应镠的《南北朝史话》具有特色和深度。"谈到国内研究重镇："上海师大历史系有李培栋、严耀中等。"（见《纪念陈寅恪先生》）从中可见到薪火传承的轨迹。城门失火殃及池鱼，1957年程应镠划为右派，李是得意门生（有"程门立雪"一说），贬到金陵中学做老师。中学眼皮浅，不重学问，讲究传授，首先必须准确，如刻蜡纸一般拷贝不走样。其次是生动，面对调皮蛋，循循善诱，诱敌深入，请君入瓮——"天下英雄入吾彀中矣"。高校里凡是有中学教课经历的老师，往往授课生动，条理清晰，李培栋是卓然上乘者。他的课，好像从明朝开始，讲到朱元璋诛杀功臣："因为胡党（宰相胡惟庸）一案，朱元璋就杀了两万多人，他们都是南下的老干部啊。"全场会心大笑，因为当时"文革"刚刚结束，"文革"中的冤假错案频频爆出，南下干部居多，社会反响极大。朱元璋兵起安徽，胡惟庸与涉案将士，挽弓负箭，追随朱元璋，南征北战，一路南下，定都南京。"南下"二字，惊人相似。他的历史课，兴亡治乱的走势、典章制度的沿革，往往看出对今天的影响，"一切真历史都是当代史"，克罗齐此言不虚，在李培栋先生的课上得到应验。

李培栋的历史课，究古今之变，极精彩，不仅历史系的研究生坐在前排旁听，连数学系物理系的也挤进来旁听，还有体育系的。东一教室里，走道的阶梯上坐着、窗口上坐着（为了大面积的采光，阶梯教室的窗沿很低、窗台很宽、窗框很高），一睹风采。他说朱元璋最恨宦官，曾感叹："汉唐末世，皆为宦官败蠹，不可拯救，未尝不为之惋叹。"于是在宫门竖铁牌，告诫子孙们："内臣不得干预政事，预者斩。"李先生怕大家听不懂，将史料一一板书，从右到左、从上而下：直书！线装书立起来了。然后转过身，补充道："明朝是极重前朝规矩的。"后来太监居然敢卸下背走，说着侧身，双手挪到背后，反掌驼起，仿佛他就是那个太监王振。他情不自禁，我们也跟着入戏。他的课不时引起全场爆笑与掌声，每到此时，先生习惯性地停下来，双手撑着讲台两角，抬手顶顶下滑的眼镜架，情不自禁勾起腿，蹬着后墙，金鸡独立，让另只膝盖休息一会。然后站直，本能性地两肘夹住裤腰，左右扭一扭，企图提起夹紧，嘴角一撇，很阴险地笑了，很享受的样子。等学生笑得差不多了，转过身子，推上满屏板书的黑板，落下高顶上的大黑板，写下一个题目，一环扣一环，不扯！

历史以时间为横线，挂满风干的腌腊货，精彩的史实被时间风干了。李培栋先生，给干瘪的历史一一充气，干瘪如皮的气球从此丰满起来，高高飘扬。历史人物重返舞台，在特定的时间舞台上，栩栩如生，须眉毕现，历史甩出前后因果的辙迹。李先生的历史不仅仅是时间历史，更是故事历史、因果相环的历史，字字有来历，来自信史，而不是笔记。他的生动，源于他烂熟于心，还有他天生的风趣。他女儿李秋颖告诉我：她小时候正值小虎队风靡天下，还有霹雳虎、小帅虎、乖乖虎，李培栋笑着说："闺女，还有一只虎，笑面虎。"先生自谓也。

四十年过去了，李先生的音容笑貌在我的记忆深处，时不时弹窗。他去世的消息，我在报纸上看到，深深一叹。现在同学们见面，李培栋先生依然是循而复始的谈资，像一张老唱片。

8

挖坑教育法——我的上师大先生 之八

四十年前，心理学还属于偏门，我的偏见，心理学是窥视精神病的。什么是精神病？有首儿歌概括得形神兼备："神经病，没毛病，妈妈带她去看病，医生说'没毛病'，原来是个神经病。"神经病，就是精神有些反常，小时候，一兴奋，妈妈就骂，侬神经病又发啦，对哦！口气是贬义的。因为孤陋寡闻，总以为精神病就是十三点兮兮，心理学就是十三点的学问。

师范院校的任何系课，心理学、教育学是必修课。中文系的主课，比如中国古代文学作品选、中国古代文学史、中国现代文学史，都是大班上课，济济一堂。中国通史更是与历史系并班大课，简直就像三角地菜场。教育学也是大班。独独心理学是小班上课，对一个偏门。如此，则近乎奢侈，可见学校对心理学的重视程度，粗活细作，精雕细刻。

教我们心理学的老师，黑黑瘦瘦，只记得姓徐。第一节课，讲台上一站，从讲台后面搜出一块牌子，双手举起，半弧线一转，下弦月转入讲台下，全班异口同声："鸟语花香。"再举起牌子："哦，'乌'语花香啊！"乌与鸟，一点之增减，决定成败，魔鬼藏在细节里，虱子躲在缝隙里。

那节课让我明白一个道理，细节决定成败！高手之间的竞争，没有能力差异，只有一不小心的疏忽。一百分与九十九分，无论知识与能力，毫无差异，往往就因为疏忽了一点。比如文言文断句，忘了一个标点，恰巧一只蚊子飞过，随手拍死在那里，填补了被大家忽略的标点，结果满分，成了状元。这是运气，若有神助，因此险胜，与能力无关。

徐先生上心理学课，不断根据心理误区，挖坑预设，凸显出观点，很有"设计感"。恍然大悟：老师备课，不仅仅翻词典，还必须设计：埋雷！这堂课才有突兀，如戏剧的冲突，所传授的知识点才会被学生铭记在心，甚至一辈子。心理学摊上这样的老师，心理学对如何做教师有直接启迪。

现代汉语的钱漪云老师，也奉行"挖坑"教育。黑板上大大的"染"，然后用红笔在"九"加点，笑嘻嘻地告诫："染匠铺里不卖药'丸'子！"好比数学老师在黑板上画出几何图形，七绕八拐提出各种辅助线，启发诱导学生的空间想象，最后用红笔添出一条最简便的辅助线，座下哗然：哇！同样用红笔，数学老师添加出正确，汉语老师点出错误，错误如界石，匡箍正确。我处世为人，"认真"态度很宽泛，区域在马与虎之间，罅隙可漏吞舟之鱼。凡事大而忽之，错别字不断。毕业后不久，大学毕业生还属于稀有动物，到刚刚成立的《中国城市导报》当记者。先我而去的都是从工厂里抽调来的报纸电台的通讯员，我这个大学生就成了"嘎西（沪语：这么多）多大米，凸出一粒洋籼米"，成为弱势群体。被发配到西风窗下而不是《西风颂》里抄信封。报社试刊阶段，邮局不办理邮发，报纸必须寄平信，我与另一位没有背景的同事，负责抄写信封、塞报纸。抄着抄着，落款编辑部的辑，错成"缉"。"大炮"兼大哥的副总编举着信封，从一楼大步迈上二楼，又从二楼跑下一楼，大声嚷嚷："编辑的'辑'，通缉的'缉'，还中文系本科生呢！""工人老大哥们"开怀大笑。这个报纸待不下去，去了另外一家报纸，从此办公室书桌上放本字典，经常翻翻，像校对一样。不过，出了校门到如今，染，却从未加过点，也算对得起钱老师。钱老师成为我的一字师！惭愧，只得"一"字禅！

想到上世纪 70 年代末的大学岁月，80 年代当记者的时光，90 年代下海闯荡，充满了坑坑洼洼。先生们的挖坑教育，乃是人生仿生学，提前注射预防针。

9

又想起了李泽厚

上世纪 80 年代，思想亢奋，理想飞扬，尤其大学里，见一片落叶有七个人在写诗。整个社会在做梦，到处传唱《在希望的田野上》，流行歌曲是《年轻的朋友来相会》。整个社会充满希望，希望如思想、诗歌，看得见、摸不着、羡煞人。

思想比金钱更受时人尊重，有钱人的钱，借都不肯，何况送你。但思想很仗义，天下与后世均可分享，于是思想家成为图腾。禁锢了几十年，人们渴望知识，需要思想，李泽厚应运而生，源于他的《美的历程》。一出版即炸雷，一时洛阳纸贵。当时书的纸张很糙，钢笔划线纸会勾笔，如草纸，做眉批墨水会化，力"透"纸背如宣纸，黄梅雨天书页会弓起膨胀，因为草的比例过高，甚至是马粪纸。那时最好的纸，仅限于高考卷和《毛选》书，但《美的历程》纸张木浆含量高，即便毛笔也不化。尤其美术插页竟用铜版纸，那是《人民画报》用纸，沉甸甸的厚，油光发亮，挺括！文科生几乎人手一册，床头书柜里没有《美的历程》就是思想侏儒、头脑偏瘫。《美的历程》成为年轻上进的标牌，相当于今天陆家嘴金融大楼里的高管们揎袖夹。当时男生骗女孩的"装"道具:《美的历程》、朦胧诗。那时候的美女或许没有思想，但必须崇拜思想。

那时的美学趣味，男生有思想，就像鲁迅，因为幽默，所以促刻（沪语：促狭），相当于时下男人叼根雪茄、斜瞟四下。女人有思想，更像张爱玲，因为促刻，所以深刻，脑子有毛病额！印证了一句名言："人类一思考，上帝就发笑。"原来偏阴性。校花的因果关系：因为无思想，所以很纯真；因为崇拜思想，所以显示高贵，就像法国沙龙女主人。比舞场女老板高贵多了，后者是妈妈桑。

李泽厚的书掀起了全国的美学潮。有位同学大我近十岁，夜自修斜挎书包还夹本厚厚的书，黑格尔的《美学》在东一教室进进出出，关灯卧谈时，先报作者全名：格奥尔格·威廉·弗里德利希·黑格尔。我的学校前缀"上海"的地方院校，生源都说上海话，他偏偏开国语，像听文艺台的译制片剪辑，有邱岳峰拿腔拿调的感觉。到了他的嘴里，就有些阴阳怪气。阿哥！侬有点过分！偏偏他的"塑普"，还兼带祖籍地口音，美学变"买"学，给透明美学刷层漆，美学患了白内障。名字太长，他说得吃力，我们听得更吃力，还以为黑格尔是第四位署名作者呢。到了90年代，美国人攻打伊拉克，电视里常常报道伊拉克总统萨达姆·侯赛因，儿子还小，很好奇，仰头问："爸爸，伊拉克怎么有两个总统？"我想起了《美学》署名居然有四个名字，其实还是一个人，不嫌啰唆的，弄耸（沪语：捉弄）人！这就是被美学热带偏的一位，居然不会说人话了，一口话剧腔，好像念悼词，他的美学一点不"买"。

不过，刚入中文系一年级，就啃读哲学系一般本科生也不敢碰的经典著作，气可鼓不可泄，应该点个赞！属于斜杠青年。

那时候李泽厚风头正健，常常去高校开讲座，都是大礼堂，都是满座。不记得在哪里与哪一年，桀骜不驯，意气风发，赢得全场爆雷。那正是思想解放的年代。

不知过了多少时间，李泽厚慢慢淡出流行。社会转型，开始全面经商，崇拜的标的物变了。有大学请李泽厚开讲座，海报贴出，又是人山人海，学生们以为是李泽楷。

那时的广告很有思想，名画《思想者》的造型坐在TOTO马桶上。

时代变了，李泽厚远走美国，在一家没有研究生院的四年制文理学院教书。他的英语读到初二，农村学校没有师资了。到了北大必修外语是俄语，英语大概是自学的。所以他怕学生听不懂，将一个概念用不同的词汇解释，学生听不懂一，总能听懂二，后来习惯了，也不怕了，但怕学生提问。后来也不怕了，因为学生问的问题太简单。他很感叹："我知道很多专业单词，但日常用语不行。"这就是一个作家，离开了母语环境的悲哀。在中国，他应该给全国一流的博士上课，有感应磁场。在美国却给还在发育的大学生上课，自然没有回响，好比单行道，有去无回。

今天李先生仙逝，网络上一片波澜，旋即归于平静。一个不需要思想支撑的时代，富二代李泽楷更有号召力，悲哀！寂寞的悲哀，没有回应的落寞。

风流总被雨打风吹去，很怀念 80 年代，忽然想起三联有本小册子，书名《那一代的人与事》，该去翻翻。

10

邹逸麟先生

我不是复旦毕业的，所以这篇文章的标题就颇费周折了。

初拟标题"先生邹逸麟"，很亲切，足以表达肃然起敬的缅怀。但有歧义，先生两字置于名前，颇有依门墙为弟子之嫌。不得不前、后卫换防，"邹逸麟先生"。这是大多数追忆文章的僵尸格式。先生二字处于名后，这个位置的先生，人人皆可得而谥之，是客气，或敷衍，人云亦云，人情味淡了没了。但为了避嫌，不得不随人唱喏，一洗谬托知己之嫌。

我旁听过邹先生一学期的课，仅得凿壁偷光一线之赐。

刚过不惑之年，我突然明白：系统读书才能拾遗补阙，戒免似懂非懂。所以去复旦大学选课，但复旦的朋友不让付费："不就是占座'乘凉'嘛。"结果选课成了蹭课，但课还得自己选。我选的第一门课是邹先生的中国历史地理。我坐在扇形连体座椅的教室。每次上课铃响，邹先生一脚踏进门，刚说完最后一个字，下课铃响，天衣无缝，比数学还精确！一言堂、无问答，丝丝入扣，但有些冷。

大师总在细微处挑剔出熟视无睹的差异，翻给学生看，揭示出历史的纹路，焕发出历史的智慧光芒，让你恍然大悟。

他说安徽南北纵向，跨越三条水系：黄河、淮河、长江。在水利灌溉为主的农业时代，三条水系意味着播种期差异，不利于管理，为何逆鳞而设呢？原来防地方谋反，多此一道屏障，多一道阻碍，谋反机密更容易泄密。原来旧王朝的行政区划，首先是军事布局，而非便利经济，经济服从军事，军事捍卫政权。最后明白了行政区划中的政治狡黠，或山川形便，或犬牙交错。安徽省的设置就是后者，前者如陕西山西、山西河北，隔着黄河、太行山，这是冷兵器时代最经济、最顽固的天堑屏障。文科，尤其是浩瀚令人目眩的史学典籍，足以使你成为二脚书橱的书呆子。邹先生的课可以治愚，使人不呆，且有工具般操作性，如同工科，我是其中的受益者。

　　"文革"初期，邹先生与十位同事徒步去北京串联，沿着运河北上，不忘历史地理，有每天日记为证。过了长江，途经许多县，住宿招待所，有的由牛棚改造，有时落脚在废弃的古河道的破落村镇聚落，往往是牛棚猪圈，铺草为席。我猜想煤油灯、破絮棉、油渍渍的被横头，还有半夜叽叫的吮油鼠辈。他在《邹逸麟口述历史》中感叹：运河既有满足旧王朝中央机关与边防军事卫戍的粮草物资供应，有利于国家统一的正面效益，也有负面影响。南北走向的运河，往往阻断东西走向的天然河道的排泄，结果造成了涝、碱的土地，造成苏北的贫穷。他的学问既是书斋的，也是现实的，用两只脚的勘探验证四脚橱的知识，将史学做成科学实验。

在课堂上，他谈起改革开放前北京市区与郊区的城乡差异，远远大于上海市区与郊区。因为江南是经济兴市，相互交易，某地地价便宜，位置适中，就成为交易市镇。等到地价上去了，又会移植另外一处相对便宜的地方，所以江南地区之间贫富差异不大。北京明清以来成为各大军事机关与中央政府的集聚地，旧王朝的行政开支主要集中在中央层级，一半以上的公职人员集中在皇城，政治消费刺激了当地消费。他早年在北京工作，到通县出差，连个不油渍的破絮被都难找，通过生活，验证学问，发现细节，缝补"语焉不详"之漏。

期中考试前，他宣布这次考试就写篇论文。"文章么自己写，不要搬网上的东西。"接着补充道："网上的东西我也看。"语气既谦逊又自负：言外之意我都看过，委婉地警告与暗示。我肃然起敬，近七十岁的人了，居然有那么好的精力，那么好的记忆，还那么努力。纸质书外，还系统地关注网上该行业的学术进展，而且覆盖，那是海！

第一堂课我就被先生的睿智与融会贯通的学问折服。下课我追出门外，先生推着自行车，我上前喊一声："邹先生！"先生停下车，侧过身来看着我。那时我年少气盛，居然大胆地双手递上名片。先生欠欠身收下，还注目看了看，这是上一辈人物的礼貌。我的名片有《新民晚报·夜光杯》专栏作者、

《新闻晨报·晨风》专栏作者，自以为拿得出手。我提出什么时候拜见先生，亲炙教海。先生很婉转地说，下周我要去外地开会，回来后再约时间。我顺势讨要先生名片，接过一看，差点后仰晕倒——国务院古籍整理领导小组成员，全国政协委员。

我知道先生是民盟的，赶紧找当时的民盟市委秘书长、我的同学方荣，专门伺候鸿儒硕学，请他引领登堂入室见见邹先生。方荣一口回答，没问题！这句打包票的话，反射出先生为人谦逊，不驳面子。

我跟着方荣到邹先生的办公室。他坐在窗沿下与晚辈后生兼外行侃侃而谈。他说："我对我的博士生说，这个学科嘛，喜欢嘛学学蛮不错的，吃饭不成问题。"先生描述某事，总确定边线，像源自英租界的地产图册四至图——划定东西南北的四边界，数字般地清晰，一点也不像文科出身的。"纵横三万里，上下五千年"，开口宏大叙事，开卷万里江山图。邹先生的学问特色，有一说一，工笔画，不写意。大概源自手绘历史地图的训练，失之毫厘，谬之千里。

最近翻阅《邹逸麟口述历史》，第一感觉：喜用数字。"文革"初期徒步去北京的沿途日记，写旧县城的破落，"只有一条南北大街"，寂寥跃于眼前。让我想起1987年我到泰山脚下火车站前开苍蝇馆子，认识一位清华毕业的县级市的副市长，自谦："一个市长、两条马路、三个警察。"数字用得妙，一点也不枯燥。孙中山给张静江书房题写数字联，"满堂花醉三千客，一剑霜寒四十州"，倘若没有数字，豪迈则荡然无存。文学最忌数字，在这里，数字不仅比比喻更真实，而且更生动。

走到镇江南门码头旁，在一家挥手桌面白的苍蝇馆子坐下："每人 2 角钱会餐，可惜每个菜都带酸味。"我还以为是隔夜馊菜呢，先生紧接垫一句"此处以产醋闻名"，冷峻的邹先生居然会爆哏。

16 日走到沭阳县胡镇，"饭店里的服务员还穿着长袍、戴瓜皮帽，可见这里的风气很封闭"。末了补一句"简直像民国时期"。读他的回忆录，多场景、情节、数字，不见形容词，依旧栩栩如生，扑面而来。旧文人忌用形容词，如真美人不浓妆。中学时代邹先生读小说与听京剧，简直是酷爱，这些都是以情节引人入胜。到了晚年，精神出天花，麻点全泛出来了。

忽然想起"三句半"。"充军到边防，见舅如见娘，两人同落泪——三行"，谜底：一人独眼龙。只有情节与数字，噱头随之而出，拔出萝卜带出泥。苏州评弹惯用情节中甩包袱。出生上海的邹先生，一定在评弹中感染过如此病毒款的苏州捧腹噱。

对于"文革"，先生花了大量篇幅，描述而非描绘。描述与描绘，就是历史系与中文系的差异。一笔一画，不渲染，不点缀，不写意，如写生，先生不温不火，不动声色，像个局外人似的，读的人却怒不可遏。邹先生讲课好听、文章好看，字里行间不免"阴鸷"。他对"文革"的回忆，以情节与冷静取胜，却让局外人愤愤不平。

复旦法学院的退休教授郭建一次餐后谈往，1995 年国家教委在北京举行首届全国高校人文社会科学优秀成果奖颁奖，邹先生的《黄淮海平原历史地理》一书获一等奖。郭建代他导师叶孝信先生领奖，与哲学系的俞吾金后到。先到的邹先生替他们订好了朝向好的房间，相当于上海人上公交车替朋友抢位置，遵循规则，争取优先。然后领他们看了看房间，马上催促："放下放下，先去吃饭，晚了就没有好小菜了。"郭建今天谈起这件事，感叹：邹先生非常实惠。其实他不认识郭建，俞吾金充其量面熟而已。后者是学生辈，但都是复旦的，所以义不容辞。他细心，如他做学问，丝丝入扣。

邹先生原来非常热心，他不冷漠，只是冷静，就像他的回忆录。

11

碎忆卢前

我不懂书法，不过好色，美还是能体悟一二的，卢前先生的书法作品便是我的偏爱。

他在世的时候，常买他的字。乔迁新居、公司开业、参加婚礼，也介绍商界朋友买他的条幅、扇面送礼。我与卢前先生，始终有偿交换，这是对艺术的尊重。当时我替上海早晚发行量最大的两家报纸——《新闻晨报》《新民晚报》写个人专栏，小宇宙里也算风云人物。但从不向先生索字，更不以人情裹挟他的作品。有时到他书房取了条幅后，先生提起茶壶，拥向嘴角，意味着想歇会儿说说话，我就站在书桌对面。曾听他喟叹："老了，如果没有爱好，真真无意思！""真真无意思"这句话一咏再三，一口宁波腔。

他真的喜欢天天在家练字，成为排遣老来枯寂的常规项。不外出敷衍，不参加笔会，为人处世不够海派，名气就不如"叫嚣乎东西，隳突乎南北"的"华威先生"们彰显。我开茶馆，"六艺茶馆"四个字也是应他的一口价六千元，那是 2004 年。他开价，我从不还价，他也从不买一送一，哪怕买得再多。这就是他为人处世的"轴"，就像他的短促白发，根根直立硬邦邦，一身耿直。先生与我相识许久，晚年不幸罹患坏毛病，且到了后期。他的学生钱建忠，也是我的大学同学，一天晚上呼我："卢先生想处理掉一些作品，买些进口药"，"大约两万吧"。钱在手机那头迟疑地答道，那是 2008 年。我二话没说，拿了两叠百元现钞去了他们家，奉上两万。照理不应该收书法作品，出于对老先生的尊重，我还是收下了，让先生收之无愧，以显示书生本色，不媚不乞。那天他躺在窗下的躺椅上，侧过头，向我举举手，筋疲力尽，说不出话来。

先生终身临帖临碑，中年后痴迷魏碑。魏碑大都是石匠刀砍斧凿，一刀一斧，砍出点、凿出线，笔笔刀光剑影。尤其凿刻于山崖峭壁上，傲岸独立，昂首天外，笔画间的昂扬，凹凸显笔痕浓淡，宣示不阿之愤慨，抬头远视，怒火冲天，铮铮铁骨，纯爷们儿！与王羲之的《兰亭序》妩媚风流，互为阴阳，双峰对峙。

他的学生钱建忠对先生顶礼膜拜，以至于迷信。老同学聚会，只要在他家，他就会拉开轴头，慢慢舒展开老师的书法作品，开场白已成口头禅："狠哦？"大家点头附和："凶额。"像帮凶，否则没饭吃。钱建忠是这样描述先生的魏碑——用最软的笔毛笔，写出最硬的字魏碑体。公园里常有人双手持着拖把，蘸着湖水，写比脚盆大的字，一笔一停喘口气。先生弯腰持笔挥扫，一笔到底，最后提勾，实在提不起，也拖不动了，飞起一脚，一"勾"出锋，如剑锋利。什么叫中文系毕业的？"状难写之景如在目前"。什么是师范生的本事？表达生动，教材教法第一功。我与钱在上海师院同班，开口好警策，语不惊人死不休，这就是上师大79级四班男生的风格，诈！

21世纪初漕宝路推出新楼盘。那时买房的多下海经商的，多社会底层人物，起于草莽，浑身充满了"力拔山兮气盖世"的豪迈。小人得志，目空一切，妄自称大，开发商投其所好，楼盘名字"望族城"。望族？暴发户修家谱，野孩子找爸爸，酒后舌头有点儿大！开发商亲自登门求字，如今三个字耸立楼顶，如钟馗坐崖，走过路过，不敢仰视，怕吓出脑震荡。

一次路过陕西路，见一刻章门面挂着卢前的条幅"年年如意"。直条幅，起手最上的"年"，一竖如剑，如擎天柱，第二个"年"扁扁两点，如两座小丘，这就是变化。远远看去，"年"高高耸立，一竖瀑布而下，"如意"两字，小小的扁体，垫在脚底，像驮碑的赑屃，两行落款都躲在"年"的左下腋。整个条幅挺拔高耸，英姿勃发，很有林肯纪念堂对面的纪念碑的风味。一柱立于如砥的水池前，昂首天外。他不是写字，而是创作，有布局，有新意，别具一格。

卢前的"点"就像凿落的石块，一竖如剑，一横也有变化，横线上总有不规则的豁口，刀斧的痕迹。睹物思人，仿佛窥见先生三伏天在二楼厢房，驼着背写字，几乎是悬空趴在桌面上，一按一提。他的一横，不呆板，因有凿痕而溢金石气。书法家喜欢讲究线条点画，卢前除此之外，还有砍凿的火气。线条上的凹陷残缺，一横如博物馆里的一柄锈损的青铜剑，不再乏味。

卢先生的一横一竖一点，都有"异象"，我恍然大悟，有些人是写字，先生是创作。不仅立意，而且"立异"。

卢先生的字，也有柔的一面，用最硬的笔钢笔，通过线条的变化，写出最妩媚的字——《兰亭序》，比王羲之写的更风流倜傥，拍案叫绝，神品！我想，枯瘪老汉，心中也有艳遇的涟漪，否则线条怎么会那么的妩媚？可惜他在世的时候，我没好意思张口索要。

卢前的硬笔书法《兰亭序》秀于原作，妩媚中尽显王氏风流。可惜，书法家以毛笔为上，钢笔字被贬低。字画市场，乃资本市场，以门类比高下，就像资本市场，永远比大小，就像背大刀的。

12

螃蟹群里的老师

刘老师在我们的群里、在我们的心里，我们长聚不散，依旧酒肉笑谈，梦里风里！

2013 年开始，每月一个周末，我连续两天听刘统老师的中国现代史系列讲座。一年半后，上完最后一堂课，同学们不肯散去，组了个群"情未了"。刘老师欣然加入，与我们这帮粗识文史的学生混在一起。学生来自五湖四海、各行各业，年龄横跨四十年。从此一年两聚。春天，刘老师规划一条学术性的考察线路；秋天，大家齐聚江南小城镇吃螃蟹。每次一换，都在淀山湖附近，由淀山湖熟识的养殖老板，闪送到饭店。为此改群名——螃蟹会。

都是老板，每次出行，住好宾馆、下好馆子。刘老师绝不要学生孝敬奉养，自掏腰包。刘老师属于旧时代的"士"，内心很自尊，尤其钱财，绝不苟且。沿途行走，走走停停，不停讲解，都免费，如清风明月。

每次出游，下了飞机，租辆大客车，沿途考察。刘老师坐在前，手持话筒，讲解地理方位与历史事件的前因后果。然后大家提问，最后归于宁静。鼾声再起。有时谈到历史上的八卦，一旦争论，叫醒迷糊中的刘老师。也有牛头不对马嘴的提问。刘老师既不讥笑，也不否定，而是委婉开头："这件事嘛，应该这么说……"慢慢转弯，否定于无形之中。所以每个人有疑惑都敢问，因为不伤自尊。

北方同学多，讲究排行，大哥二哥三哥四妹，顺序排下去，以后见面就是这般称呼，仿佛聚义厅。有次齐聚苏州，在章太炎故居，刘老师先介绍章的学术与革命，末了随口说，他的导师王仲荦就是章太炎的关门弟子。穿奇装异服的石柱，居然替章门子弟排序。第三代是刘老师，导师王仲荦是章的关门弟子，自己是刘老师的学生，就是第四代。刘老师知道这是闹，苦笑着，既不能否定，怕坏了大家的兴头，又不能点头，刘老师的学问脉络与章太炎南辕北辙，鲜有传承，只能不置可否。石柱就说："看，老师承认了！"刘老师哭笑不得。石柱的逻辑：沉默就是弃权，弃权就是赞成。这是他们选业委会的权宜之计，因为不关心的多，达不到法定人数，不得已为之。

到了晚餐，一起听刘老师酒后叙谈，学问的鳞羽一闪一闪。有时最大的桌也坐不下，扶手椅换方凳，挤得肩并肩。刘老师端起酒杯，从左到右，悬空半弧，一晃，仿佛一一敬酒，很写意，然后开心地说，这是第七年螃蟹会了。那是2021年11月，在绍兴。

2018 年底，刘老师的《战上海》出版，将历史研究后的写实著作变成社会爆红读物。2020 年，《火种：寻找中国复兴之路》出版，连续获奖，学生们又齐聚上海庆祝。刘老师一时兴起说：到陕西南路找家私人定制店，给每位女生做一件手工定制的旗袍。那是军人的豪迈，临战前尽其所有买醉。李白的浪漫，不惜一掷千金：五花马、千金裘。太重了、太重了，女生一致反对，最后刘老师坚持给每位买了顶级品牌的丝巾。我们只要在一起，五花肉足矣。晚上，他接受中央电视台的采访和颁奖。会后谢绝宴请，匆匆赶到酒店，在掌声中坐下，与学生们同欢。

2021 年下半年，刘老师查出癌症晚期，开始一系列化疗，他从来没哼过一声。在刘老师最后的时间里，直至家属婉谢，常有同学结伴飞上海，陪刘老师喝酒吃饭聊天。2022 年夏天，学生们齐聚昆明，陪刘老师避暑。刘老师很坦然地对学生说："我是唯物主义者，每次麻醉后，都是一次死亡，我已经历多次了。"他没有半点恐惧，恐惧的是我们。

最后刘老师到青城山接受中医治疗，我们商量轮班陪他，我们知道，刘老师喜欢热闹。为了让刘老师更好地休息，家属谢绝了。一天晚饭时刻，同学中的大哥陈柏金用手机呼他，他羸弱而含糊不清地说：正在车上，去华西医院看急诊。甲乙之间一百多公里，又是晚上，山坡陡峭，此时出车，老陈感觉不好，隐晦而担心地问，有问题吗？刘统高声道，没事，不就那么一回事嘛！刘老师生命的最后一段时间里，让我们选修了另外一门课，从容面对生死。

2022 年 12 月 21 日，刘老师走了。那时疫情管控刚放开，我在神农架木鱼镇的山坪上搞民宿装修。晚饭前看到群里消息，赶紧买票，次日一早走，下午到了成都的殡仪馆。同学们陆陆续续到了，肃穆以待，刘统老师安详入眠。我顿时想起弘一法师临终前的墨迹，"悲欣交集"。说得恰如其分！只有经历，才能恍然大悟。大家都说群不能散。我们依照刘老师生前的规矩，每年一次螃蟹会、一次文史游。

2023 年 2 月 12 日，我们齐聚苏州的公墓，参加刘统老师下葬仪式。下葬前，石柱代表同学送上诗一般的送别词："姑苏之春，万物已醒，我们说好的去香雪海，刘老师唯一一次爽约了。草漫溯，日开星隕，我知道先生羽化成仙了。一切过往皆为序章，包括生死，因为真诚之爱延续前世今生。"大家相约每次螃蟹会前，先到老师墓前祭扫。我四十年不写诗了，只能借花献佛，借用惠特曼《哦，船长，我的船长》：刘老师在我们的群里、在我们的心里，从未走远。刘老师：我们长聚不散，依旧酒肉笑谈，梦里风里！

第五辑

文人生意经

1

文人生意经

20世纪30年代，最有钱的行当是纸媒，人称纸老虎。《申报》《新闻报》销量达十万份之上，广告蜂拥而至轧闹猛，印报纸好比印钞票。《申报》的老板史良才成为上海地方协会会长，是上海门面人物。商务印书馆成为中国唯一超越日本同行业的大企业。但提供子弹的文人都很穷，也有例外，比如林语堂。英文极佳，他的专栏《我的话》，往往是先用英语写草稿，然后再翻译成中文，这样效率更高。

因为用英文写作，有英文打字机打字，便于修改，速度极快。当然也可以用1915年发明的中文打字机写作，但太慢。所以二三十年代，文人都是手写，难免一张张撕草稿，前功尽弃。林语堂用英语写了《生活的艺术》，雄踞美国畅销书排行榜榜首长达52周，受到美国总统盛赞。中国是世界人口最多的国家，又是文明古国，衰弱到任人宰割，美国人对此充满好奇。用英文写出中国人的生活趣味，自然引起轰动。后来一发不可收，林语堂用英语创作了《京华烟云》，获得诺贝尔文学奖的提名。介绍中国人为人处世的《吾国吾民》，也是用英语写作，包括后来《苏东坡传》，原版也是英文。鲁迅"劝他译些英国文学名作，以他的英文程度，不但译本于今有用，在将来恐怕也有用的。他回的信是说，这些事等他老了再说"。老了再说，这是委婉的推辞。林语堂为什么不肯翻译英国名著呢？相比英语写作，汉译者是文坛的"小三"，阿二背末梢，吃力不讨好。以上写的四部书，拿美国的高版税，又是美金，币值远高于法币。打字速度快，效率更高。在英语世界获得赞誉后，再翻译成中文，一鸡二吃，挟西洋畅销之余威，与中国出版社谈稿酬有溢价的能力。这就是林语堂为什么不肯汉译英国名著的原因。这个路径，名利双收。相比鲁迅的书生气，林语堂就老谋深算了。林语堂提倡幽默，但文字一点也不幽默，也不干净，却爆得大名，获得财富，置地造屋。因为在崇洋媚外的时代，他发现了自我优势，找到杠杆借力支点，然后轻轻撬动，吊出一桶桶财富。1927 年前后，一般工人月薪 12 元，一斤大米才 0.66 元。8 元一石 120 斤，可以为一家四口的食量。1937 年全面抗战前，一个国立大学的教授月薪二百至三百元。林语堂在中央研究院有几百元津贴。但林语堂每月最大的稳定收益是《开明英文读本》版税。有多少呢？看看丰子恺的回忆，他曾为《开明英文读本》画了一些插图。"真出意外，"他说，"画时虽也讲过抽版税百分之零点几，实在并不想到竟会得到很大的数目。"他在故乡石门所造的缘缘堂费用就用的这笔版税。林语堂是作者，版税总在 15% 左右吧。但最大的收入可能是英文作品在美国的一版再版的版税，可以支持他到美国去写《吾国吾民》，住在公寓里不必在唐人街洗碗。他靠着英语娴熟的特长，在当时是稀缺产品。他又会写文章，如虎添翼，形成独具的核心竞争力，获得巨大利益。梁实秋也是靠他《远东英汉大字典》的优裕养老，听说《远东》一涨价，台湾坊间就传说：新夫人（著名影星韩菁清）又缺钱了。陶亢德在《陶庵回想录》里说，一位给《论语》投稿的作者孟斯根，从杭州来拜见编辑陶亢德，想去见见老板林语堂。不久林语堂问陶亢德："孟斯根这个人是不是有神经病？"因为他要翻译托尔斯泰的《战争与和平》，这将耗竭终身精力，也未必讨好。靠这个在今天评职称可以，赚钱则事倍功半。

写到此，忽然想到画家齐白石，他自我评价：我诗第一，印第二，书第三，画第四，名满天下足以谋生的，却是垫底的画。这是齐白石的营销手段，用画来抬高他的诗、篆刻、书法，也可见齐白石心中还是以文人自诩。君子耻言利，但在他客厅里，长期挂着 1920 年写的一张告白："君子有耻，请照润格出钱。"有人求画，尾数是 5，企图四舍五入，赚个小便宜。齐白石笔下，几只活虾杂拌一只死虾。求画者疑问，齐白石说，尾数减半，只能是死虾。照此原则，仕女画就有可能是独眼龙。齐白石非常有远见，趁着年轻眼力好，闲着的时候，画了许多毛茸茸的虫草，一沓沓堆在书橱上，倘若到了戴老花眼镜的晚年，就无法画出这些"茸"了。到了晚年名气更大，润格费更高，他拿出毛茸茸的毛坯，添上几笔。叠石为岸柳树晓月，虫草还原于有氧环境中，活了！卖出的却是晚年名满天下的溢价，等同银行复利高利贷。陈存仁是旧上海的名中医，尤其伤寒，手到病除。诊余笔耕不辍，其中两本名著《银元时代生活史》《抗战时代生活史》，老上海的风土人情，跃然纸上，满目烟云，謦欬足音，粒粒可闻。不仅畅销，而且长销至今，一版再版。20世纪80年代电视剧《上海滩》片头，"顾问陈存仁"，其实未经作者同意，企图盗名欺世，以增加收视率。1948年作者从上海到香港开辟事业新码头，新来乍到，没有知名度，就在香港发行量最大的《星岛晚报》开设专栏，《津津有味谭》。每天一篇，不要稿费，但必须固定版面与位置。一年365天，天天写吃。在汤菜中加些中药，倡导新理念食补，深受讲究美食的粤籍人士的欢迎，诊所生意迅即打开。

我敬佩这些文人，不利用他人平台干私活、搭积木，不龌龊，而是运用一技之长，以杠杆原理，借力发力，获得财富，捍卫自己。小处"不媚"，大处则"不党、不卖、不私、不盲"，乱世中干净做人。财富保护了尊严，尊严则是自由选择的结果。

2

替"AA 制"画像

我有个北方远亲，迷信铁饭碗，我称之为"铁粉"。两个孩子大学毕业，就业标准，起板国企！附加标准，必须有食堂。这一定是公务员编制，最低也是事业编制。于是一个进了教育局，一个进了监狱局，一个"教育"别人做好人，一个"教训"别人做好人。教育不好就送到监狱局教训教训，红脸白脸、上游下游，一条流水线。先教育，后教训。写到此，我恍然大悟：噢，人，不是教育出来的，而是教训出来的。他们给孩子介绍对象亦如此。有食堂第一，有卖相其次，违反人性。他们的人生对标，就是山东新俚语，"不孝有三，无'编'（有编制单位）为大"。企图坐上吃财政的餐车，捧个铁饭碗，从此成为国家拖斗（沪语：卡车的挂车），财政累赘。从小端给孩子的心灵鸡汤，没考上复旦，就是负担。让我想起我父亲的同学，父亲山东人，也算孔子大同乡。小学时正处于抗战时期，老师为了励志，问学生的理想，一同学霍地站起来："大起来，做县长，吃大饼、'喝'油条。"这也是吃财政饭的。

改革前，企业小而全。办食堂、澡堂、托儿所、电影院，甚至办子弟学校，企业就是卡车头，挂着长长的拖车。

开放后，企业专业化，累赘脱钩，吃喝拉撒社会化。现在有食堂的单位少之又少，绝大多数企业公司，午餐自己解决。一到中午，合得拢的，一起下楼去街边觅餐厅。好的西餐厅，孬的苍蝇馆，再不济拉面店，带人名的是品牌——马济永、陈香贵。只有地名的便宜点儿——兰州拉面。周末加班，同事拼桌分享，边吃边谈，吃完各付各，这叫"AA制"。A与A，没有大小写，一律平分。AA制还有一个不言而喻的前提，参与对象同时有闲，搭伙分享。

所以AA制的源头是办公室的午餐。

AA制的涟漪，扩散蔓延至生活的角角落落，形成文化。年轻人相亲，喝杯咖啡AA制，他的理由：请她？大概率是肉包子打狗。因为相亲成功率是小概率，每次相亲都衍化为一次次精算至脑力衰。由此孕育出双拼婚姻，听说婚后自然也是AA制，理由是这样离婚就简单多了——黄牛角、水牛角，各归各。门，"乒"一声，挥挥手，告别西面的"残"阳。

上海是白领的上海，白领风行AA制，渐渐吹到中老年，乃至退休后的小学老同学碰头会。女的不乐意，渐渐散伙。因为聚餐时男生点酒，不喝的自然是女生，深感吃亏，决定退群。AA制成了人民公社，凸显出平均主义的特色，一不平均，"捧"（朋）友没滴（苏北话发音，最传神亲切）。

这四十年，"变"是唯一不变的。不知不觉，请客异化聚餐，做东的主人没有了。相当于结婚变成合法姘居，男女平等，互不归属。聚会从情义无价堕落为有偿代驾。

AA制的底层逻辑，聚者分摊，互不欠谁。玻璃瓷器，滴水不沾。

AA制的利己特色，随时撤！如游击队，如钟点工，如同居。

AA制的处世本质，因为AA，自然不欠，所以有事别来烦我。说白了，就是不愿为朋友承担责任。两肋插刀？"AA"们看不懂、想不通：做啥？殉情？寻死啊！AA制的一桌，相当于小舢板拼凑的航空母舰。AA制不是聚义厅，是刺猬穴。远了冷，近了扎，等距离，一张圆桌，永远数学等分。餐中AA制，餐后化粪池，塑料姐妹花，最后蒲公英，一吹即散，各奔东西，回归原子。

AA制的处事方式，他有烦恼，找你倾诉；他感到无聊，找你聊天。为了节约时间，选在饭点时间，终了，你付你的，我付我的，好像俩不欠。想到这些，我思考瘫痪。难道我陪你的时间不是钱？千金难买寸光阴！如此聚餐，浪费时间。鲁迅说得一针见血："无异于谋财害命。"鲁迅时代的饭局，还是杀时间的操刀者付钞。今天，AA制倡议者，陪你哭，陪你笑，陪你眼泪哗哗的，与君同销万古愁，侬是李白啊？搭进时间，浪费表情，还要自掏腰包，恕不奉陪！

AA制的行为方式，礼貌很好，关系很浅，相当于微信表情包，好像很热情，实际假客气。在 AA 制的饭圈里，真热情属于十三点兮兮。

有位年长二十岁的朋友，住在"上只角"新式里弄的顶层三楼，三十五年前，空调未普及。大热天，电风扇下，坐着他的丈人。解放前耶鲁大学毕业，依旧领带衬衫，背带西裤，袜子皮鞋。竹榻里躺着，冲着门，头顶电风扇，人迎穿堂风，见面双手扶椅，欠欠身，举举手，然后静默，继续坐，坐一天。修养真好，修到没有半点人味道，一副英国绅士的冷漠，连幽默也是冷冷的笑。白领们追捧的老克勒就是类似的他，一片冷气肉，一定 AA 制。

这类 AA 制朋友，我敬而远之。凡是 AA 制，一概谢绝。好像热面孔，实际冷屁股，皮肤很光洁。

交友之道，应该付出。让对方欠你的，有难你可以托他。或者你欠他，让他有事可以理直气壮来托你。好比旧时代开公司，先要去银行存笔小钱，然后借笔不需要的小钱。一来一往，建立信用，以后有难，借贷就容易了。欠着，就是托人情最好的借口。互相纠缠，不知谁欠谁的，终于成为你中有我我中有你、水乳交融的朋友。朋友就是互相欠，不欠过去的情，就欠未来的情，让生命有点温度。我有个朋友叫曹峥，20 世纪 80 年代复旦外语系毕业，下海做农药外贸。生平第一爱好，请客。哪怕我回礼请客，酒也是他带，红酒白酒黄酒，像做颜料生意的，号称"三盅全会"。结果酒钱比菜钱贵。一次中秋后的螃蟹会，三杯茅台落肚，画家黄阿忠站起来，欣然持笔，一幅螃蟹水墨画，赫然成形，跃然纸上，横行霸道，就是裙边有点小，像只崇明乌肖蟹。阿忠就是崇明"宁"，当即送我，比酒贵，比餐贵。我不敢私吞，转桌盘仿流觞曲水，画停于何人座前，即归何人，但下次宴请由他做东。我请了一桌，结果曹峥送了更贵的酒，阿忠送了最贵的画，我点了那桌菜。好比请吃涮羊肉。我提供了一只铜锅，曹峥提供了羊肉，阿忠提供了牛肉。忽然我感觉自己成了开赌场的，花钱的是来宾，不过在座的都是热气肉。

为了减肥，我过午不食。自从结识了曹峥，破了戒，属于交友不慎，是他把我拉下水。幸亏我不是公职人员，否则曹峥就是坏分子。因为吃了他，所以欠了他，结果我也不得不增加请客频次。朋友朋友，碰来碰去，有来有去。最近一次酒后在厕所里，小便池缸前，头顶着壁、肘扶着墙。曹峥关公脸，侧对我，感悟万千：现在投资什么亏什么，还是请客最好，来了那么多朋友。朋友越喝越多。所以有人托我，手机里一句话，往往就一路绿灯。事后拜托者还礼，又是请客，又带来了一帮新朋友。朋友朋友，碰碰就有。因为欠朋友，越欠朋友越多，好比商家与银行的账户往来，越借越大。

朋友之间就是海绵，你有水挤出一点滋润我，我有雨挤一点给你。庄子有言，相濡以沫，相忘于江湖。

有时请客，有点知识含量的朋友很警觉，问，有啥事体哦？我反问，没事就不能吃个饭？上席落座后他对外拱手谢："让侬坏分（沪语：破钞）。"我总是如此回答："如今，谁请不稀奇，谁来很重要！你来，就是给面子。要谢，谢谢邓小平，让我们这一代有钱请客，从茶客升格为酒肉朋友。"而不仅仅只是坦诚相见的赤膊兄弟（流氓无产者）、相思朋友（书信而已：相见亦无事，不来常思君），否则依旧是一屋子"寒夜客来茶当酒"的蘸醋酸客。"今朝请侬，不是 AA 制。"凡是肯吃这顿饭的，就是不怕欠，意味着有担当，可以称兄道弟。

请客，不过花点钱，但应约而来的，陪你说、陪你笑。再搭上减肥失败，血糖升高、胆固醇堆积、颈脉血管斑块滋生，冒着随时崩掉的风险。风险系数小于坐大客机，大于上景阳冈，需要董存瑞舍身炸碉堡的勇气。今晚，风驰电掣，扑面而来，单刀赴会，不是钱，而是情——一腔热气肉高级动物。

酒桌上，偶有神经病，没有精神病，比如抑郁症。如今，抑郁症成为常见病，频发于 AA 制饭圈里。我的水浒酒汉群里，没有抑郁症，只有神经病。频率也高，比如酒后发作，伴有癫痫类街舞动作。甚至"汾"（逢）酒必喝，喝酒必"汾"（疯）。倘若抑郁症患者，入群即愈，逢酒即愈，一帖灵！唯一风险，抑郁症变神经病，只限于酒后吐真言，一扫心底垃圾，豁然痊愈。

一场酒会，提供情绪价值，可以抑制抑郁症。AA制呢，比如下午茶，上网晒，结果攀比，让围观者情绪伤风，这叫底层互害。

突然想起，AA制有原生家庭吗？这叫问题意识。好像有，叫"劈硬柴"！那时改革初期，大家没钱，偶尔聚餐，也是惊天动地。知道了，吃痛拿出工资一部分凑份子，"轧一脚"，入圈子，付钱就是投名状。吃席就是歃血而盟。

劈硬柴是众人拾柴，AA制乃刺猬相聚，两者非一胞兄弟，亦非一族子侄，连外戚都算不上，属于基因突变，分属淮南淮北橘。

最大的荒谬，就是似是而非，比如劈硬柴与AA制。

3

书的性价比

我有一癖，出门夹本书。地铁上看书，小偷不近身；飞机上看书，从上海到悉尼，从起飞到落地，一个白天，一本书看完了，一个人物的一生知道了，或一个时代知道了，或一个领域的某个侧面知道了。最近一段时间，冠状病毒来了，不得不宅在家里，过去没时间看的厚书，一本本看过来。法租界的前世今生渐渐明白了，法租界与英租界的差异也看出来了。

我身边多市井人物。一次结伴出国旅游，拿了一套书，分上、中、下三册。直到回国下了飞机，见我还在看一样封面的书，开坏："侬到底看书，还是睏觉？"

就性价比而言，读书是最廉价的文娱活动。如果借书看的话，简直就像强盗！没有分文支出，收入都是利润。

非周末的上午，量贩唱歌最便宜。60元小包间，一个上午，相当于文娱场所农家乐。坐在里面，看屏幕，读歌词。港台流行歌的歌词真不错哎，脱胎于唐诗宋词。但环境太吵，不如在家，读《唐诗三百首》，一本才十几元。《全唐诗》两万首，锦缎封面，一本不到百元。什么叫傻？到歌厅，读唐诗宋词，还以为重返创作原点。勾栏处，浅唱低吟："今宵酒醒何处，杨柳岸，晓风残月。"

随着年龄增长，出版社的朋友多了，买书往往6.5折。有时仓库清理，一折起价，免费喝茶。同样是文娱消费，你认识夜总会的老板，进包房可以免费，相当于出版社老总欢迎侬进书店挑书翻书。但陪唱小姐的小费既不打折，更不能免费，你认识小姐他妈也不行。写在书上的叫法律，写在墙上的叫规矩，不言而喻的叫文化。还发明文化奢侈消费的口号暗示社会，当下最不要脸的一件事，"点赞要钱"。只有买书是例外。如果是作者，签名送书，有道是：秀才人情半张纸。

我属于敛财类的土财主，不炒股，炒楼；不借书，买书。偏爱固定资产，相信"看得见、摸得着、用得上"的才是财富。买来的书，可以反复翻阅，摊薄利润，而且唾手可得，节约时间成本。按"千金难买寸光阴"的逻辑盘算，还有倒贴。

我偏爱上海史，相关书都一一网罗，凡搭上1、2、8号线地铁，总在人民广场下，徒步去福州路的上海书城。进门一楼，直线走到底，贴墙的角落专卖上海史的书籍。二十年来，我书房有一墙上海史书籍，词典类的、时政类的、人物类的、图册类的、黑社会类的、金融地产类的，一一分类。想要什么，唾手可得，一般图书馆也未必比我齐全，这就是重资产积累的好处。靠着它，我正在着手收集资料，写一本有关上海的书。书名很奇葩，弹眼落睛，角度与地产经济高度相关。如果这本书畅销——预判应该畅销，书本面对买房子的，讲座面对高净值人群，收益靠讲座而非版税——预估可以涵盖一墙的资料。卖牛奶的小姑娘开始做梦了，千万别摇头说 no、no、no 洒了。现在作家的生计，靠工资不靠版税，相当于玩票的。一旦畅销，不靠版税，全靠讲座酬金。

读的第一本古书《史记》。传记就是我的最爱，中华书局的十卷本，第七卷常常反复看。其中秦末汉初年的英雄，往往大言不惭，不是"彼可取而代之"，就是"大丈夫当如此"。看着看着雄心勃勃，心花怒放。改革开放后，奋不顾身，扑通一声跳下海。三十年过去了，有了点钱，大王有暗疾，好买书。为了书，买书橱；为了书橱，买房子。二十年过去了，房子涨了十倍以上。更惊诧的，2007 年，越南黄花梨还不值钱，收下一堆越南黄花梨木头，做了一墙的书橱与书桌、卧榻、古琴台，抵销这位红木老板的 30 万借款。两年前，教文物的同学马骋兴奋地告诉我，这套书房系列家具，价值二千万。真正验证"书中自有黄金屋"，我特制一杏木竖版，鎏金镌刻——寸木寸金寸光阴。

买书好比讨老婆，一不小心，陪嫁比老婆值钱，有道是凤凰男赤膊拥抱皮夹克。

4

办公室的茶水间——咖啡店

在上海，茶馆不是解渴的，澡堂不是洗澡的，如同酒店不是喝酒的，都是用来交际的。同样是交际场所，跳舞厅与咖啡馆不同，咖啡馆是皮包水，浴场是水包皮，舞厅是皮搭皮。咖啡馆授受不亲君子貌。跳舞厅，手擀面，有点黏答答，一不小心湿手沾面粉。

如果合并同类项的话，咖啡店与茶馆店，相似度最高，却似是而非。

都是卖水的，揉入了时间，那就贵了。一寸光阴一寸金，卖的是时间，当然贵，因为是水货，所以利润高。一杯咖啡在家喝，一元不到，在咖啡店三十起售。为什么不在家里喝呢？在家可以造孩子，见过在家谈恋爱吗？墙上挂狗皮——像画吗？咖啡馆是最好的平台，位于你我三八线，双方可以保持矜持。

同样卖水的，咖啡店讲究敞亮，所以都是在一楼。落地玻璃，甚至沿街露天。茶馆店喜欢幽静，所以都在二楼，都有包间。相比咖啡馆，茶馆是吊脚楼，咖啡馆则是滚地龙。同样谈恋爱，年轻的在"滚地龙"里喝咖啡，坐在落地窗后面，光明磊落。咖啡馆只有大堂，如食堂；只有通铺，如青年旅舍。光天化日之下，对中年男女不合适。年轻人谈恋爱，中年人劈情操，总有点老不正经，去茶馆包间更合适。买单时刻，最能看出彼此的暧昧关系。年轻的喝完咖啡，男方买单。如果 AA 制，男的有点"沙"（沪语。沙：不出油）。女的买单，那是倒贴户头！浦东大娘子，吃煞侬爱煞侬。中年的喝完茶，女的买单，那是夫妻，结完账，勾着男人，一柳三摆走了。如果男的买单，属于老房子着火，出门左右分开走，假装不认识，好比借此拍《潜伏》。

谈恋爱去咖啡馆。办离婚在茶馆，律师在侧，谈孩子归属、谈财产分析。谈大事，往往在茶馆，比如签房产买卖合同，借茶馆包间，咖啡店太吵。毕竟几百万上千万的买卖，上百元的茶资如牦牛拔毛。谈琐事，约在咖啡店，有一句没一句，听得见听不见都没关系。

相对茶馆，咖啡馆太单一，除了咖啡，充其量还有一点面包点心，还是配送的，相当于盒饭。不同处，工地上蹲着吃，咖啡店里坐着吃。茶馆店花头就多了，喝茶、点心、打牌、搓麻将，饿了来一碗面，考究一点的，再加一份浇头，一不小心就成了饭店。到了秋天，斗蟋蟀、赌月饼、比菊花……应有尽有，选用经济学术语：产业链长。甚至反客为主，打麻将为主，喝茶为辅。斗蟋蟀时，不要茶水，倒贴茶钱，图个闲人免入。

茶杯容量大，能续杯，或牛饮，或细酌，座侧坐着一壶水，所以茶馆店一定内设厕所。咖啡店未必，喝一杯就是一杯的钱，越高档杯越小，磨蹭半天，有汗无尿，相当于蹲着茅坑嗑瓜子——入项不如出项大，所以咖啡店往往不设厕所。东海咖啡馆换外汇的打桩模子，守株待兔，等待大户光芒驾到。一小杯混半天，老半天呡一口，这叫优雅。含在嘴里，这叫功夫。最后回流到杯里，清咖变奶咖，这叫能量守恒。茶客也讲究能量守恒，但体外循环于天地间，所以茶馆的厕所特别宽敞，不仅有立兜盆，还有长条槽。迈上台阶，引吭高歌："我站在金色的炉台上，这里是……"茶馆店里你可以很俗气、很真实地活着、笑着、谈着，可以唱歌、怀旧、为所欲为，不逾矩，甚至可以穿背心。咖啡店则不然，一身正装，比如西装西裤，皮带皮鞋，我望而却步。因为我从不穿西装，仅婚礼一次，穿过黑西装，至今悬挂在衣橱里，那个很"装"的李大伟呆头呆脑立壁角，永远立正，不曾稍息过，像在念悼词。

大热天隔着玻璃，看到一身正装的饮客，总是好奇：怎么顶着烈日过来的？噢——咖啡馆多集中在 CBD 里，商务楼集群空间，穿过空调长廊、大堂，推门走入隔壁咖啡馆。原来，咖啡馆是办公室的茶水间，但依旧很拘谨。不过这个茶水间要付费的，好比买了房子，还要付物业费。动迁房的房东很惊讶：在自家屋里，与老婆睏觉还要付钞票。

5

清如水的白描

疫情期间，关在家里，固步自封两个月了。慢慢地，慢下来、静下来。无聊时刻，最好的消遣是读书。因祸得福，读了一叠书，器小易满，忍不住想喷。

先说胡适《四十自述》。

四十年前泛读，一段段读，满足好奇，只获得骨骼般的印象。

四十年后精读，一字字读，窥视到细胞文字。文字是砖，一块块砌成墙。文字的精彩，决定文章成色，尤其散文。第一次发现胡适笔下的白话文那么纯粹，如大姑娘的一头乌发，不带一丝古文的白发。

这本书很薄，如果欣赏文字，最好看的是第一章，最动人的部分是年轻守寡的母亲。

胡适的母亲比胡适的父亲小三十三岁，比胡适的大姐小七岁，比大哥小两岁，双胞胎的二哥三哥仅小她四岁。这样一个家庭里忽然来了一个十七岁的后妈，她的地位十分尴尬。

婚后六年，丈夫死了，留给他的遗嘱："糜儿（胡适的小名）天资颇聪明，应该令他读书。"那时母亲只有二十三岁。

这一段铺垫，结构简单，交代清晰。

下面是胡适的原文。

"我十一岁的时候，二哥三哥都在家，有一天母亲对他们说道：'穈今年十一岁了，你老子叫他念书，你们看看他念书念得出吗？'"

"三哥冷笑道：'哼，读书。'二哥始终没有说什么。我母亲忍了一会，回到了屋里才敢掉眼泪。她不敢得罪他们，因为一家的财政全在二哥手里，我若出门求学是要靠他供给学费的。所以她只能掉眼泪，终不敢哭。"

"你老子"，一个"你"，凸显出他们之间的距离，因为他们不是她生的，却是她丈夫的儿子。

"我母亲"，一个"我"，说明他与哥哥们的距离，同父异母，不自禁地称"我母亲"。

"不敢哭"，皖南一带徽派建筑都是木板墙，隔音差，所以不敢哭。我住过徽派老房子，读到此三字，体会尤深，刺痛刺痛。

胡适的白描，只有叙述，不动声色、不下判断、不做解释，态度全出来了，阴暗心理也跳出来了。在场人物的嘴脸历历在目，让读者身临其境。白描中水印出胡适的白话文功力，没有半点私塾旧书的梅干菜陈腐味，不带一丝旧文化的皱纹。但文字的洗练、段落的紧凑，隐约古文荫下的遗骸。

文学评论家夏志清如此夸奖："清如水的纯白话。"

胡适最大的贡献，首倡"白话文"的新文化运动，自己的笔墨近乎白话文的范式。

胡适还有一本回忆录，胡适英文口述，唐德刚英文记录，书名《胡适口述自传》。那是应哥伦比亚大学"中国口述历史学部"之约，面向英语读者，那时唐德刚正在哥大读历史学博士。二十年后又由唐德刚照着英文翻译回来，出口转内销，其中的文字，脱胎于英语，等于二手货，显不出胡氏特色。

小说靠情节引人入胜，所以译文不影响阅读体验。凭借文字趣味砌墙的散文随笔，译文如白蟹，嚼过的馍，原味没了。

不过唐德刚是文章大家，他对这本书的注释，比这本二手货的中文本子好看多了，显示出唐氏风格。白话文里时不时夹杂着一两句古文笔调。比如1917年胡适参加哥伦比亚大学的博士面试，题目是中国哲学，围着他的六位洋教授，只有一位懂中文，但不能读古文，纯粹"卖野人头"！唐德刚忍不住调侃："考他的那六位虬髯客。"形象直白，别有风味。唐德刚涉猎广，又能扯，海阔天空，满肚子的学问憋不住，一个小问题的注释，就是一篇文章。给《胡适口述自传》写个序，结果成了一本书《胡适杂忆》，序言比原著还厚。再请人给这个序写序，好一个"呱呱叫"的唐老鸭！（呱呱叫：沪语里顶级的意思。用沪苏北人对白饶有趣味："拉一勾？吾妈妈。身体好？呱呱叫！）一个注释，引经据典、三坟五典、金石甲骨，乃至掌故民谣，捎带开涮，杂乱纷呈，虽洋洋洒洒，却天高云淡，唠叨而不讨厌。就像山东快书的开场白："火车站里有火车，火车里面有旅客，旅客提着旅行包，不是上车就下车。"听山东快书，首先是开场白，啰唆得嚛！一炮打响，才能招揽客人，这是本事！读大嘴巴唐氏文章，一地碎花瓷，琐碎而不厌。

胡适的文章是清蒸宽带鱼，唐德刚则是红烧头尾，时不时淋上几滴古文勾芡，如李锦记老抽清浇上色，文白叠加，就成了复合调味料。唐氏臭鳜鱼（唐德刚安徽人）真入味！读《胡适口述自传》，一定要看唐的注释，伴娘比新娘子好看！

要欣赏胡适白话文"在山泉水"的清爽相，只有看他自己亲手脍炙的《四十自序》。再看看当下文字，傻白而啰唆，因无古文的熏陶，骨架都散了。

现在的上乘散文隐约间有两溪流派：

一文白，解放前梁实秋的《雅舍小品》，"文革"后张中行老先生《负暄琐话》；

一纯白，除了胡适，难觅那么纯粹的。但胡适告诉唐德刚："共产党里白话文写得最好的还是毛泽东。"

要知道，解放初毛发动全国性的批判胡适运动，但胡适不以言废人，亦不以人废言，显示他一贯提倡的"宽容比自由更重要"。请看毛的《纪念白求恩》："后来他给我来过许多信，可惜因为忙，仅回过他一封信，不知道他收到了没有。对于他的死，我是很悲痛的。"寥寥数句，娓娓道来，一往情深，感慨系之焉。语言畅达，句句环扣，一字难移。须知那是 20 世纪 30 年代写的文字哦，那时白话文还发育不全。刚刚引入的助词"的、地、得"与新式标点往往混淆不堪，毛的白话文已经那么娴熟流畅，不掺半丝杂毛。比古文还精炼，一眼看出毛的古文底子之扎实。

介绍一本书，带出一堆书，温州人卖皮鞋，买一送一。

一只蟹足，拽出一串大闸蟹。唐老鸭——我送唐德刚雅号——的扯，在我笔下真的还魂了。

6

摆噱头

旧上海的市井文化与流氓文化几乎是源与流的关系。杜月笙的口头禅往往是民间口头禅，因为他是市井"模子"。比如"人生下好三碗面""体面、场面、情面"。上海人特别注重面子，男人出门两包烟，牡丹牌放内插袋，蹲坑自用；中华牌放透明上衣袋（的确良衬衫），出门敬客。两套服饰，在家一套，汗衫背心裹老棉袄，可以千疮百孔，出门则焕然一新出客服，俗称"皮子"，又叫"行头"，这是演员的戏服，换新衣服叫"翻行头"。

皮是壳，皮子就是外套，旧称警服叫老虎皮。皮子，大概是被面子的缩写，上海人骂人不要脸："面子不要，革里（沪语：内衬）也不要了。"只剩下赤膊戴领带了。

比翻行头还要夸张的，就是摆噱头。上海顺口溜："噱头噱头，噱在枯榔头。"标准像都是脖子以上的特写。介绍女朋友，媒人带给对方的，往往是大头照，颈部以上。胸部以上，那是X胸片。剃头费比洗澡费贵，面积小，收费大。

上海人注重颈部以上的脸部。雪花膏是抹脸的，如果"雪花膏擦屁股上"，属于"戆大扛木梢——吃力不讨好"，好比"暗弄堂里塞火腿——有眼不识泰山"。男人出门，先要往台盆上的镜子里探一探头，用梳子梳梳头，像划鳝丝一样，划出三七开。出门见朋友，抹上些"豆"油，如果异性朋友，格记（沪语：这次）开销大了。抹发蜡，像山东厨师拉土豆拔丝一样，拉出个飞机头造型——"前冲三"，挺刮如硬板纸，仿佛戴顶鸭舌帽，搁块砖头下不来。镜光可鉴，苍蝇趴在上面，双脚打滑踏飞轮，最后顺坡溜扶梯。女人涂甲描眉装眼睫毛，最隆重的还是要做个头，不是装榫头，而是要噱头。回头率高不高，就在于噱头好不好。相当于新闻的标题，收看率高不高，就在于标题的耸人听闻，网络副标题最惊悚，惊悚血腥，马上就删！

20 世纪 80 年代末，金庸的武打小说风靡九州，盗版书蜂拥而起。我的大学同班同学钱建忠，开了一爿书店，专卖武打。门帘太小，不得不在门前走道上，撑起一块三夹板，竖写双排黑字，如大西装的双排纽。"月黑风高，杀人越货"，为武侠小说的点睛张目。攻其一点，不及其余，挂一漏万的概括，过路者不由得收住脚步，忍不住探头相询。生意爆棚，夜里忙着点库存盘账，没空与我们谈理想。

歇业后，建忠闭门练字三十年，练就一手刀砍斧削的魏碑体，由蟹爬字到书法家，强势崛起，逆袭成功。倘若当年书店面前的小黑板，写的一笔今天金刚瞪目的魏碑大字，再添个副标题——武侠来啦！惊煞钟馗，吓死小鬼，吓出内伤，大小便失禁。好比卖酱瓜的六必居，店招是严嵩的，不失为一段佳话。

计划经济时代百货有定价，一双鞋都有行价。到了市场经济，自由定价，一双皮鞋没有行价了，100元卖不掉，加个0，滞销转畅销。现在促销方法又变了，一只一卖，然后旁注买一送一，买者窃以为捡了便宜。想起大学时代，全寝室洗印照片发了点财，集体出游杭州。风雅争上楼外楼，单点一尾西湖醋鱼，端上一盆，居然趴着两爿！以为两条，喜出望外，选用《水浒》语"一夜无话"，像做贼似的，吃掉一爿，裸露盘底白瓷，原来是一鱼劈成两爿！一场虚惊。皮鞋是买一送一，醋鱼是合二为一，这就是"噱头"。

20世纪80年代末，浙江有个名牌男装杉杉西服。名字很有挑逗性，穿着它挺拔如杉，男人的最高美学标准玉树庭立！驼背都想穿上它，具有心理矫治功能。就像北京的胸罩品牌：挺好。噱头比卖相好！价位在一千以上，当时工资才150元。我这个理想主义的书蠹头也忍不住感慨："有钱真好！"后来见到了彬彬西服，似曾相识，才四百多元，见多了，杉杉与彬彬混了，不敢读出声，怕读错别字。最大的谬误不外乎似是而非的真理。

大学毕业，我华东政法学院的朋友：白天打离婚官司，晚上卖鸳鸯丝袜。我呢，白天当记者，晚上卖过西瓜，其中兰州蜜瓜，伊丽莎白。当年出国热，上海人未必知道武则天，却都知道伊丽莎白是英国女王。我顺势而为，竖起一块厚纸板，大书特书:"伊丽莎白,缺点太甜!"再顺风借力:"吃了蜜果上火,别忘西瓜败火!"这叫一拖二。但西瓜的优点,总不如伊丽莎白的缺点。好比美女蛇的回头率,总比良家妇女回头率高。男人不坏,女人不爱,妖精总比正经俏。

北京人更幽默,奥拓的后窗,贴着大字:"别看我的个子小,我的大哥叫奥迪。"我永远记住了奥拓。

我同时兼职企业策划,曾经充当慈溪制药厂公关部经理。该厂拳头产品皮炎平,就是涂抹皮肤溃疡的。参加广州全国医药交易会,我找来一幅玉照。一意大利女郎,黑发过肩垂胸,穿着半透明的丝巾,露出丝滑发亮的皮肤。我在图片下端斜拉一条字幅,"好衣服不如好皮肤"。作为皮炎平的广告语,制成单页日历,广为散发,卖的就是噱头。

后来为东北一增白霜的厂家策划,广告语:"比屁股还白的面孔"——增白雪花膏,话糙理不糙。太俗,不好意思啦。

好面在于浇头,标题在于噱头。噱头比内容更重要。

7

线上选书诀

学会了线上购书，才发现云上书库是堰塞湖，点击一本书，同类书一长串，烧香引出鬼来，居然有那么多李鬼啊！选书就成为一门学问。

除了部分鬼怪灵幻小说外，线上书均源自线下出版社，传统的选书诀依然适用。

标明主编，肯定不是原创。先查百度，如果主编是博导，各章节的撰写者，可能是他的研究生。硕士三年，第一年生手，第二年枪手，第三年忙着找工作。毕业了，下一个新手上，菜鸟接力，还是菜鸟品质。这样的书能出版，主编的面子——申请、立项、基金、买书号、挂羊头！掌舵的是博导，划桨的是菜鸟。小舢板拼凑的航母，尽管联合舰队司令是山本五十六，一帮渔民驾着一堆捕鱼船，充其量硕士论文，类似于读书笔记。读这样的书，等于批改作业，与己何补？

标明编著，还不如编。编，搬砖头，编者是送快递的，原汁原味，"农夫山泉"，纯！编著就不老实了，不知掺了什么水，"水"货，删！

如果是编，那就得翻翻内页。都是大家的话，可能家有存货，买回去叠床架屋。如果是年选，尤其文学，那就要看看入选者的名头。都是名家，那就要算算平均年龄，超过七十，就要三思而行了。人的成长规律，女性到了 25 岁，皮肤开始松弛，打针的除外；男士到了 30 岁，体力开始衰退，打拳的除外；过了 35 岁，创新能力（科研）开始下滑；过了 50 岁，创作能力（文学）开始下滑。当然，回忆录除外，学术随笔除外，絮叨人情世故的除外，这些都是炖品，需要时间陈酿，火到猪头烂！非"老甲鱼"们莫属。

如果是著，先看作者。如果陌生，那就要看出版社，那是疏密不同的多层过滤网。中央级的，商务、中华、三联，地方级的，江、浙、沪等地的人民出版社。或者专业出版社，比如上海古籍出版社出版的古籍，上海社科院出版社出版的社科著作。这些出版社，编辑乃第一杀手，报选题，送审核，最后由出版社筛选，重重拦截，脱颖而出，生活硬扎！

如果是译，尤其学术著作，须知译者的学术背景。如果是该领域名家，选书不差，译文准确，但翻译的更高标准是畅达。如果只是个外语人"材"，对应汉文，长句从句，正话反说，阴阳怪气，疙里疙瘩，塑料面疙瘩，还不如不懂外语的林纾，散文高手，译文比原著更精彩。汤永宽笔下的泰戈尔诗选，斑斓多彩。我有个错觉，原诗是锦缎，汤是裁缝，裁剪出一袭水蛇腰的贴皮旗袍。文学翻译的首选是才情，而不是外语系背景，如同外交部部长，是口才、智慧，不是同声翻译。

最近看到《斯密评传》预告，吴惠林著。查了网络，哇，台大经济系博士，有芝加哥学派之称的芝加哥大学经济系访问学者，《经济前瞻》的主编，出版了多部学术著作。这个学术背景，证明非外行选书译述。且常在各大报刊发表时事评论，能写报章体，文字必然畅达，非数学模型经济学，外行可以看懂。毫不犹豫下单，顺便将他另外一本《蒋硕杰评传》也囊括其中。

卓越仅限于域内，越界就有点扯。今年上半年一研究方向为中东的国际政治博士生，自负地以为石油盛产国集中在中东，学术认知应该高于社会平均值，凭借俄新社新闻下判断，贷款投资原油宝期货，结果倾家荡产。幸亏是个蠹头，企图闷声发财吃独食，如果夸夸其谈，汇编成书，读者陪他跳楼。

但网上书商很狡猾，书名最大，书价最清，如新凿的墓碑清晰、深刻。作者名字，依稀仿佛。著、译、编、编著、编译名字更小，基本看不清。出版社名字根本看不清，尤其无法翻阅目录。下单吧，邮来的是盗版，甚至复印。尤其同济大学出版社出版的上海史，偏重市政，图片多，开本大。复印者为了节约，缩小开本，必须拿着放大镜，如鬼子探雷。要么就是似是而非的书名。

竹简时代，盗版成本等于初版，所以只有经典流传，开卷有益，此言不欺。到了电脑时代，一键成就，只需纸张，结果海量书籍，开卷有菌，筛选费时，无异谋财害命。

　　线上购书，不亚于误入布雷区。安全走出，相当于举着火把，穿过火药库，无异于股市脱险记。

书生孝

物质的提高，医疗的改善，上海人越来越长寿，老年占比超过三分之一。怎样养老？成为社会议题；怎样娱老，更是下一步的期待。

中国特别讲究孝道，所谓百善孝为先。古代有二十四孝，比如卧冰求鲤。为何不能破冰，利用趋光钓鲤？非苦肉计而不能昭示至孝至纯？可能触目惊心更有警示作用？如此，高堂则背负不慈之罪名。"埋儿奉母"更野蛮惊悚，更不合情理。老太不见了孙儿，难道不闻不问吗？残忍至极。古人写文章，讲究"语不惊人死不休"，久而久之，笔下世界好走极端，攻其一点，不及其余。为了凸显孝，不惜陷高堂于不仁不义，其实读者不傻且细心。中国文人的文章，我总怀疑在"编故事"。如果说前两则养老局限于垫饥，属于物质层面，"彩衣娱亲"则是精神层面寻开心。但有点十三点兮兮，如果我是老莱子他爹，首先担心：儿子的脑子是否被枪打过？被粪浸过？

上一代的父母还延续着多养儿子多种树的传统。树粗了给儿盖屋；子多了为父母养老。儿子越多，负担越轻，领来的儿子去当兵，体现出"父慈子孝"的良性内循环。解放后住进公房，只求多子多福了。

到了我们这一代，父母老了，子女自然分工。拿退休金的，出力负责陪伴父母；做老板的，出钱请阿姨；"立升"（沪语：财力）大额，买单进口药、特需病房。如果上市公司老板，则在医院隔壁买套房，装入公司资产，全国股民出钱供他爹。如果有女儿的，养老质量明显提高，不仅享受亲情护理，还享受贴身护理。

独生子女家庭，怕拖累孩子，老了自动进养老院，等于进牢房，不能随便出门。十余年前我们三位大学同学创办银康老年公寓，现在已经成为标杆企业了，尤其在认知障碍照护领域。前些年我就想：从日本进口二手老人车，座椅可以延伸门外，让老人坐稳，移入车内。或者推开后门，放下斜板，轮椅顺着导轨送入车内，车内由保险带锁住，老人腿脚僵硬，不必抬脚蹬车。然后去古镇重返童年，还童养老；或去江浙游山玩水，风景养老。相比彩衣娱亲，是娱乐，不是愚乐。一家老小包一辆房车，陪着老人家出去兜兜。现在吃顿饭，人均消费二百以上，两千元一桌是中低档配置。一家三代外出兜半天，同样两千元左右。吃饭？游玩？老人更喜欢哪个？空闲部分可以向其他养老机构出租，一定有市场。对老人而言，精神娱老；对鄙人而言，智力养老。

我的朋友葛昆元，退休前是《上海滩》杂志的执行副总编，曾受文史馆之命，撰写《沈寂口述回忆录》。葛先生是华师大"文革"后首届77级大学生，不擅家务，怎么服侍九十多岁的父亲呢？他运用写过回忆录的特长，给父亲列了个提纲。每周轮到他探视父亲，父亲则滔滔不绝地炫耀："想当年……"说着说着，沉浸当年，阿爸，侬老卵！因为有了提纲，老人回忆不再重复。从此老父亲天天按提纲准备腹稿，翘首以待，葛兄要的就是这个效果。老人们自称"三等"公民：等吃、等睏、等死。早晨醒来不知道干什么，无穷时间、无限寂寞，现在每周有个小目标，他儿子还给他一个大目标，百岁生日大礼包——《百岁老人眼里的左邻右舍——葛××回忆录》。葛兄还有个阴谋。过了一百岁，再列个提纲，写下集：《百岁老人的老单位老同事——我的前半生》。格记（沪语：这趟）上去了，像溥仪皇帝一样，但比伊长寿。让老父亲永远有盼头，一口气吊着，活个大寿。让老父亲永远沉浸在过去，期盼明天，这是怀旧娱老。葛兄不仅将唠叨编排出秩序，让老人天天有盼头，而且编辑成册，有可能变成上海市井非遗产品，展现平民视角里"旧气象"，这是一个创举。老了还有听众，想到今后还有读者，"任重而道远"的历史责任感油然而起，于是很有尊严地唠叨，很有意义地活着，这叫精神养老。下次上门，送一幅字，"老骥伏枥"，还贴着耳朵解释道："老骥啥意思？千里马里面的老头子。"等他一句骂："小巨头！寻倷老伯伯开心！"再一记头挞！好比扩胸运动。

　　养老不仅需要钱，更需要精神娱老，这需要力所能及的创意！

　　谁说百无一用是书生？

路灯下

现在路灯下的路面，光如晕。灯与灯之间的光圈，无间隔，浑然一体。但路与路之间的灯罩艺术风格可能不同，甚至攫取的光源也不同，有源自发电厂的，也有源自太阳能的，还有源自风能的。

小时候的路灯千篇一律。搪瓷铁皮罩，白腹蓝脊，中间有孔，灯头探出，聚于灯罩下，直射加反光，双倍照亮路面。每个路口总有一盏路灯，冬天暗得快，路灯亮了，路人稀落，远远望去，孤独地泛着橘黄色。我们兄弟仨，烧好晚饭，捂在饭窠里，下楼蹲在门口台阶，双手覆在膝馒头上，等妈妈回家炒菜吃饭。"文革"时期，父亲在被街坊揪斗后，发配到农村"五七"干校，我们家低人一等。那时三兄弟还在上小学，常常受欺凌。三兄弟必须聚在一起，但凡有大孩子欺负，前后左右站着，他就陷入腹背受敌。小弟弟刚上小学，伸拳无力，就举着一块红砖，跳到他的后面，使他如芒在背，进退不得。滴铃铃，妈妈的自行车穿过路灯。我们雀跃而起，奔上前去。一个刹车，落在我们三个面前，三兄弟赶紧抢过自行车，绕着房子转，路灯照亮前方。抢不着车的，帮着母亲拎包上楼，再转下来。车，必须轮到他，谁都不能赖皮。绕着公房，在路灯下飞快闪，邻居们嚷嚷："看，李刚家的三只小老虎！"

　　路灯有的悬在马路旁电线杆上，有的挂在拐弯墙角上，地下一圈圈的光圈，罩着你。那时家家穷，夏天的屋里厢，晚饭后，灯舍不得开，也无风扇，都在外乘凉。年轻的就聚在路灯下，赤膊打牌，小桌子上方围着一群头，看下方的四位打牌。站着的人，可以看任何人的牌，到了悬念时刻，站着的都低头弯腰，坐在下面打牌的高呼："闪开点，灯光遮没脱了！"有时站得太密，下面密不透风，高呼："让开点，风没脱了。"坐着打牌的都端来茶缸，放在桌下脚根，围观者渴了，也可以端起来喝。如果你嫌脏，喝的人理直气壮："茶呀，又不是人参咯，有啥稀奇不煞额么事（沪语：没啥稀奇）。"旁人也会垂睑斜视："噶小气！"那个时代，家里不买茶，茶属于劳防用品，单位免费发。更有甚者，茶叶吸附在唇，又"呸呸呸"吐回茶缸里，再放回桌下脚根。

　　灯罩下凹显出坑一般的灯圈，罩着一个小团体，可能是一个门牌号里的左邻右舍，也可能玩在一起、待业在家不去农村的高中生，一律都是男性。女人呢，洗完碗筷后，偶尔在门口坐坐，透透风，又转回去。一家人换下的衣服裤子等着她洗，那时的女人就是女人。所以那个时代有出风靡一时的滑稽戏《路灯下的宝贝》，不用问，选只"宝货"一定是只雄头。

"文革"末期，林彪事件一曝光，整个社会信仰被怀疑摇撼，人心涣散。此时的物质严重匮乏，种地的缺口粮，农民拿着鸡蛋到上海换粮票。会画画的，开始在家临摹粮票，交易一定选在路灯下，灯光昏黄，再加上鬼鬼祟祟、东张西望，假粮票就倒卖出去了。宰了人家还幸灾乐祸骂"乡下人"，好像理所当然。这就是上海人，不嫌滑头，却骂憨厚。这是海派文化里的潜意识，崇尚机灵，鄙视老实。

"文革"后，自由市场出现了，山上下来的（威虎山上都是土匪）、庙里出来的（囚犯都是光头，号称和尚头）没有工作，就在菜场卖水产。农民只能卖蔬菜，水产利润高，上海小抖卵（沪语：上海小流氓）属于地头蛇——统包。改革初期，个体户都是无正经工作的不正经人，名誉欠佳，水产老板尤甚。白天卖水产，晚上就在路灯下炫富，摆上熟小菜、海鲜，尤其十月份上螃蟹。那时我在《消费报》当记者，给投诉文章做标题《一只螃蟹脚9块洋钿》。原来该市民拎起螃蟹脚掐肥瘦，结果断了。上海人讲究卖相，残疾螃蟹卖给谁？这只蟹，断脚连整蟹共9元，硬要他吃进，等于一只蟹脚9元钱，奉送一只蟹。如卖鞋，右脚鞋翻倍，然后附送左脚鞋，这叫"买一送一"。那时一斤纯精肉0.98元，9元钱可以买十斤肉，相当于青工（36元）四分之一的工资。一桌螃蟹在路灯下，如同现如今院门口泊辆宾利豪车。正上方悬着的路灯,灯罩之下,罩着吃香喝辣的水产老板,这是他的高光时刻,正想炫给暗恋的隔壁小芳看。此时的他就像舞台上灯柱里站着的明星。小兄弟下班回来了,路过,围拢来了,跷起大拇指,朝他挺举:"阿哥,格记侬上去了。"主人赤膊,脖子上指粗的金链条,突兀得很,这就是身价。穿着老头裤,裤裆肥大,需要一掖三,嗥称"一打(档。沪语:打与档同音)三反",腰带一翻卷,掖着一包"红壳子"(牡丹牌,后来升级中华牌)。还有5元纸币,一折二,骑在裤带上,一半露在外,豁胖!不言而喻。当年市面上最高面额10元,人称"青币",市面上少流通。5元是大额钞票,人称"黄鱼头",旧上海金条的俗称。肩膀搭着汗巾,陷在竹爿躺椅,举起筷子指着一桌菜:"坐坐坐,谈啥,只要开心。"大呼小叫,就怕隔壁小芳听不见。"对对对!"吃白食的点头附和,哈着捧着,就像《小兵张嘎》里的翻译官在皇军面前。也有的骑着车远远地躲开,吃白食的帮闲扬手帮腔道:"吓煞忒了、吓煞忒了,又不要侬还的唠。"吃人请,要回请,这也是海派潜意识,朋友朋友,有来有去。

毕业后,我在鞍山六村还住过一阵子,先是当记者,那个时代最"嗨威"(沪语:形容得意)的职业,神抖抖吃"四海"。后来做生意,常常早出晚归,"耍酒包"(沪语切口:酒店里吃大菜)回来,起风了,灯罩前后摇晃,地上的我,忽长忽短，鬼祟同行，缀而不舍。身后的灯罩风中后仰，倒影缩短了，把我收回去。那是冬至晚上，鬼节！前面的灯罩照着我，搭住我的肩膀，身后的倒影长长的，拉住我前行。我则摇摇晃晃，引吭高歌："莫非是你跟我走，没有别的等候……让我一次爱个够，直到永远……"后面的词忘了，忽然开窗大骂："寻死啊！不睏觉啦。"

"草草杯盘共笑语，昏昏灯火话平生。"来瓶七宝大曲，就着猪头肉，路灯，罩着当年的"威廉小强"们多少江湖记忆。

10

怀念单身汉的夏天

先有鸡？先有蛋？作为家庭，先有鸡后有蛋，先有老婆后有娃。

现在居然先有蛋，后有鸡，出现了"奉子成婚"。这个小三上位的套路，如同捏着贪官的赃款，要挟合伙！

我，还是传统的一代，先有老婆后有娃。不过步入婚姻殿堂，男人开始走下神坛。

婚前，尤其夏天，白天在单位，T恤西裤。如果日本公司，衬衫西裤，捂到下班回家。爬上顶楼才算到家，扶着门框，脱下鞋袜，自下而上，逆袭蜕下社会外包装，水落石出，显示出真理的光明磊"裸"：除了短裤，余皆肉身，略显英雄本色，胸口植毛，肌肉浅雕！家，就是剥了壳的白煮蛋。然后阳台泼一潲凉水，然后冲个热水澡。回到阳台上，一榻卧于风口。阳台门与卧室门、走道门、直通公共走廊的房门，末端是贴着走廊的窗，统统90°撑开敞开，形成一个风道。对着公共楼梯走廊的铁栅锁死，从此"风可以进，雨可以进，国王不可以进"，终于形成私域闭环。享有局促的心理安全、狭隘的自由空间。铁栅就是代价。

头朝阳台，脚冲楼道，热水澡后，毛细孔绽放盛开。一阵细风逆袭，始于脚跟，如刮带鱼，风，是"有机搓背"，选择逆批鱼鳞的套路。热胀冷缩，渐渐地，毛孔收紧，浑身滑溜玉凉。

卧榻枕边，一只骨牌方凳，一杯高筒杯子，叶叶漂浮，高高在上，慢慢绽放，慢慢饱吸水分。终于不堪重负，一左一右，滑板一般冲撞，醉汉一般沉沦，直至沉淀，甘为茶托垫底。一杯透明水渐渐雾化、染色，由青变绿，最后莹莹的绿，如夹岸林下，尽染一溪碧，却依旧清澈见底。

此时捧一本明人小品，一阵穿堂风，腋下痒痒的，快哉雄风。清风翻书，翻哪看哪，正好一叶落入徐渭信笺那一页："风在戴老爷家过夏，在我家过冬。"工薪族成戴老爷了？人生至乐，不过四季得时，夏有穿堂风足矣，千金难买。卧读如游，一榻如舟，溯流而上，一桨划入宋人笔下的幻境，"顺风恬波，傲然枕席之上，一日而千里"，举袂飘飘，迎风而上，羽化登仙。

单身汉的家是动物世界，赤膊穿着短裤晃来晃去。高兴时引吭高歌，神经病发足："我是一匹来自北方的狼／走在无垠的旷野中／凄厉的北风吹过／漫漫的黄沙掠过。"那时的嗓音，有西北风掠过雪地树梢的呼啸声。第二天隔壁阿姨楼道里见了我，阴阳怪气地说："小弟，侬额嗓子一级了。"幸亏晚饭后吼一吼，再迟，就是噪音，从《夜半歌声》到《半夜鸡叫》。

刚毕业当教师，没有坐班制，三天打鱼两天晒网，一周就过去了。后来当记者，因为是周报，更散漫。朋友一个电话，说走就走，哪怕晚上，骑着车、弓着背、昂起头，迎风竖发，一路走一路吼，欢天喜地。那是 20 世纪 80 年代初，整个社会欢声笑语，最流行的歌是《在希望的田野上》，最畅销的书是《走向未来》，一本一本，是丛书，如机关枪——连发。

一旦结婚，老婆就是警察，首先夏天不准赤膊，在家起码要穿背心。女儿稍大，背心加长版，带袖衫、过膝裤，像杜月笙一样。三伏天在家，风纪扣系牢，强盗扮书生！在家与上班一样，否则老婆会冷冰冰地提醒："哎、哎，注意一点好哦，这里还有女同志！"

顺着改革开放的深入，我也脱离了集体主义，成了个体户。夏天，最惬意的时刻，早晨坐在后院。此时，无杂事打扰、无广告骚扰、无蚊子偷袭，却受微风侵袭，一阵阵如海浪。泡壶茶，不论好坏，带色就管；读会儿书，不论深浅，喜欢就行。幸福就是随心所欲，此一时彼一时，源自内心，因人而异，无标准，自得其乐即为仙人。倘若幸福有标准，如浑身名牌，从此"心为形役"，相当于大块头赤膊豁胖！偏偏路人匆匆，无暇看、不屑看，真是给瞎子抛媚眼——浪费表情！近似十三点路旁发羊癫疯。

沉思正在翱翔，老婆来喊："走，陪我去菜场。"帮着拎菜啊！其实司机也能搭一把。阿姨见了，说："我跟你去。"从效率上讲，最佳匹配，阿姨可以帮着配菜选材。不，偏要我去！这叫惩罚性陪伴，相当于拨侬弄点耳光嗒嗒。嗒嗒沪语尝鲜味道！客气哦？笑里藏刀。

老婆需要陪伴，老公就要陪葬，这就是上海夫妻潜规则。结婚前无人告知，结婚后有一种"吃套"的感觉。"一行作吏，此事便废……舍其所乐而从其所惧。"忽然想起胡适的三从四德。开门泼水第一戒，太太出门要跟从。四十年后在此获得辣眼注脚，"从此多事矣"。

菜场里，我站在一角，守着买好的一堆菜，站着看书。过往者一定很好奇，瞥瞥斜眼乌珠：怎么到此装腔，莫不，白相"快闪"？老阿哥，侬年龄也不嫩了，过分了！

司机不拎菜，坐在车里可以省下十元停车费，这就是我帮着拎菜的代价，我的身价就是十元！

又到夏天了。最近我在菜场旁的马路摊上买了一件汗衫，后背印着日本体汉字："别理我，烦透了。"我穿着它，坐在后院，背对着门，读书喝茶，疫情期间，静默以待。

11

幸运　我这四十年

　　我智商一般，情商有些"二"，这是北京人的数字刻画，上海人叫十三点。就这么一个二百五，在这四十年改革开放中始终随风而起，落叶飘而不坠，到了知天命的年龄，掐指一算，不得不服命与运。

　　1966年我七岁，贪玩的年龄，进校门第一天，双手背在后面，就像被绑缚的感觉，就想逃课。课程刚刚教到"围着一幢房子"，好像是布店，开口学"前后左右"，"文革"开始了。停课闹革命了，不用读书啦，岂不快哉！后来复课闹革命，但老师都是牛鬼蛇神，不敢管我们。第一节课后，跑到当时还是郊野的铁岭路，那里有条野河浜游泳。上岸后，蹲在毛豆地里，短裤挂在枝杈上，晒干穿上再回学校，最后一节课开始。

　　等到1976年，"文革"结束，我也中学毕业。"文革"开始进校，"文革"结束毕业，一腔空囊，两袖清风。接着高考恢复了，天大地大，不如胆大，我报名参加，回母校问教语文的班主任讨复习资料。当时他在教毕业班，侧脸斜眼听我叙说，大吃一惊，朝后一仰，靠背椅子翘起斜搭墙上，扬起脸叫远处对角的另一位教我们政治的诸老师："老诸，李大伟要考大学喽。"一个"喽"，充满了"癞蛤蟆要吃天鹅肉"的嘲讽。还好，我的抗压能力超强。差生么，情商往往很高，因为屡屡受挫，历史课一片空白，只记住一句话：落后总是要挨打的。很血腥、很励志、很管用。除了一顿奚落，我一无所获。结果当年高考，数学只会一道题：因式分解，得了四分，这是三个月自习的结果。第二年又参加，因式分解加了件外套"根号"，但我不会脱掉这件裹着头的风毛衣，结果零分。幸亏恢复高考前几届，总分低，英语只算10%，我其他分数高，总分超过本科最低分数线，考进了上海师范学院。如果这年我考不取，那么以后我连初中生都不如，因为应届生开始参加高考了，整体水准高了，英语分数恢复100%，零分的我肯定过不了线。我们"文革"毕业的学历不承认，必须补考，不分文理，也不看总分，必须门门及格，这样我的数学、物理、化学、英语都清零，正合老师的教训：这辈子只能扫垃圾。高考来了，且多是历届生，总分低，这就是运。偏巧那一年我刚毕业，毕业太晚，数理化不行，文科再好，也考不上，这是命。运是潮流，命是时辰，在此相交，杠头开花，运交华盖。

　　毕业后我分配到一个工业学校。因为敢讲真话，属于刺头，领导很看不惯，无可奈何地警示我："还好你晚生了二十年。"

言外之意，五七年你就是铁定的右派。我反唇相讥："怎么，你准备复辟？"吓得他横解释、竖解释。我离开学校时，青年教师握着我的手，感慨伤怀："码子，侬走了。"我嬉皮笑脸地答道："不，金大中走了。"金是韩国当时民主运动的领袖。如果早生二十年，发配夹边沟的干活。

20世纪80年代中期，社会招聘了，比如最吃香的新闻界招聘，但有个前置条件，环卫工人、中小学教师除外。我是教师，偏偏不在教育局系统，所以我去了报社，眼界大开。后来下海，非常率性，旅游路过泰山，火车站前有个柜台，150元一个月，再缴两个月的押金。正好我怀揣三个月的工资，与此数吻合，当即交款。回上海通过做记者时认识的生意朋友，代销一批货。后来隔壁铁路局待业办公室的柜台，看我肯吃苦、无恶习，又是稀罕的本科生，就将他们火车站前屡屡亏损的饭店租给我。前提是必须带着铁路待业子弟共同富裕，其实我连进出账都不会，但从小胆子大，干！至少饭钱可以省下。那个时代，全民不敢冒险经商，我的一位同事这样劝我："你又不是读商科的，怎么可以去做生意？"我的第一反应：当年，不识字的都发了财，我大学都能考上，小生意探囊取物，如拾草芥。如果是今天，全面经商，像我这样的外行，经验尚未获得，本钱早已蚀光。行情随时间而变，时间变了，运气就变了。我幸亏生在那个时代，幸亏幼时胆子大，顶着我冲冲冲，这是我不同于身边读书人的地方，这是命。全民不敢下海，机会就留给了我，这是运。

回到上海，因为师范毕业，我对教育特别敏感，发现家教市场，又是义无反顾投入，加上精益求精，迅速扩展。到了1997年商品房推广，偏偏我喜欢上海史，回顾上海百年史，最有钱的不是做实业荣家，三次被银行财团封账，产品外地低成本可以取代，房产具有不可复制特性。城市越繁荣，房地产越稀缺。我开始炒房，从此租金二十四小时为你赚钱，即便睡觉也有进账。我身边人买得起房子不买房，说：我市中心有一套住宅，为什么还要买？我说：再好地段的房子，只有一套，好比坐着的金马桶，还是臭的。如果还有一套，用来出租，那就是收费公厕，可以赚钱。就是臭豆腐干，虽臭犹香。一套房是打工的，两套房是收账的，不劳而获。内环内三千多元一平方米，现在八万多，这就是稀缺性的成果。

我坚持买房，到了2010年，美国次贷危机爆发后，美国到处都是对折拍卖抵押房。旧金山的"浦东中心区域"，23万一套两室一厅，买！开始转移到美国炒房，现在收租金。

这个四十年，我撞到两个大运。一个中国四十年的突飞猛进，中国三千年来未有之变局，我因为没有国外亲戚，没有大笔保证金，所以出不了国，因祸得福，留在中国，结果水涨船高，全面借光。2010年美国逢上百年未有危机，1929

年是经济危机，是产品过剩危机，这次是金融危机，资产暴跌，逢低吸纳。

什么是运？中国从一穷二白，一飞冲天，高居世界第二，这是运。我这个"二"，水涨船高，这是命。台湾有句话：一命二运三风水，四积阴德五读书。活在什么时候，这是命。

第六辑

在朋友圈里成熟

1

在朋友圈里成熟

文章开头放噱头，这是鄙人写作陋习。古人所谓写作三诀，凤头、猪肚、豹尾，凤头一般绚烂，猪肚一般充实，豹子收尾一般干净利索。我更注重晃着凤头闪亮登场，做不到就便秘，此文便休。

我刊发在《夜光杯》的《新米裸吃》，开头：有些汉字，如同日语，似是而非。住酒店，按字面意思，好像老酒鬼睡酒氅，好比老鼠睡米缸，其实是旅馆。《辞海》里的酒店往往不卖酒，比如亚朵酒店，没有酒，只有床，还有梦——"黄粱美梦"。

文章随即转发朋友圈，下午在澳大利亚的同学兼畏友张立雄拔剑直指谬误。"酒店应从 hotel 译来，以前中文好像只有酒馆。Hotel 原义带有酒馆 –pub 的意思，因为多醉汉，便提供床铺，于是多了一层旅店的意思。有人财大气粗了，开个床铺远多于酒桌的店，也叫 hotel，中文译成酒店，但不醉也能去睡。"话，说得很委婉，好像是翻译不精确，不是我的"望文生义"。水落石出裸泳的我，孤陋寡闻的狭隘，倘若当初学好英语，就不会有此疤痕。

我马上用上海话回了一句："格记侬老卵额（沪语：活，

干得好！）。"他很自负地用乡音回复："阿拉这种宁，瞎刚是勿刚额。"（沪语音：宁：人；刚：讲）过了一会，意犹未尽，咚的一声，又来一条微信，补缀："喝酒而没床铺的，叫 pub，叫酒馆；喝酒为主，醉了可睡的，叫 hotel，叫酒店；觉为主，醒了也有酒喝的，也叫 hotel，或叫大酒店。"将深奥词义渊源交代得这么清晰如纯净水，没有一点杂质，不枝不蔓，好笔力！

我将此解释词条转发群友谈铮，他是复旦大学英语系的名教授，很快来函：hotel 来源于法语 hôtel，原意是"大宅，别墅，宫殿"，主人常常接待访客的地方。也来源于法语 hostel，原意为"住处"。"高级旅店"的意思是后来才有的。法语 hôtel 现在的意思也和英语一样了。

Pub 一词是 public house 的缩略，原意是"公共房屋"，后来意思演变为"提供酒食的旅店"，再到后来才变为"酒馆"。

字字有来历，句句有出典，这就是学问家的风格！

最后再次确认："两个词之间（hotel 与 pub）似没有词源学上联系。"清晰可辨，到底是名教授。"似没有"三字，不武断、不呛人，就像他平时待人，一派谦谦君子，拂面春风。

张立雄看到我的截屏，赞赏道："他仔细！"笔锋一转："我是根据这里的日常应用来的。""澳洲叫 pub 的，是没有床位供睡的。"

我明白，语言是活的，如病毒，一直在变异。比如干部，脱胎于法语骨骼，到了日语变异成骨干，比如公司里的主管之类。清末民初传入中国，多指党派骨干，今天专指政府机构里的骨干，我们小时候所谓"坐办公室的"，穿"四开袋"的（部队里士兵军装上，只有胸口左右袋，供你插钢笔的。到了排级以上的尉级军官，下摆添置左右两个大袋袋，放笔记本的吧？谓之干部。退役，士兵叫退伍军人，军官叫转业干部）。民营私企里的骨干，可以是科长、部长，不能称"干部"，否则你的语文是体育老师教出来的。

一次我在美国，去百货公司，突然尿急，找到咨询处，撬单词：where、toilet？坐在矮桌后的黑人胖大嫂扬眉翻白眼，耸肩摊双手，显然不明白。我又说 WC。依旧摇摇头。我憋不住了，忍不住双手翻翻腰间皮带扣。她恍然大悟，哈哈大笑，而且咯咯咯地喘着，抬起肥硕的胚子，特地陪我引导。我才知道，英国语到了美国有变异，到了印度有变音，到了上海，就是洋泾浜。英国人听了莫名其妙，要借助《洋泾浜英语字典》，当年真有这么一本字典。

悉尼的英语，与牛津词典的英语，或有变异。所以词典必须一版再版，以跟上时代的脚步。

张立雄与我是上师大中文系的同学，我们这一级共四个班。据一班某同学放喇叭，一班都是第一志愿落空的高分班。言外之意，班级编号都是序数，我与张立雄都垫底在四班。

在鄙视链下，难兄难弟，只能同病相怜，抱团取暖。不过每次校运动会，张是100米短跑第一名，我是110米高栏第一名。还有我们班的4×400接力总是代表系获校冠军，张三李四正好是前后接棒者。当时的四班，更像体育班。

英语倒是按高考分数分五个班，他与我都在垫底班。两年英语公共必修课结束了，看不了原版，说不了鬼话，彼此半斤八两，我是半斤，伊是八两，都是旧秤16两。

毕业后他去了部队，我去了水产局。后来他不得不随着夫人去了澳大利亚，我则下海。再后来，他创办一家搬运公司，后来因故卖掉公司，再后来开起出租。等客间隙，读他喜欢的哲学，很惬意，无抱怨。

看着看着，英语突飞猛进，最后阅读罗素《西方哲学史》，而且好几遍。

开着开着，在出租车里发现了很多趣事，于是洋洋洒洒写起随笔，近六十岁开始写随笔，一炮打响。在《新华日报》上亮相，描绘出租车的悉尼客的异域风情，别开生面，生动幽默，好几篇上了《读者》。他的随笔公众号"名人轶事表情包"，在悉尼华人圈与上海白领圈都很有名。

恕我浅薄，总以为能够读外文哲学原版的，文字理解力深不可测；能够读英语历史著作的，词汇量大得惊人。张立雄读哲学史，合二为一，通吃！可见背景很重要，他生活在英语母语"锅"里,炖出一张唐老鸭英语大嘴巴。近三十年前,我推出英语四会(听说读写)班,广告词:"英语缸里染一染。"就像咸菜缸里捞出来的木塞头,舔舔都是咸的。他的解释我也不敢怀疑。

朋友圈的朋友,让我看到知识的两面性。狮身人面,由此丰满。

2

在被围观的平台上

学生时代我住在机关家属院，以山东籍干部为主。这个家属院与前后楼的上海人绝缘，孤岛般存在，邻居们都说北方话，有放在大人包里、家人不准看的《参考消息》，但没有《新民晚报》。

直到读大学，一天，徐勋国拿着复刊后的《新民晚报》回寝室，看着看着忍不住高声朗读起来："一佛出世，二佛升天，三佛涅槃。"《水浒》里见过，"蔡九立即派人捉拿宋江，并把他打得一佛出世，二佛涅槃，皮开肉绽"。这么血腥而粗俗的文字，居然移花接木用来描绘围棋雅弈，粗菜细做，别开生面。我一下子喜欢上《新民晚报》，就像不久后流行的一句歌词所言："莫名我就喜欢你。"

因为中文系毕业，做文人、成名人成为梦想，《夜光杯》则是终南捷径。我的第一篇稿子就投在《夜光杯》，被编辑周骏发现后刊发，题目《国务卿译名的来历》，结果被《新华文摘》转载。当年《新华文摘》是国务院的对外窗口杂志，代表国内即时的最高文化水准，凡被它转载，评副教授最硬档的论文。当时我还在学校，可惜我不会做人，直到退休还是助教。勿谈了，勿谈了！后来文章开始被《读者》也转载，有的还做了卷首语，做人开始有点神抖抖，自以为不负此生，器小易满。

建平中学教导主任陆仙霞是我隔壁班的同学，碰到我就说，阿拉建平中学的学生常常剪贴你在晚报的文章。当时高中鼓励学生课外阅读，都有报刊剪贴簿，夜光杯的文章剪贴最多的，相当于其他报刊总和，因为上海家庭几乎都订《新民晚报》，学生自然就地取材。

互联网时代之前，《新民晚报》是传奇。到了下午，上海的大街小巷都有《新民晚报》摊。烟纸店通过卖《新民晚报》，引流周边居民，买张夜报，顺手买一包烟，掖在大裆裤的腰头里，坐在家门口的躺椅上，仰面跷脚看夜报。卖夜报可以锁定客户忠诚，夜报是黏客户的粘纸，相当于三毛学生意，先递上一份报纸，客人就会坐等，跑不脱了。解放后，这份报纸一定是《新民晚报》。当年中缝广告一行 13 个字，170 元，当时本科毕业转正后的工资不过 150 元。付了钱还要排在三个月后刊出，中风偏遇慢郎中，急煞促销的企业老板。企业宴请媒体记者，总问：晚报的记者到了吗？不到不开席。晚报是硬菜，仿佛其他都是冷盆，单独不成席。

我毕业于上师大，不少同学在中学教书，他们是从学生的剪贴本上知道我会写文章了！我与另两位同学合伙开了银康老年公寓，负责运营的汪晓鸣去美国银康分院，顺便到纽约法拉盛看老同学。那里有个"中国风"书店，华人圈里号称美东第一中文书店，上过《南方周末》。老板高忠是大学隔壁班的同学，宿舍都在走廊尽头，他在那头，我在这头。大学里他是"开国语"（沪语：说普通话）的好学生，与我风马牛不相及。汪晓鸣做系团委书记的时候，与他搭档，高忠悄悄地问她："夜光杯上写文章的那个李大伟，是我们同学李大伟吗？"汪晓鸣说："是呀。"高忠摇头苦笑道："大学里他不读书的。"当时我在《夜光杯》的专栏文章结集出版，取名《上海市井》一版再版三版，在他的书店常脱销，也常有人来问。后来我到书店看高忠，聊着天，一个电话进来，问："《上海市井》到了哦？"这是一位中医先生，高忠很自豪地说："作者就在这里。喏，你的电话。"医生很开心地说："我常在《新民晚报》上看侬额文章！"因为《新民晚报》有美国版，"我们的朋友遍天下"，伟人名句在此应验。

新创刊的《新闻晨报》一冲飞天，成为都市报领军报纸。总编毛用熊是我立正敬礼的前辈智者，他希望我给他们的副刊写专栏，当然必须的。我说我开个"生意人随笔"的专栏，写"经济中的社会现象，社会中的经济现象"，与晚报专栏市井随笔涉及面错位。第一篇的内容就是"一杯水放一滴牛奶是营养品，一瓶牛奶掺一滴水就是伪劣商品"，有点搞脑子。晚报专栏追求文笔隽永，用形象暗示思想；晨报专栏追求文字简练，思想引领内容，一不小心强词夺理。两种文风分道扬镳，并行不悖。既对得起让我爆得大名的《夜光杯》，避开同质竞争，又对得起"毛"的垂青，花开两枝，各逞妖艳。后来晨报专栏汇编成《上海生意经》出版，又重版了。我给中国最大的城市上海，发行量最大的早报晚报写专栏，几个"最"，醉脱了！牛哄哄有点飘，自诩日不落，都是《夜光杯》让我借的光。

我结婚不久，教育电视台请我们夫妻做节目，十年后还作为纪念版重播。我还常参加上海电视台的谈话节目，好像2007年吧，我还受邀参加东方电视台的年度人物评选活动策划，并编撰演说词，语调铿锵有力，适宜朗读。这都是导演看了晚报后，通过《夜光杯》的编辑找到我。

如今我的专栏文章汇编出版了六本书。几家出版社的编辑都是看了《夜光杯》上我写的专栏文章后来找我的，都无须我掏钱包销，他们相信晚报的读者量保证足够盈利的销售量。

学校混不下去了，下海经商，从此处处感受到《夜光杯》的光芒。我在杨浦区开六艺茶馆，到五角场科技园区注册，园区主任陈先生疑惑地问："这个李大伟是不是晚报上的李大伟？"是！陈主任高声喊道："请捺（吴语：你）老板送本书拨我，以后年检侬不用来了，我代办。"我开办学校，江浦街道主任孙国斌亲自给我取名：李大伟教育。我说人名不可以做公司名字的，除非周恩来号列车。他说："这是我们政府的事！"

因为在晚报上写文章，学生家长相信我，所以我的学校从不做广告，同行中绝无仅有。

记得几年前参加商业拍卖活动，有位安徽口音的美籍华人居然高举美国护照，企图攫取优先权，全场哄笑。倘若早在80年代，也许管用。有上海女人终于到了美国，生了个黑肤色的孩子，怪她丈夫："都是侬，都怪侬，晚上上床就关灯，结果生出的孩子都是黑的。"那时只要是美国人，不分肤色，在上海可以廉价骗色，这就是平台的力量！

2000年我在《夜光杯》有了个人专栏——"五颜六色"，今已二十年余，比许多人的婚姻都长。面对新朋友恭维，我总是笑着标配回答："认真淘糨糊。"与其说我做生意的，不如说是写文章的。有时灵感来了，回绝生意宴请。对方说：捺老板牛额。当知道实情，愤愤然：迭只神经病！为了写文章，多挤些时间用于补读书，许多生意，就像煮熟的鸭子——飞没了。这就是书呆子的机会成本，但我乐此不疲。

常人难得"金不换"的乐趣，从此不惧老去。感谢《夜光杯》给了我一个被围观的平台，让我穿着红舞鞋疯狂舞蹈至今，比发神经病还精神。

3

入群如泡澡

　　群，是澡堂，你在群里，好比泡澡，汤有多浑，你就有多脏。我人生的第一个群，线下的大学宿舍群居，八人一室，学期结束，只剩下一把牙刷，一人得肝炎，全室多感染。什么叫江湖兄弟？两肋插刀，哪怕两败俱伤。"不求同年同月同日生，但愿同年同月同日死。"什么叫袍泽兄弟？同患一个病——甲肝；同唱一首歌——《朋友》。连绰号都是连号的：大王、二王（沪语：伲王）、三王、四毛，全名"毛毳"，西藏考过来的牦牛。

　　群，是大染缸，缺点互相传染，而且免费，凸显互联网的经济特征——分享。其中一位患口吃："一个人发一支枪（众人鼓掌）——木头滴（一片嘘声）；两个人发一支枪（鼓掌）——亦是不可能滴！"一句话掰两截，前半句只是假设，后半句才是谜底。好比三句半："金铃叮当响，小姐出后堂，金莲三寸三——横量！"一段话之间须按上个破折号，破折号之前都是假设，都是浮云，都是空气。久而久之，全寝室的都会语速减半，相当于网速迟缓，木马病毒的病症。

　　一个寝室就是一个群。四年大学的最大成果，是获取文凭；最大进步，一只肝，发点炎、有点咸；最大特色，一句话、分两片；最大本领，"凉拌"废话。

群，就是黄梅天，到处都会发霉；群，又是咸菜缸，哪怕铁棍，也能舔出三分咸；群，也是川菜锅，不放辣子，菜，也是辣的。

互联网时代，你可以没有一个家，但不能没有一个群。你可以不是超市的会员，但"不能不"是一名群"众"。当下社会里，线下你不是群众不稀奇，但线上不是群"众"，那就是一位天外来客。群，是社会细胞，像细菌一样弥漫于社会各个角落，是小于居委会的基层组织、社会团体。现在见面，不管熟悉与否，投缘与否，先是加个微信，然后拉你入群，一不小心就成为群"众"，像旧时代拉壮丁。一个名字同属于无数个群，相当于吃空饷，如死鱼虫沉淀，永不泛滥。一个个死粉，永不冒泡，比潜艇还要沉默。尤其参加同学会、校友会，被热情绑架。这个场景里，你可以不喝酒，有点矜持了。可以不吃饭，不免过分了。如果不入群，享受的待遇，侧目以待。这个时代，不结婚，不是异类，但不是群'众'，不可想象。

古人云："不知其子，视其父；不知其人，视其友。"现代人："不知其人，观其群、察其文。"

看人的品位，看群；看群的品位，看转发。折射出你的品味、趣味、价值观。

每天早晨发"早安"的，好比"今天天气哈哈哈"，无话找话，居然还有呼应的，可以判断基本面——群主热情过头、群众闲得发狂。你若在这个群厮混，就知道你的百无聊赖。

如果转发的文章，标题总是耸人听闻，那么十之八九反常识，看多了，你也歪忑了。待的时间长了，越来越像刺猬，好抬杠，还黑夜戴眼罩，自以为是，还以鲁迅自居，拉黑了鲁迅。

如果转发的文章里，好下判断，爱放狠话，它与戴眼罩者是卵氏兄弟，是一个硬币的另一个面，那个群就是愤青们的吐槽池，就是痰盂罐。这样的群的文字往往是斩钉截铁，往往是"文革"语言："无产阶级文化大革命就是好，就是好来就是好！"好在哪里？只有论点没有论据。这样的群待久了，会固执，那个群里：社会是黑的，天空是灰的，久而久之，灰沾染仇恨，学会抱怨，满怀悲观，提前"男更"（指男性更年期）。

如果转发的文章，多排比句，十之八九是心灵鸡汤，这个群，非励志不阅读，往往是一群"语言的巨人，行动的矮子""敏于言而慎于行"。这样的群待久了，会缺乏行动力。

如果多养生，而且多偏方，这样的群待久了，会疑神疑鬼。一张体检报告里一个小零件自然老化，从此弓杯蛇影，惶惶不可终日。整天攥着榔头找钉子，提着斧头找柴劈，要事体！

这样的群待久了，你的情绪就成了风前残烛，弱不禁风。

群，是松散型的群众组织，没有章程、没有规矩，是不系裤带的大棉裤，可以塞进乱七八糟的"杂"，小到路边的草、大到河边的鸭。群，是没有约束的乌合之众，是绝对民主的胡说八道。流传黄鳝吃避孕药，算过成本吗？"害人不利己"是奸商吗？这样的群待久了，会摧残智商。最怕"有知识、无常识"的"眼镜蛇"们，自以为"秀才不出门，便知天下事"。志大才疏，没有专业，好为人师，敢为帝师，给天下开方子。"药吃多了"就敢开方子，还振振有词："久病乃良医。"

团在一个群里，如同掉入一个坑里，相濡以沫——辙里水干了，为了保住生命，两条鱼吐沫，互相润湿。你的身上有我的气味，我的身上有你的气味，结果气味相"同"，一票货色，不分彼此。一个群里，相互吐槽，你感染了我，我感染了你，待在什么群里，好比出身在什么家庭，更影响你的三观。好比找什么老婆，培养什么孩子。

"与善人居，如入芝兰之室，久而不闻其香，即与之化矣；与不善人居，如入鲍鱼之肆，久而不闻其臭，亦与之化矣。"群，是一口大染缸，近朱者赤，近墨者黑，久而久之，不是见贤思齐，就是同流合污。

所以我的入群原则，对象不重要，背景很重要。比如是学有所成的学者、术有专攻的专家，至少理性，理性就是过滤器，不会传播传染病。至少数据正确，不会胡说八道。哪怕职业再卑微，只要是专业人士，谈到专业，不会犯常识性错误。网上阅读我有个习惯。没有管理从业背景的管理文章不看，没有经济学背景的经济文章不看，不是医生转发的医学文章不看，不是学者转发的历史文章不看，尤其翻案文章，因为无知者无畏。标准有些绝对，但可以减少"吃药"（吃错药的缩写）概率。

晚上我有一项经常性的工作，删群，好比花匠修枝。近君子远小人，远离病原体，肝炎病房少去去。

4

肉铺里挂满一排挂钩

我喜欢盗窃别人的想法，以丰富自己，最佳途径上网听课。今天云课程丰富到泛滥，选择就成关键，先选平台，好的平台为你筛选出一小撮天下英才，比如"得到"APP。但别迷信，还需剥笋，如有口音者，分外关注。有口音往往有自信，自信源于思考，敢于坚持，这样的人，往往有独特的见解。一口标准普通话，那是播音员，拷贝他人的意思，等于嚼过的馍，口感很差，口臭很重。

"得到"有两个名嘴，给我启发很大。一个是自称罗胖的罗振宇，一个是新上海人鲍鹏山，都有安徽口音，鲍鹏山尤甚，一挂臭鳜鱼！"一"，读"阿"，说《水浒》，二哥就成了阿哥，武松就成了上海人。三百集的"鲍鹏山说《水浒》"，成了散步时的知己伴侣。过去为了健康而散步，最近为了鲍氏《水浒》而散步。散步不再是寂寞的苦差事，我们行走在大自然的课堂里。

《水浒》里的某句对话、某个场景、某个人物性格，鲍鹏山往往会引入某一门社会科学。你因此恍然大悟，让社会科学的各个学科还原到市井中去，焕发出洞烛社会与人性各个角落的理性光芒。百科全书式地解构《水浒》，将它们分门别类，一一挂钩，就像肉铺店的一排挂钩，挂着一门门社会诸学科。原来，《水浒》不仅是一个江湖社会，也是一个与社会诸学科一一对应的人性社会，有待百科学术去会诊的病态社会。

　　讲到高衙内图谋林娘子，林冲的好友陆谦不惜卖友求荣。鲍鹏山引出"权力选择题"：没有最好，只有最坏，要么断手臂，要么断性命，你要什么？陆谦退而求其次以求自保，断手臂（江湖名言："老婆如衣服，朋友如手足"）。然后鲍鹏山又高举圣人选择题。选项一杀身成仁；选项二舍义取生，凸显出君子与小人。这里就有个选择困惑，鲍鹏山在此之前已做了铺垫。鲁达解救金老父女，店小二拦着不放，声称奉郑屠夫之命囚禁金老父女，鲁达挥手掴脸，随即引入阿伦特的平庸之恶解释，强调做坏事是迫不得已。典型的说法，职务行为，将罪恶都可以推诸他人与社会，以卸载自己的道德负疚，这是普遍的人性。在此引出"自由意志"答复。"人不可以把一切罪恶都推给他人，人总有自己自由意志的一面，总该对自己的行为负责。即便是面对权力选择题，最后的选项还是由我们自己圈定的。"对权力选择题的超越，圣贤选择题就是最佳参考题，这种超越是建立在自我牺牲的基础上。舍生取义，使得人类最终打败权力，实现自我的救赎。最俗的江湖小说，居然引出理想主义的崇高，惊鸿一瞥！这就是鲍氏水浒的精彩视角：

"一个鸡蛋，选择不去碰石头，那是理性的鸡蛋。但是，假如一个鸡蛋，选择去碰石头，那就是崇高的鸡蛋，就是打破权力选择题的鸡蛋。"绝妙比喻！

当林冲愤怒地砸了陆谦家之后，带着娘子与使女下来，一路众街坊都关了门，只当没看见。面对罪恶，大家只求自保，东京大街空无一人。鲍鹏山引入社会学概念"原子化生存"，人与人互不关心，像原子一样，孤独生活。都想置身事外，却被拉扯进了困局，旁观者最终成了受害者。当初高俅迫害王进，林冲置身局外，今天林冲就成为孤立的受害者。鲍鹏山还引出一段让我们赞叹之余只会背诵的牧师警句。"在德国，起初他们追杀共产主义者，我没有说话，因为我不是共产主义者；接着他们追杀犹太人，我没有说话，因为我不是犹太人；后来他们追杀工会成员，我没有说话，因为我不是工会成员；此后他们追杀天主教徒，我没有说话，因为我是新教教徒；最后他们奔我而来，却再也没有人站起来为我说话了。"施暴者之所以肆无忌惮，不仅凭借权力，还有我们默认。鲍鹏山愤怒地吼道，受害者越懦弱，施暴者越猖狂。牧师的警句，在此灵魂出窍。

当林冲在草料场手刃陆谦，鲍鹏山提出一个问题。如果高俅逼迫林冲充当陆虞侯的角色，林冲怎么办？鲍鹏山不顾性格的逻辑衍化，斩钉截铁地说："他处于权力社会，就无法林冲喝了残存的冷酒，"穿了白布衫、系了搭膊，把毡笠带上"，"提了枪，便出庙门投东去了"。鲍鹏山慧眼识细微。临走什么都写了，单单没写钥匙——企图安顿自己避风挡雨的草料场的草厅钥匙！鲍鹏山说《水浒》，往往于无问题处发现问题，无中生有！时下的江湖黑话，要搞事体！他很突兀地拉入一段萨特生活片段。因为反对戴高乐政权，他的屋子夜里也被炸了，与林冲一样，都不在现场，幸免于难。萨特赶回来，房子四壁坍塌，只剩下一座楼梯，现场布满了警察。萨特对警察说："我是这里的主人，我有钥匙。"门没了，钥匙有何用？鲍鹏山借用萨特凸显荒诞："萨特拿着钥匙，门在哪里呢？"这就是存在主义揭示生活荒诞性的典型句式！听到这里我顿悟，萨特很荒诞，林冲不荒诞，但社会很荒诞，让一个一而再、再而三，宁可弃一身武艺而不用，委曲求全安顿自我于社会的顺民林冲，没了家，没了老婆，没了草厅，没了门，所以钥匙也不要了。"提了枪"，成为社会反叛者。

我爱读前人诗话、词话，以文学评文学。怕看今人文学评论，写着写着文学变哲学；写着写着文学变成思想……评论成为炫技展示厅，顺便晒书晒短裤。鲍鹏山说《水浒》，引入经济学、心理学、伦理学、政治学、历史学等各类社会学科的知识，剖析社会弊病，说明问题了，即停止，"观止矣"。

口头禅："让我们回到小说。"他知道：再扯就远了，就是哲学了、就是政治学了，就不是文学了。社会科学解释社会现象，小说则描述社会。文学名著如张爱玲所言："生活就像一袭华美的长袍子，里面爬满了虱子。"借用社会诸学科，发现虱子，企图一一掐死。社会诸学科如冰冻鱼,被鲍鹏山放回《水浒》里,活了！

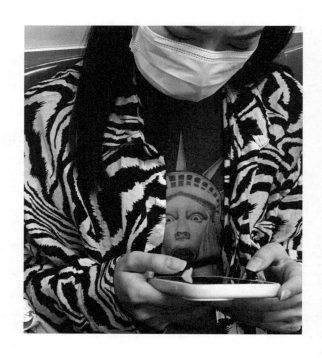

学做群主

过了五十，孩子出国留学；过了六十，孩子自立门户。如果不给孩子带第三代，自由了，也孤独了，一不小心就成为空巢老人。空巢的音响效果，开口四壁嗡嗡，闭嘴四下寂然。大年三十，到饭店吃情侣套餐——老夫妻的年夜饭。皤然翁媪，两人世界，白雪公主陪卖炭翁。

小时候，与父母三言两语。现在老了，与小孩也是三言两语。虽为父子，如果整天待在一起，孩子也会无趣。没有共同的爱好，便没有共同话题。毕竟年龄段不同，忙闲时段不同，追求的聚焦点不同，如果没有共同志趣，凑在一起便是敷衍。我给一位有所懈怠的合作者回复："不党、不卖、不私，这是《大公报》的办报'三不'原则；不敷衍、不苟且、不做作，这是鄙人的处世'三不'原则。"我不喜欢敷衍，要么真心朋友，要么白首如新，非黑即白，没有过渡色的"灰"朋友，一面之见即割席子。"灰"的特征，无聊时通通电话，见面时点头寒暄，早饭吃过吗？今天天气？哈哈哈。无聊交谈，无效社交。物理般存在，既无化学反应，也无生物进化，味同嚼蜡。空气般存在，含氧量极低。人在江湖，难免与一桌"不三不四的人，说些不咸不淡的话"。偶尔见一小头目，姗姗来迟，直趋 C 位，当仁不让，坦然坐下，舍我其谁。酒后仰脸剔牙，目无余子，开口"阿拉政府"云云，好像政府是"他妈"的。不如低头刷视频，也无聊，却有趣。这样的我，只配自己与自己玩。躲进小阁楼，任风乱翻书！看着看着有些疑问，有些想法，便在网上，与肉食者谋，体验"友直，友谅，友多闻"的益处。

因为没有癖好，只能读书；又身无一技，只能读书，虽与世无补，却因祸得福。无用如千年松、万年龟，身体退休，思想不休，兴趣不休，直至永垂不朽。

读书是一种逃避，遁于俗世，避于俗人，第三只眼睛看人生，这只眼是天眼，不是肚脐眼。

相比麻将，读书是最健康的智力活动。养心不久坐，不因大喜大悲而猝死。可以免痔疮，至今有幸仍为无痔之徒。十男九痔，我归属十分之一少数派，自以为真理往往在少数人一边。

相比踢球，读书是最随意的智力游戏，不受条件限制。古代"马上、枕上、厕上"，席地而坐，随遇而安，随手翻书。今天，坐地铁、坐电梯，或公交站等车、酒席上等人，或坐如钟，或立如松，分分钟进入状态，物我两忘，相当于练气功。

相比滑雪，不必夏天去冬季的澳大利亚，人也成了一棵反季节蔬菜。读书则四季如春，恒定状态。

相比高尔夫，读书是最便宜的爱好，简直零成本，等于跳广场舞，但不扰民，有自尊，关键利己不损人。生意经告诉我，廉价是把杀猪刀，打遍天下无敌手。喜欢书的爱好者，遍及五湖四海，散落三教九流，线上可以做到"四海之内皆兄弟"。

相比过去，现在的我线下读书、线上交流，于是有了书友群，遍交天下与书有缘人。

因为海纳百川，自然泥沙俱下，不免有招降纳叛之疑，难免有藏垢纳污之嫌，林子大了，什么鸟都有。于是设立群规，如同帮规，自然有带惩戒的条款，这叫规矩。白道讲法律，黑道讲规矩。比如欺师灭祖是要种荷花的（将人塞在麻袋里，扎死结，丢入黄浦江，沉入水底种荷花），违法，但合规矩。须知人是教训出来的，不是教育出来的。一不小心，群规与黑社会有些暗合。规矩好比纱布裹面粉，水洗捏面筋，越洗越有筋道，大浪淘沙。

先划出范畴。本群话题与转发内容，仅限文学、历史、艺术。

后立定边界。谈文学无色戒，可以讨论《金瓶梅》之类"黄伯伯"作品；谈历史关忒（沪语：关掉）现当代史频道。

再划出禁域。"莫谈国事"，词尾缀言你懂的！违禁者礼送出境——移出群，临别附言慈不带兵、义不掌财，朋友帮帮忙！一不小心，就像在重庆江津码头旁开茶馆店，招幌望江楼！群主像个袍哥会里的；场景就像电影里。

还有规矩，群内早上升旗、问好，凡有此无益智的无脑行为者，黯然移出群。"悄悄地，开枪的不要"，这样可以确保群内肃静，不被无聊打扰。

以上均属敌我矛盾，清理出阶级队伍。

以下罚款诫勉为限，属人民内部矛盾。

首先群内不准发表情包，一律用文字表达。既然读书，就要动脑，勤于笔耕，表情包往往是敷衍，上传不过脑。

取消表情包，逼你笔耕，逼你动脑，久而久之，可以自愈提笔忘字等电脑诱发的老年脑锈，可以延缓甚至阻断老年渐进性痴呆。这是一贴继麝香保心丸之后的中华神药。此群毋须挂号，拒收诊费，张聋鬓义诊的转世灵童。

凡是发表情包，罚款起板 20 元，上不封顶。形式发红包自罚。其次，节假日不准发红包，以免出现乱哄哄群殴式抢红包行为，打扰群内讨论气氛。凡有违规，罚款额就是他的红包金额翻倍。

其三，不准发生日红包。群里只要有生日红包，让群里旁观者左右不是人。不跟着发红包吧，好像装蔫，做人不够四海。跟着发吧，面生不熟，算啥名堂。由此培植焦虑，这就是网络世界诱发的瘟疫。得！反正都是小钱，都跟着发，从此多事矣！一个群半天不得消停。一个群500人，意味着每天有两位生日，这个群就成了水饺锅，始终在沸腾。援引前例，罚款！金额也是红包金额翻倍。

其四，不准转发虚假消息，一经证实，罚红包200元，重典治乱五色棒。一年内，三次为限，逾此数者移出。逼得转发者，必须看完标题看内容。确保群内"信息真实"理念。有不能说的真话，但绝不说假话。现在网上谣言四起，披上白大褂就可以谈养生，到处都是狼外婆。矫枉过正，从我开始，从此群开始。

凡是罚款红包，一个包限一个人得，免得100元分100份，让100人抢，撒狗粮，逗蟑螂呀，又是抢又是谢，乱哄哄，吃相太难看，人物变动物。

移出群如鸡汤撇沫，剩下的是一锅清汤。

六艺书友会的线下场地，曰六艺书绘馆。四壁字画，三壁书架，一壁是二十四史专柜，一壁是《资治通鉴》汇评本专柜，一壁是中国历代书法拓本专柜。不仅木材名贵，而且顶天立地。在书橱环绕的中心，置一桌私房菜，美其名曰"菜比书香"，供志同道合者聚餐聊天。厚木门扉戛然掩闭，一木横栓，营造室内"草草杯盘共笑语，昏昏灯火话平生"的氛围。线上竖起一杆大旗，"李大伟朋友圈·尚能饭否"，廉颇们聚首，气吞山河，"风云帐下奇儿在，鼓角灯前老泪多"。一批不知老之将至的老黄忠。

群主也举办文史旅行，去欧洲探访，给旅游以知识、以启蒙、以思想、以灵魂，不再是"欧洲十天九国行"，那是送快递似的。

一百多年前，《共产党宣言》的开场白："一'个'幽灵在欧洲游荡。"一百年后的形容词："一'群'幽灵在欧洲游荡。"一不小心，群主成了陪绑的，必须同时去。都是去过的地方，属于多次往返，去了他不想去的地方。

上海俚语，做码子要肯吃刀！

6

建群如带兵

群，是社交平台。

小区业主群，如怨妇吐槽，阴暗是基本面。退休同事群，养生变八卦，一片胡说八道。小学同学群，相当于三角花园里嘎山湖，漫无边际。人是社会的，一不小心，陷入"时间杀"的群，陷入"人民战争"的汪洋大海中，将无聊变有趣。志同道合的群，相当于婚恋角，话题集中。专业群，相当于英语角，学习型。我喜欢专业群，求同道、借外脑、补漏洞。比专业群更聚焦的是专题群。

我喜欢写作，就建"书友群"，聚焦文学，兼顾文化、艺术、历史，其他一概谢绝。为此草拟群规，禁止无主题拉讲、乱跑题瞎讲。所有点赞批评，必须文字表述，不能用纯粹表情包，比如一排大拇指，以确保在群里表态必须是深思熟虑的，因为这里不是"大拇指广场"。违者罚红包。群规张榜公示，有言在先，勿谓言之不预也。

喜欢经济，建群"经济学爱好者"，聚焦经济与管理。喜欢组团旅行，建"西游记"群。喜欢美食，建"唐僧肉"群，比红烧肉含蓄，比馋痨胚文雅。可能都有点酸，属于话梅篓。

近朱者赤，近墨者黑，汇聚什么人很重要。想起袁世凯天津小站练兵，专招山东、河北、安徽北部农民，相当于建群。为什么选农民？淳朴、肯吃苦，市集上游手好闲者一概摒除，这是曾国藩的路数。为什么选这三地？忠诚、勇敢。英租界的华人巡捕，以山东人为主，也是基于忠诚与勇敢。还有人高马大，"山东银，不骂银，骂起银来吓死银"（人，到了胶东就成了"银"，值铜钿了），不怒而威！基本盘很重要。袁世凯在《募兵告示》中还规定了具体可行的细则："曾吸食洋烟者不收；素不安分者不收；犯有事案者不收。"远比国民党军队抓壮丁标准高多了，甚至不低大学扩招前（精英教育时期）师范院校的招生标准："身限官裁尺四尺八寸以上、五官不全者不收。"九十年前考师范大学，近视眼可以，斜白眼不行。粗野的武二郎可以，矮小的武大郎不可以。如果将袁世凯募兵还原到"好男不当兵"的年代，简直是希腊雕塑学家选模特。袁的招兵标准在当时是全国最高，所以他带出来的北洋军雄冠一时。他死后，中国的政治舞台都是他小站练兵时带出来的部将轮番坐庄，总统、总长，除外交司法，天下无二。

与小站新军几乎同名的湖北新军，探花张之洞筹建，什么样的人都有。一个排里，居然有秀才举人，1905年科举开始没了，只能到新军中讨生活，新军工资高。知识分子么，不做官就革命。还有些社会闲杂，比如会党。两股势力一合拢，引爆武昌起义。袁世凯节制的北洋军无一人参与起义，显示出"愚忠"，完全符合清政府花钱办新军以自卫的初衷。

基本盘很重要！

所以建群拉人，宁缺毋滥。经济学爱好者群，老板、经理，或经济系毕业的、财经类报刊编辑记者。中介入，房产、保险、理财谢绝，否则就成了P2P群了。还有个年龄要求，55岁以上。他们信奉终身学习，认为学习就是经营自我，收益率最高。所以群里主题聚焦，没有互粉、没有废话。由此衍生出西游记群、唐僧肉群、抱团出游，没有锱铢必较恶习；轮流坐庄，以宴请者口味偏好点菜，尝遍各类美食。

至于读书群，有各类报刊写手，还有读书爱好者。一旦违规，罚发红包，涨停板20元。不过文人个性张扬，眼高于顶，难免强词夺理，甚至愤然退群的。比如有位面生不熟的，酷爱鲁迅，鲁迅的深刻到他身上蜕变为刻薄，总像刺猬拥抱朋友，"刻鹄不成尚类鹜者；画虎不成则类狗"。违规无法挽留，我失去一位"皮毛鲁迅"。

说来惭愧，退休时只是助教。填表格落款群众，连无党派人士都不配，感谢互联网，咸鱼翻身，升格"群主"！相当于业委会主任，都是别人嫌弃的行当。业委会主任还有津贴，群主只有倒贴，贴时间、贴精力，但很欣慰，群里早上没有升旗的，平时没有祝寿的，也没有绑架投票的。没有互粉，先赞后读，没有竖拇指，也无抢红包，更无楼上撒鲜花、满屏皆玫瑰的纷扰。干干净净，有时几天无信息，甚至节假日也是冷冷清清，像追悼会前"难过三分钟"，因为无人群发，不讲废话！就像山东快书的开场白："闲言碎语不用说，表一表英雄武二郎。"一旦有话题，聚焦深入谈，引经据典还写明出处，所谓"有一份证据说一分话"，益智补脑拓眼界。

入这样的群，"如与善人居，如入芝兰之室，久而不闻其香，即与之化矣"，羽化而登仙。

7

朋友圈：为侬补胎

尺有所短，寸有所长，每个人都有认知缺陷，朋友圈可能是你的因认知偏差而溺亡的救生圈。朋友圈相当于胡传魁的参谋部，其中不乏刁德一。如果你谦逊，就会发现，有些高人，你赤脚撑杆跳也达不到他的高度，却可能垫高你的底线，随时随地纠偏，弥补你的缺陷。

好读书，不求甚解，是我的陋习，大凡到了引用，总感觉脚底踩棉花，心里有点虚，怕闹笑话，于是翻朋友圈，找专业高手纠正。一次写"诱拐学渣……"系列文章，引用曾国藩儿子曾纪泽学英语典故。旧时代的中国人读书，先从《四书五经》开始，比如《诗经》。曾国藩根据自己的经历，让传教士教儿子背《圣经》，长大后，出使英国，拖着长辫演讲，说一口《圣经》译本时代的古英语。为了噱头，特地抄录现场情景，在场看笑话的缙绅先生都听不懂。这段轶事我是早年不知在哪本书上看到的，肯定不是正史，但可以做味精提鲜。但自己英语纯粹外行，有些胆怯，赶紧将稿子发给复旦大学外文系的谈峥教授。

晚上接到谈先生的回复，断断续续，可见他不断补充，追求完善的脉络。

　　《圣经》现在最权威的英文版本是英王詹姆士一世时从拉丁文翻过来的，所以是和莎士比亚同时还稍晚一点的英语，不能叫古英语。"一板一眼定性"不能叫古英语"，这就是学者，斩钉截铁，绝不苟且。

　　接着续上时代区隔。"英语的分期和汉语不一样。"这是因材施教，针对中文系的我，不懂英语的我，竟敢"盲人骑瞎马，夜半临深池"，蒙眼下断语。"十一世纪以前叫古英语。十一世纪到十五世纪是中古英语，这以后就是现代英语了。"我一查，詹姆士一世是生活在十五世纪的人物，那个时代的英语当然不属于古英语。浑身出汗，差点"搞大了"。第二天，又传来短信，这回从学术细节讨论。"主要是动词变位和代词用法上的差异，了解这些以后就很容易了，中古英语和古英语那差别是非常大，没有专门学过英文专业的人是读不懂的。"接着又发来一短信："我的意思是英文专业的人也要另外学过，不然是读不懂的。"这是在安慰我。

　　为了增加噱头，我在文章中还添加调料。文章主要是讲诱拐学渣儿背外语，通过二战人物系列传记，让儿子崇拜丘吉尔，顺势推荐他看《至暗时刻》。最后片段剧情推上高潮，随着丘吉尔慷慨激昂的演讲，议会全场轰动，我因此找出这篇讲话并且打印出来，趁着他兴趣推荐了一系列经典演讲。写到此，开始自说自话，自我发挥，"这样的英语才是经典，而不是《英语900句》，那是街头常用语，近俚多俗，那是 beg（乞丐）英语"。（原稿）认知局限外的缺陷就出现了，谈峥教授委婉地在私信中指出："莎士比亚写的是早期现代英语，里面有一些中古英语残余。英语九百句教的是最普通交际英语，没有文学性，但没有粗话脏话，所以说是乞丐英语也有些不妥。"

差点吓出脑震荡！兄弟，侬太大兴了！不仅仅胆大。

只要文章内容跨行，我总是在朋友圈里找专家，幸亏我属于"百搭"，有各行各业的朋友。我的文章喜欢插播些"外插花"，难免有不少跨行的轶事，这些朋友圈里的专业人士往往是我的一审甚至终审。这篇《诱拐学渣背外语》我上传给编辑时，附注"有关外语，已经谈峥纠正过"，免得编辑担惊受怕。言外之意，"咱有人儿啊！"这句话，山东人听了特别亲切，相当于上海话：上面有人罩着。

一个"拉讲"（新沪语：随口乱扯）的市井作者，居然也引经据典，强盗扮书生！但原则性的错误好像还没有犯过，除了错别字常在个人号里出现，全凭借朋友圈里的高人及时纠正。

至于错别字，学学孔子的派头，"'伤人乎'，不问马"，这叫抓大放小。留点瑕疵，就有点人味，一旦完美无缺，你是神，不是人了，赤佬跟侬白相。

又自说自话了。

8

创造朋友

想不到过了六十，老树爆新芽，我又有了新朋友，来自网上。

互联网时代，随时对话、即时视频，千山万水亦无碍。再怪癖的想法都可以找到知音，一上线就可能形成龙卷风，你就是轴心漩涡，一不小心，我们的朋友遍天下。

我入小学，"文革"开始，既不学知识，也不能有癖好，癖好是资产阶级情调，无产阶级只有共同理想（实现共产主义），没有个人爱好。因为无爱好，人人成了绝缘体——我们都是木头人。老了，既不会莳花弄草，也不会逗鸟斗虫，化石般的存在，一天三顿饭，终日双袖抱，成为"三等品"——等吃、等睡、等死。相当于外贸厂的尾货，服装店的坑子，无人过问。

幸亏识字，还能翻翻书，苦中作乐无事忙，垂死挣扎。偏偏先天不足，只识中文，不识外文，属于半文盲，只限与龙的传人交流，必须让潜意识戴着防毒面具，以防民粹主义的霉气中毒。

现在的我线下读书、线上交流。先组织读书群，设立交友平台。群聊名称摘选我经营的六艺茶馆首字，曰六艺书友会。入会无会费，群名又古典，但不玩古文字，全部白话文。白痴也认识，花痴也钟情，老少咸宜，男女通吃。群名如义旗，迎风一举，虎皮猎猎，昭然若揭，宛若揭竿而起，天下云集。群里人数迅速爆棚，飙升上限，诱发拉票者找我，借群充当水军。我则拥兵自重，笑脸婉拒。

因为群，聚拢一批志同道合的朋友，退休多，空巢多，过午不食者多。于是每周一中午，请同一话题的朋友到我家聚餐，十人圆桌，围绕主题交流，边交流边品尝。纯粹吃饭，有饭桶之嫌。

饭局当天，司机到地铁口接送，参与者每人带个菜，到我家，会烧菜的"炫"一个拿手菜，恢复自信心。我家阿姨烧得一手好菜，最后炖一锅什菌汤，曲终奏雅。既无酒店油腻，又比食堂便宜。我送一锅汤，遍识天下同道，"德不寡必有邻"，岂不快哉？

饭后茶话会，我家平时来客多，伴手礼多为茶，家如茶铺，囤积有余，有肠梗阻之忧患，如今借来宾下水道消耗掉，吐故纳新，岂不快哉？

我出场地，那么多人陪你玩，岂不快哉？

每席选一个话题，意味着每席换一拨人。在群里公布，招募响应者，欢迎群里人，外带同道者。雪球越滚越大，再组建一个酒肉朋友群。吃吃谈谈，岂不快哉？

有时世界突发重大事件，关心者有迷惑，比如俄乌冲突、哈以冲突、日元贬值、美元加息。上海是国内高校两大重镇之一，我就地取材，请专家教授，开设专题讲座，线上招募线下听众，志同道合者最佳招徕法，岂不快哉？

借力这些名师专家，又策划一个个文史之旅，从"坐而论道"到"起而行"，各路朋友，越走越多，兴趣点越来越广，朋友面越来越杂，朋友圈越来越大，岂不快哉？

每年春秋两次国外文史游，追随复旦王德峰教授去德国马克思故乡特里尔。晚上坐着，喝着红酒，听王老师谈《资本论》，也谈《红楼梦》《易经》，甚至算卦。追随武汉大学的赵林教授去希腊罗马，去克里特岛，看铁栅栏围着的一地的拼花瓷砖马赛克，那是两千年前的遗存。追随北大历史系昝涛教授（奥斯曼帝国与土耳其顶级专家）去土耳其，沿着西海岸，走访希腊化遗迹，一直走到特洛伊木马腹下。

跟着国家博物馆的王抒老师去欧洲最南端的西班牙，看看伊斯兰与基督教这对堂兄弟的刀光剑影的进退史。伊斯兰终于失去了西班牙而退出开始工业化的欧洲，但获得了依旧滞留在农耕时代的土耳其，以及仍处游牧时代的亚洲西部。跟着中国日本史学会名誉会长、东京大学客座教授王新生去日本，寻访明治维新遗迹，印证制度改革的明治维新远胜于"西学为用"器物引进的洋务运动。国内则跟着军事科学院的刘统教授重走长征路，亦步亦趋追随着当年红军，如何在万念俱灰的时刻，坚韧不拔，摆脱黑暗，走出低谷。从而深深体会到成功者都有至暗时刻，成功不是战胜对手，而是战胜自我。每一次旅行都有新主题、新知识、新朋友。

因为读书会、因为文史游，不断结识新同道、新朋友。每次结束，总有期待。期待是青春的特质。我们曾经拥有那么多无暇企及的文明圣地，因为退休了才有时间，等待我们一一践行遂愿，才知道暮年远比青春更有趣。又一次饭局、又一次讲座、又一次远行，像孩童一样期待，可以一一实践。

凯撒不断拓展罗马版图，在抵达黑海之畔的泽拉，完全沉浸在自说自话、牛气冲天的英雄自恋梦呓中。他用第一人称的自我、用完成式的霸气，向罗马元老院豪迈起草捷报："我来了，我见了，我征服了（拉丁语：VENI VIDI VICI）。"只有枭雄才会如此袒露，情不自禁。

我们期待踏访曾经向往的天下名胜，一一随愿，直立山顶，俯视欢呼："我来！我见！"岂不快哉！

最后一句"我征服"，征服了老年弥漫性的寂寞，岂不快哉！

9

跷大拇指

大拇指，在中国人眼里金贵，简直舍不得。黄世仁逼着杨白劳卖喜儿，就是逼着他按手印，必须是大拇指，相当于公司财务章，借款合同相当于杨白劳卖女儿。

上世纪70年代中期，上山下乡尚未废止。父亲有位老战友，为了规避他的长女上山下乡，在山东老家拽出个一直务农的过继孩子。但需要当地基础组织的证明，证明系亡故战友的儿子，自小过继给他，由他寄钱抚养长大。证明送到了上海，我的家，当着托办者的面，展开有抬头的信纸，几行竖写的毛笔字写着来龙去脉的证明，落款却是纹路间隙很清晰的红手印——短短的、胖胖的，是大拇指，而不是公章啊！按手印是乡里乡亲之间的个人信用，是农耕文明的烙印，但上海已经是工业化了，他们需要单位公章，即一级政府的公信力，根本不认当权者的手印。托办搓着手干着急："咳、咳、咳。"父亲这位中间人无奈地摇摇头："这老家的人儿，办的什么事儿？"送证明的老乡搔搔头皮，苦笑道："他奶奶滴，俺手印，比他娘的盖章还来劲咧。"一口老侉子话，令人发噱而难忘。

孔子有言："巧言令色鲜矣仁。"以后的中国人，被孔子的礼教笼罩着，谨言慎行，"讷于言而敏于行"，从古到今，中国人很含蓄。有道是"文章且须放荡，立身先须谨慎"，写作可以夸张，为人必须沉稳。跷大拇指属于"过犹不及"的惊呼夸张的形体动作，所以使用率很低，近于吝啬，如铁公鸡"拔一毛而利天下不为也"。

因为含蓄，赞赏你不过额首而已，轻易不会跷大拇指，除非让人佩服得五体投地。比如当年赤膊兄弟在外闯码头终于出人头地，派"大本"到新村老公房来接老兄们去九江路的新雅饭店喝早茶。在桌上，才会竖起大拇指："侬来赛！侬还有啥闲话好讲！"情不自禁的赞叹，相当于大小便失禁。

一手有五指，表意者三：小拇指跷起，"几个意思？"一个发嗲，跷兰花指，女人专利。中指竖起，很不堪的下流动作！男人专利。大拇指表情最丰富！朝下管着卖身契；大拇指跷起，朝后，甩过了耳朵，那是自嗨："侬晓得我是啥人？外头去打听打听，不晓得我，说明侬外面不混额。不认得我，是侬额错。"大拇指跷跷，大脚膀豁豁，那是白相人立弄堂口的形体动作。

大拇指跷起，朝前，是夸你，相当于形容词。手臂伸得越直，比较级越高。

我的小学是个外宾参观的定点单位，它代表新中国工人新村的幸福标志，外国人登上大巴，总是跷起大拇指，我们见了，莫名兴奋。

我的大学同学张立雄，移居国外三十年。他最大的感触，老外待人接物，总是跷起了大拇指。跷大拇指好比面带微笑，比大便小便频率还高，在他们习以为常。原来西洋人为人夸张，表扬没有比较级，只有最高级跷大拇指。听罢，恍然大悟，才发觉，到外国都是大拇指。当年的感动，有一种被骗的感觉，就像"叫花子吃死蟹——只只鲜"，一种被耍的感觉。

开放后的四十年，中国已经西方化。我们的数学、化学、物理都是西方化，美术音乐是西方化。中式毛笔字不用了，改用西式钢笔，握笔的手势是钢笔的，不是毛笔的。语文，除了汉字是中国的,教学方式也是西方化。天天分析段落大意，提炼中心思想，结果大部分学生学了那么多年的汉语文，却不会写汉语文章。好比吃中餐，不会灵活用筷子，因为筷子方法不准确。

这四十年，是西方化的四十年，举手投足也开始西洋化。广场舞是西式的，中国人的广场，应该是静悄悄的太极拳。

现在互联网时代，群里的群众们表达方式也西洋化的。跷大拇指成为流行符号，稀松平常的表情包。看到这些表情包，千万别激动，否则就堕落为叫花子的见识。你转载一篇文章，随之而来，不是献花，就是跷大拇指，往往几乎同时出现。看到表情包,那就是在敷衍你。没有文字，只有表情包，那就是"只动手指，不动脑子"。这个群，仿佛哑巴聚会：只有动作，没有语言。

如果你是一般群众，也许有几枚拇指，那一定是你的生前友好不自觉地敷衍你，好比"年三十死了头驴，不好也得说好"！竖大拇指相当于礼貌吊唁。

投之以桃，报之以李，下次他发声音，你也跷跷大拇指，这叫"互粉"，也是线上人情世故。

线下的社会地位越高，线上粉你的大拇指越多，多到满屏。很像洗脚店的招贴画，满目都是跷起的拇指，如澡堂里的毛巾——上下不分；如澡堂里的拖鞋——大小不分。脚拇指是大拇指的大写 A。

线上的群，与线下的群，一样一样的，充满了势利。

还有更过分的，一个人高高举起七八个大拇指，仿佛大拇指越多越热情。好比上世纪 50 年代形容有知识：一支笔，大学生；两支笔，研究生；三支笔，修钢笔的！举一堆大拇指的朋友，听得懂哦！

因为缺乏想象力，企图以数量级代表比较级，一点技术含量也没有。

群里的大拇指，因为泛滥，就像氧气一样，一钱不值。线上的大拇指，如果像线下的凤爪一样贱，那么就没有人跷大拇指了，毕竟还需要凤爪的价钱。就像线上献花，如果如线下献花，那就"蟑螂死光光"了。

　　所以西洋的教学名言，好孩子是夸大的！这叫大拇指教育。

　　如果问问傅雷，他的钢琴家儿子傅聪是夸出来的，还是打出来的？看了他的传记，就知道，好孩子是教训出来的，不是教育出来的。

10
六十以后

为了核实几个细节，最近去上海社科院出版社找张晓栋。一见面他握着我的手："上次见面七年了。"我不敢相信，总觉得三四年前，在他的办公室里，坐在他的办公桌一角，与他侃侃而谈，大庭广众，旁若无人。他是学考古专业的，考证时间讲究证据，有书为证。"上次来送你一本书《洋泾浜：上海往事》，你来的时候刚出版。这次送你这本《五马路：从外滩到跑马厅》，也是刚出版，正好七年。"

七年时间一晃而过，不寒而栗，还有几个七年啊！

过了五十，时间一闪一闪的。接个电话，一个上午没了；一闭眼，一个晚上没了；过了周三，这一周快完了。忽然想起一个人，掐指一算，十年没了。过了五十，仿佛进入时光隧道，生活在闪电战中。年轻时候，只有好朋友，到了这个年龄，才有"老"朋友，一不见就老了。再见面，一拍脑袋拍出句老生常谈："哦哟，十几年没见了。"提起最后一次见面，还是上个世纪的事儿了。"访旧半为鬼，惊呼热中肠。"年轻时读老杜这首诗，莫名其妙，今天再读，倍感亲切，说明廉颇老矣。

男人最大的自信，不觉老，不服老。因为，走起路来，依旧虎虎生风，说起话来依旧"哐哐响"。一天我在超市看到一盒三十年前使用过的雪花膏:NIVEA。买回家，擦在脸上特别涩，但三十年前，抹脸很滑的呀! 配方没变呀，哦，人变了。三十岁的脸皮是小牛皮，水嫩溢脂，像发芽豆，一揿一泡水。抹点油，不仅滑，而且亮。六十岁时，一脸褶子，大寨梯田，一张老脸，马粪草纸，吸油，自然涩。擦面油如逆鳞搓，小牛皮变水牛皮，你早已立秋入冬啦!

到了这个年龄，身边谈论养生、补品、偏方的人多了，我则相反，喜欢创新生活方式。

比如赴约，三十年前，酒桌上见;二十年前，茶坊里见;近十年，屋里厢见。上海词典新爆一款，最好的朋友叫家庭朋友，到屋里厢吃"有机蔬宴"。我的园子，不小资，大实惠，所以不养花，只种菜。露天蔬菜、季节蔬菜、鸟粪蔬菜、尿粪蔬菜，凑成"四菜"一汤的四菜，兼容四种品质。这一桌都是"活杀"，好比活杀三黄鸡香。切的手感脆。菜的品种都是矮脚虎之流，比如黄渡矮脚菜、塌棵菜、小菠菜。这一桌"有机蔬宴"，属于"低碳生活、低调奢华"，因为"有钞票，无处买"。

倘若约我谈事，我的建议，立谈! 换上运动鞋，在我家小区，绕着高尔夫球场，那里没有红绿灯的阻扰，没有小轿车的干扰，健身性散步，最忌走走停停，武功打折。没有光污染，没有噪声污染，没有尾气污染，边走边谈，一圈一小时，一个小时四公里以上。谈不拢，再兜一圈。出了一身汗，说了一堆话，该谈的谈了，该办的也办了，既娱情，又健身，割草不误逮兔子。散步后的两大感觉：饿了，感觉在燃脂，这是在减肥；累了，来个婴儿睡，不起夜，最好的安眠药。

年岁上去了，越来越喜欢现代史的军政要员回忆录，窥测百年中国的转型期中的伟人们，同时从中寻觅贵人升达的"命"之迹象，以安慰有运无命的我。最近看《传记文学》丛书、丛刊的小册子，发觉冯玉祥的西北军不仅肯吃苦、能打仗，而且特别地讲究袍泽情谊。《刘汝明回忆录》的最后部分，谈到晚年的生活方式："我、仰之（冯治安）、绍文（秦德纯）在台北先后退役，在中和乡找了一块地皮，打算住在一起……我和仰之对门而居，仰之每日傍晚必站在门口，大声叫我出来聊天。"刘汝明、冯治安、秦德纯都是二十九军宋哲元的部下，七七卢沟桥事变，首先奋起抗击日军的是二十九军。冯治安三十七师师长，刘汝明一四三师师长，秦德纯是宋哲元的副手，都是卢沟桥事变时亲临前线的高级将领。到了晚年，依旧对门而居，"每日傍晚必站在门口"，可能耳朵还有些背了，所以"大声叫我出来聊天"。军人爽直，老翁憨态，跃出纸面，什么叫袍泽兄弟？请看这两句。

晚年，老友们能够对门而居，人生仙境。首先要活到那么老，没有半途而废；其次老婆健在，可以服侍得干干净净；

其三要有可以聚在一起的院落，那需要早年的规划。"他年预卜买邻钱"，最好还有一个小院，流萤扑灯的夏夜，一张小矮桌，几把小凳子，隔着桌子，喝点小酒，谈点往事。谈到无话可谈，来来来！下盘棋，将老将钉死不动，任你左冲右杀，老将岿然不动，老人的自负跃然纸上。仙哉幻境，岂不快哉！扣舷独啸，任意东西，不知今夕何夕。晚年就是不系之舟，贵在不羁二字。

看到老友对门片段，不由自主地想起周总理早年七律："相逢萍水亦前缘，负笈津门岂偶然。扪虱倾谈惊四座，持螯下酒话当年。险夷不变应尝胆，道义争担敢息肩。待得归农功满日，他年预卜买邻钱。"《送蓬仙兄返里有感》最后一句，就是周总理年轻时对晚年生活的朦胧规划。美国总统里根接着此句，在复旦大学借题发挥："让我们像近邻一样生活在一起吧。""与汝偕老"，临近花甲，才知道还可以这样解读。

老年幸福四要素："一间老屋、一点老本、一个老伴、一个老友。"这四要素还需要可以对门而居的院落，这个院落就是一个平台，好比航空母舰，让飞机可以群聚，否则幸福四要素都是浮云，风吹云散去，因为你还是一粒原子。

什么是自由？首先是选择的自由。退休了，选择自己喜欢的生活方式。

11

营养朋友

　　人的社会关系赋予往往是被迫的，比如同学、同事、邻居，哪怕父母与子女关系，"实为情欲发乎"（三国孔融语）的结果。哪怕夫妻，一百年前，指腹为婚，父母包办，远不如鸡，互相追逐，自由恋爱，爱谁是谁。一百年后，出现了群友，自己往往被人拉来拉去，犹如拉壮丁，身不由己。

　　只有朋友一论，从古至今，都是自由选择。亲密程度往往甚于兄弟与夫妻。陶渊明说得恰如其分："落地为兄弟，何必骨肉亲。"后起之秀刘备进一步补充："朋友如手足，女人如衣服。衣服破可以补，手足断安可续？"说得如此偏激，只是为了证明朋友关系的紧密，好比我有"三不借"，"牙刷不借，老婆不借，书不借"，生活中还是借。偏激往往表明态度而已，故作惊人之语，好比夫妻吵架，所言不能当真。

　　朋友往往始于酒肉，大多终于酒肉。朋友间隔空喊话的口头禅，有空吃老酒噢！这是朋友之间的常规动作。朋友们相濡以沫于酒席上，推杯换盏间，或有脑溢血突发者，扑倒在酒桌上，就像战士死在战场上，朋友死在酒桌上。

　　如果仅以酒肉为限，朋友不免有些单一。幸亏孔子于酒肉之外扩容，"益者三友，友直，友谅，友多闻，益矣"。一箭双雕，酒桌上添加了精神元素，朋友内存爆表，价值暴涨。

通讯录里，美女少了，医生多了，说明你老了。我有个小兄弟，曾任武警驻沪医务官，有"干保"经历，现在下海，进口医疗器械。我每年体检就找他，许多项目被他一一删除。针对我低密度脂蛋白有些高，他说增加颈动脉检查，如果有斑块，迅速药物干预。我说最近剪脚指甲，被扦脚师傅划破出血。他轻声问：大哥，你忌讳吗？我说保命第一。他斩钉截铁地说：增加一个艾滋病筛查。他接着补充道：大哥，我每次体检也做这个项目！我知道他在安慰我。

初识杨浦区中心医院中医张鸣医生于朋友的酒桌上，气味相投，遂成朋友。我常在酒席上请益。黑龙江林业局的朋友送我几罐黑龙江森林蜂蜜，不掺糖，无标贴，非卖品。我每天一早一小勺蜂蜜，想不到大便有些不畅。他看看我的脸，问：是不是最近在节食减肥？我说是呀，你怎么知道。他说看你突然瘦了。你进食少，肠里杂质少，排便就少。这样吧，蜂蜜从早上改到晚上喝，看看。第二天，果然！从此政令畅通，上传下达。

互联网时代，线上的医学科普很多，都是泛泛而谈的共性，只有你身边的酒肉朋友张三，才会针对李四我，先科普，然后对症下药开方子。酒肉朋友赋能，喝进去的是酒，挤出来的是奶，友情反哺，营养溢出，我称之为营养朋友。

听说太阳补钙，所以餐后散步我选择日光浴。哪怕三伏天，无人处的河边，顶着太阳赤膊疾走，坚持不辍。回到家总是汗流浃背，仅剩的短裤呈凹凸版，自谓"希腊大卫石雕"。听说汗水带走钙质，又听说缺钙易骨折，据说牛奶补钙，于是每天喝一大碗牛奶。选在散步后，留住体内发酵，避免早泄。一位从小养牛的前辈，在酒席上面授：母牛只有产小牛才有奶水，母牛17个月开始发情受孕产乳，生产了四五胎后，老菜皮了，激情没了，就打催情激素，如同注射伟哥。美国华人纠正曰伟妹！逼着老母牛再发情、再受孕、再产乳，养奶牛的最毒咒语："下辈子罚你做母牛。"这些催情激素自然而然渗入奶汁，又喂给人吃，所以他从不喝牛奶，听罢恶心反胃打嗝。从此我改喝骨头汤了，顺便吮髓啃骨头，我属狗，回归本性。

魏征千古名言："兼听则明。"孔子习惯："入太庙，每事问。"酒桌上获益良多，因为酒肉朋友"多闻"。

我记性差，却喜欢写作。写着写着，忘了某字写法，忘了某句成语，一个电话，老同学狄飞万，马上微信码字传输，怕电话里说不清。

我的基本功差，还喜欢掉书袋，写着写着露馅了，凡是碰到典籍典故等系统性知识，吃不准就微信电话请益程羽黑。小我近三十岁，我叫他"黑黑"。读书无所不窥，从诸子百家到佛经，无所不精，总有别出心裁的心得。初中读《大藏经》主要经典，出格律诗集，典中套典。尤其过目不忘，唐诗两万多首，任你抽一首中的一句，立马全诗背给你听。高二免试直升华师大，接着直升复旦中文系读博，很少去导师那里听课。幸亏导师是陈尚君、傅杰，不以为忤，相信学问是读来的，不是听来的，睁只眼闭只眼，这就是复旦！博士论文却一次性通过。凡有疑问辄在微信电话里移樽就教，黑黑则滔滔不绝，眉飞色舞，或原文背诵，或拍照截屏，原版灌输，原汁原味老母鸡汤。

磕磕碰碰，一篇文章总算写完，却落下一筐错别字。因为做事粗疏，即便投稿的信封上，早年也会把编辑部写成编"缉"部。除了他与她分辨清晰，买与卖就有些迷惑，"的、地、得"永远一笔糊涂账。一位公司文员忍不住说，我实在看不下去，以后你的文章我先看，捉出老白虱，然后用红字标出，再上传给你。我的随笔公众号错别字立马"蟑螂死光光"。偶尔故态复萌，那是太冲动，忽略了送审，偏离了朋友的营养，自然漏洞百出。

我家里书橱也有辞海词源之类工具书，我嫌厚怕烦，从不翻阅，徒做"壁上观"。有这些活字典营养朋友，知识唾手可得，四脚书橱就是摆设，如同太监，面对宫女。

王新生教授是北京大学历史系日本史教研室主任，我系统地面聆先生的日本史系列课程，后来又追随先生带队游学日本。听王老师絮谈日本于居酒屋里，先生端起酒杯，眯着眼，陶然忘形。我与陈柏金陪他，前赴后继，我们都瞌睡了，先生悠然自得，心定气闲，巧笑倩兮，"眉"目盼兮。事后我感慨道：陪先生喝酒，不是喝死的，而是累死的。先生喝酒很少吃菜。在酒桌上，我们不断提问题，王老师有问必答，永远问不倒。做教师会讲课不算本事，因为有备而来。接受提问，且360度，暗箭不知从何射来，如同吊打，却能面面俱到、滴水不漏，最见功夫，方显大教授本色。

　　最近两年，我常去日本，顺便写些随笔，难免掉书袋。《日本的旧》里我写了日本人利用《马关条约》的中国赔款创办东京帝国大学。公众号发布后，先生私信我："甲午战争之后建的是京都大学。"只点出时间，没说是否利用赔款，可见先生的严谨，其中必有玄机，待我面见请益。京都大学与东京大学互为瑜亮，相当于中国的清华与北大。因为有酒肉之缘，我就斗胆问：王老师，可否以后我将日本随笔游记发表前先呈上斧正？先生刚退休，回复我："我现在有的是时间，请让我先睹为快。"说"现在有的是时间"，这是让我没有心理负担。其实名教授退休反而更忙，往往还有许多书要写。接着说"请让我先睹为快"，深得日本敬语的委婉风貌。

　　去年我去土耳其旅行，写了相关系列随笔，请北大土耳其研究中心主任昝涛教授审阅，看到他的红字修改稿，订正后，方敢发出。

现在我给《新民晚报·夜光杯》发稿,有关日本的,我附言:北京大学日本教研室主任王新生已阅且斧正。写土耳其与中亚的,我缀语:北京大学土耳其研究中心主任昝涛教授已阅且斧正。以减少编辑的案头工作。

因为心虚,所以谦虚;因为谦虚,所以高手肯垂青、肯弯腰为你撑腰打补丁。你的高度取决于你的营养朋友,我是站在营养朋友的肩膀上。

承蒙不弃,他们的"多闻"是我的遮羞布。

我的文章,应该标注"集体执笔,李大伟创作"。

经商之余,我还喜欢涂鸦,酒肉朋友好奇:侬忙得过来啊?我说绰绰有余,因为我身边有那么多营养朋友,为我拾遗补阙,让阿斗不出洋相。

倘若止步于酒肉朋友,只限于酒肉,那么只有负营养。随之而来,"水平不高,血压很高;收益不高,血糖很高;情商不高,血脂很高",酒肉朋友往往是用命换来的。

如果省略酒肉朋友,直接结交营养朋友,多好?这就是上海小刁码子的脑回路。没有酒肉朋友的铺垫海选,哪来直言不讳、肝胆相照的营养朋友?"座上客常满,杯中酒不空。"这是孔子嫡子孙孔融的名句,酒席是交友平台。

是药三分毒,补药也有副作用。

12

从挽联说起

旧时代，灵堂里更多的是挽联。吊唁者早早到场，背手绕场欣赏挽联，或摇头吟哦，或点头称是。追悼会，往往是一次对联 PK，一次披麻戴孝的雅集。徐懋庸挽鲁迅："敌乎我乎，余惟自问；知我罪我，公已无言。"一看就知道生前关系远近疏密，还有无法挽回误解的一声叹息——"公已无言"。

那个时代的挽联，再伟大的人物，没有大话，只有精准到位的评价与警句。胡适死后，蒋介石的挽联评价精确完美："新文化中旧道德的楷模，旧伦理中新思想的师表。"废古文、选白话，正合辙胡适新文化的首推贡献，提倡白话文。联的框架，显出古典底蕴，使白话文不再寡淡。

附公者不皆君子，间公者必是小人，忧国如家，二百余年遗直在；

庙堂倚之为长城，草野望之若时雨，出师未捷，八千里路大星颓！

在左宗棠眼里，林则徐是"庙堂长城"，而且"附公者不皆君子，间公者必是小人"写出大人物的胸襟之广；还有"忧国如家，二百余年遗直在"个性。

师事近三十年，薪尽火传，筑室忝为门生长；

威名震九万里，内安外攘，旷世难逢天下才。

有"痞子腔"的李鸿章桀骜不驯，挽联中谈到曾国藩，甘为门下走卒，但依旧掩饰不住傲慢。"薪尽火传"以传人自诩。"筑室忝为门生"，行文至此，俯首帖耳。缀一"长"，自封班长，先生之下，舍我其谁，目无余子。下联一捺散开，都是功勋与评价，且恰如其分，这顶帽子戴得好！

看官如果以为那是风雅人士所为，那咱挑个低俗人群。

相比三六九等，妓女应该最烂吧？蔡锷死后，风尘女小凤仙的挽联："可惜周郎偏短命，早知李靖是英雄。"小凤仙无此才，当然有操刀者。那个时代，无联语连追悼会场都无资格进入。挽联做得妙，哪怕妓女，也可昂首阔步，登堂入室。文化凭借联语渗透社会各个方面。

相比军人，军阀最烂，对吧？但吴佩孚五十寿，寿联至今不朽。"牧野鹰扬，百岁勋名才半纪；洛阳虎视，八方风雨会中州。"此时红衣寿主手握十万精悍雄师，大有一诺而天下安之势。今天通电，明天呼吁，呼风唤雨，横槊赋诗，舍我其谁，寿联中枭雄霸气跃然纸上。相比之下，"老骥伏枥，志在千里"有些空乏，有些恋栈，又力不从心。目空一切的吴大帅见之大喜，赏大洋五千。受者乃凭借虚构"衣带诏"，广受华侨财礼的康有为。到了六十时，叶恭绰献寿联，"历劫不

磨，度人间世；上寿无疆，为天下春"。为天下春？叶公老爹，
侬吹捧有些过了，寿者多辱。到了七十，弟子梁启超的寿联
虽牛气哄哄，但实事求是：

述先圣之玄德　整百家之不齐　入此岁来年七十矣

奉殇豆于国叟　致欢欣于春酒　亲授业者盖三千焉

那个时代，红白喜丧，必须赋以对联。没有文化的包装，
就是行尸走肉裸奔。但凡场面上兜得转，标配"一手好字、
两句联语、三两老酒、四季衣裳"，连杜月笙这样几乎睁眼瞎
都要拜师练字，起码杜镛两个字要拿得出手。

过去的挽联是创作，不仅字要好，还要内容好、立意巧、
角度刁。敬献挽联入灵堂，好比女人参加盛会选时装，不能
撞衫。请人代笔，好比参加婚礼，请裁缝做艳装，必须彰显
个性。身材好的穿旗袍，年龄大的绣花，已发福的披风，头
发稀的戴帽。倘若千篇一律穿红袄，好比现在的挽联，都是"永
垂不朽"，那是脑瘫抄袭，风干腊肉尸！

永垂不朽，大概始于1976年后，当年一连三位开国建国
的元勋陨落，收音机里隔三岔五播放哀乐与悼词，悼词最后
一句"永垂不朽"，就像感叹号。"文革"将文化都革除了，
老百姓误以为"永垂不朽"是追悼会上的标配。于是以后追
悼会，不分贵贱，挽联千篇一律永垂不朽，其实绝大多数逝
者都是凡人，隔天就被吊唁者遗忘。"永垂不朽"这顶大帽子

戴在像我这样的小人物身上，真是反讽。搭界哦？千篇一律，就是不动脑子。好比"文革"期间的追悼会，一式中山装，一副死腔样子，毫无生气。还不如灵堂里的苏北人工会主席，追悼会上"三件套"告别辞生动活泼。先"难过三分钟"（默哀三分钟），接着"望望死样子"（瞻仰遗容），最后让我们一起"三哈子"（三鞠躬）。

第七辑

海派是被动式

1

海派是被动式

海派就是"四海",意味着包容五湖四海。我的刻板印象:人,是被教训出来的,不是被教育出来的。同理,上海的海派乃被逼无奈的结果。

上海很小,地图上一粒鼻头污(沪语:鼻屎),容不下湖与海,却有它们的余脉与蟹脚:苏州河源于太湖,黄浦江归于东海。老上海夸你:"朋友侬四海,吃价额(沪语:朋友你为人上路的)!"忍不住跷起大拇指,顺势往脑勺后甩甩,再捶捶侬植胸毛的胸脯,这是老上海的"习惯动作口头禅",又叫"腔势"!当然,这幅黄昏场景,属于工业时代的上海。上世纪90年代,四海一词还常常挂在上海男人嘴角,就像八级钳工低头车零件,斜嘴角一定叼半截香烟,这叫"腔调"。上海话里,海派与四海是同位语,互换而无歧义,双胞胎,不分彼此。江湖上叫四海,文化人叫海派。前者豪迈,后者文雅,缺口气的无力感。

鸦片战争后,上海成了贸易中心;甲午战争后,上海又成了工业中心。兵荒马乱,租界凭借特权成了避难所,各地难民蜂拥而至,填补了各行各业。上海被五湖四海包围,活在上海，如果不兼容五湖四海，你就无法出门，哪怕今天。

早晨去菜场买菜，往往是山东农民，临沂居多，种菜卖菜一条龙。

下班回家，出了地铁口，出租车亮着"空车"往往一闪而过，成了网约车。你在路边朝他微笑扬招，他连招呼都不回一个。这时地铁口的摩托车、残疾车，环绕你，阳光灿烂地关注你。地铁旁拉客的，不是安徽口音的，也是与安徽帮沾亲带故的，否则进不了圈子。不坐安徽人的车，可能回不了家！

回到家，钟点工为你烧好饭菜，不是你的上海籍夫人。住家阿姨钟点工肯定是外地人，没有外地人，家就不像家。今天的上海人，在家说不了上海话，因为待在你家时间最长的，不是你、配偶、小孩，而是住家阿姨。上海人家里，上海话属于外国话。现在生活在上海有些恍惚，家不像是你的！买了房，物业属于你的，但要缴物业费，"好比跟老婆睡觉，还要付钞票？"

到楼下买水果，小摊贩往往是江西人，连锁店往往是福建人。这两个省份，盛产水果，近水楼台。别小看卖水果的，侬做？必亏！因为水果易烂，所以进价很低，卖价很高，差价很大。卖水果等于做期货，永远心惊肉跳，绝对高风险。上海人有句话："会卖水果了，啥生意都敢做。"解放前最辉煌的华资企业就是南京路浙江路片区的四大百货店，碾压式地完胜上海滩所有外资百货店，比如惠罗、福利、汇司。领衔的先施、永安的创始老板，都是卖水果的。

旧上海有一张名片大世界！里面都是各地戏曲曲艺。北京的京韵大鼓、山东的梨花大鼓、扬州评话、苏州评弹；滩簧有苏、锡、常，还有绍兴文戏、四明文戏，北方的武术、杂技、口技、相声。上海80%以上外地人，没有四海戏曲，就没有四海观众，就要破产关门。大世界就是五湖四海，创始老板黄楚九就是四海模子，做药、卖药、贴牌香烟、开游乐场、办银行、交易所，投资房地产、轮船航线，也开茶楼，甚至卖生煎。他的萝春阁茶楼的生煎上海滩"一只鼎"。剥下一层焦黄底板，刮辣松脆吃了，一团馅子肉石墩墩，用油纸裹起，回家炖个"菠菜粉丝肉圆汤"。经营品种：小到蚊子苍蝇，大到飞机大炮。营业范围，棺材不做、死人不碰，除此之外，一百样都带——牌里百搭，这就是海派风格。

北京的京剧是正根儿，但名家在北方要价太高，逼得戏院难以维系。到了上海，戏院老板就改造它，增加灯光效果、机关布景，迎合上海人看闹猛的习性。这样，技术含量提高了，名角权重稀释了，名角到上海就不能漫天要价。这些装备，跑码头的演员没有必要，也添置不起。所以上海的京剧叫海派京剧，连票友杜月笙也敢上台表演，背靠布景、机关，还有崭新的行头、琴师的帮衬，得意忘形，一甩头，胡须掉地，下面付钱的观众喝倒彩："莱阳梨，退票。"海派的言外之意，不正宗！说你四海是手面大，肯花钱。说你海派，首先指做派胡里花哨，其次不正宗，略带贬义。现在海派披上文化外衣：海派文化，就成了褒义词，右派摘帽了！

文化很有魅力，妓女现象属于卖淫，改称青楼文化，就是学术，可以换顶博士帽。秃头戴顶鸭舌帽，麻皮戴只大口罩，取长补短，文化就是装饰，遮羞胜过皇帝的新衣。

再讲讲上海相声——滑稽戏，因为上海五方杂居，四海人占了80%，所以南腔北调。用宁波话翻译"全世界无产者联合起来"——"侯总（甬语：全部）叫花子团拢起来"，传神而噱。描述路边吵架，一口苏白："倷亨、倷亨。"一截一截翻袖子，退一步翻一截，翻一截哼一句："倷亨。"衬衫变背心了，还是不开打，磨洋工啊？活脱脱显示出苏空头装腔作势。山东人忒实在，等不及："他奶奶滴！"一脱褂子，呸！呸！手心唾沫，摩拳擦掌："砸挺了算完！"苏北人在旁做裁判："啦狗（哪个）怕啦狗？"宁波人赶紧劝架："己个人（自己人）打己个人，要打就打东洋人。"一旁浙江东阳人急了，按下葫芦浮起瓢，一锅水算开了。

旧上海流行一句话：山东人不骂银，骂起银来吓死银（银：山东话：人）。容我来个滑稽段子，行文稍长，到此透透气。国民党军队重点进攻山东，一股小部队偷袭解放区，沿途见一赶羊的，打探前面消息，答："来了一个营（人）、一个旅（驴）。"看来已被发现，赶紧撤！山东话保住了根据地。

如果纯粹上海话，滑稽戏就不滑稽了，那才滑稽呢！海派文化之所以四海，是被五湖四海的移民逼出来的，说逼良为娼有点不厚道，但有点似是而非。

2

上海人的称谓密码

　　上海文化是市井文化，非衙门文化，这一点与北方不同。

　　过去的上海，工厂的上海，经济的上海而非金融的上海。路人相见，问个路、借个火，举手招呼："师傅。"这是尊称，是卷首语。师傅传授吃饭家什（手艺）的，足以养家糊口的，民以食为天，师傅就是比地大的老天爷。上海人信奉"荒年饿不死烧饭的"，手艺比文凭金贵，师傅比老师吃香。技工凭手艺吃饭，是铁饭碗。教师吃开口饭，风吹草动就失业，教师是泥塑饭碗，经不起雨天。相比十三级高干，八级钳工更值铜钿，八级钳工人人钦佩。当官如瓷饭碗，属于易碎品。"文革"时候，当官的与一切反动派一个熊样，说倒就倒，都是纸老虎。现在文明了，一旦退居二线，"黄老"变"老黄"了。黄老是尊称，老黄是俗称。"老师傅"的"老"，不是老黄的"老"、老朽的"老"、老棺材的"老"，而是老头子的"老"。老头子，场面上可以摆闲话的，就是一锤定音，又叫"一句闲话"。老师傅敢与老板发火、叫板："我说不行就是不行。"当官的敢向上峰发火吗？

　　改革开放后，上海从经济中心升华到金融中心。传统制造业在上海撑不下去了，始于劳动密集型的纺织企业，然后波及轻工、电子等整个制造业。车、钳、刨不需要了，老师傅不需要了，名随实亡，师傅这一称呼随之悄然于无。代之以"朋友"。"朋友"二字，就是一碗水的水平面，没有高低。"吃上风头"的低调待人，低端人口不卑不亢，朋友之间，香烟嘛，不论好坏，你敬我、我敬你，游来游去。"朋友朋友，碰碰揩油"，尽管戏谑，但透露出平等意识。上个世纪90年代的上海人，见了熟人，不分高低，拍拍肩膀，平等的意识没有变。

新世纪，怀旧了，如同旧时代。男人间称兄道弟，女人间姐妹相称，但称呼里暗藏着上海人亲疏远近的密码。老伯伯是辈分尊称，大伯伯才是血缘敬称。阿哥是辈分，大哥也是辈分，但大阿哥是血肉。老阿姐是客气，大阿姐是家里排行。大凡嵌有大小数码的，都有血缘性关系，这就是上海人的称呼密码。

但小阿妹、小阿弟例外，都是力所能及必须关照的，无血缘关系，但有罩住他们的义务，否则怎么叫大哥呢？这就是上海人的义气与江湖。

如果称呼女性为小姐，侬肯定不是熟人，也不是上海人，也不是外地人，而是个书呆子。"小姐"两字，过去是尊称、嫩称，现在是"开黄腔"，是不正经的地方"方言"。上海女人听到小姐两字，回应："乃娘才是小姐。"如果姓氏加小姐，那么这位小姐是客户，但不是"小姐"。陌生人相见，又不知姓甚名谁，怎么称呼呢？同性之间，阿姐阿妹。男女之间，幸好又是同姓，上海人的老法称呼："本家妹妹"，亲切得让你推也推不开。

倘若称呼"先生"，那么侬就是陌生人，关系隔得很远，远到天涯海角。上海人待侬一客气，就生分了，就有距离了，就有戒心了，就只能说客气话。于是"一脚来，一脚去"，客来客气："今天天气？""哈哈哈……"上海人谓之"假客气"，既然假字开头，那么就没有实话了。比如早上见了，"吃了吗？"没吃过，也要说："吃过了。"实话实说："还没吃。"那就是"不客气"了，逼着对方请侬，让问的人下不来台阶。计划经济时代，"地主家也没有余粮呀"，彼此还没有亲密到合穿一条裤子的程度，不可能请你来家吃饭。实话实说，就是不会聊天，一开口就噎死对方，上海话："将军！"所以要客来客气，没吃过说"吃过了"，那是假话，假话就是客气闲话，客气就是假客气，就是会聊天，这就是文明必须犯的"美丽的错误"。礼貌与虚伪是硬币的两个面，相辅相成。

倘若老朋友，早晨路上见面，拍拍肩膀："走，陪我喝早茶去。"等于命令，绝不会："吃了哦？"倘若是询问的口吻，对方会板着脸说："兄弟，侬到底让我吃不吃？"朋友之间讲客气话，就是瞎讲，上海人口头语："瞎讲有啥讲头啦！"说实话，就是不客气，才是真客气。旁人一听，就知道这是一对宝货，吃过了也得去，否则就不给面子，舍命陪君子，减肥计划报废。尤其晚上将寝，来了手机，请侬吃夜宵！等于吃催肥灵，绝对是老朋友。

到了新世纪，上海人的见面称呼又一变，小名加尊称。比如曾经的学生，见了我"大伟老师"，小名直呼其名，古代是大不敬，说明亲切与平等，暗示侬迭格老师从不摆"老魁"。尊称是敬重，亲情有了，感觉也有了。小名加尊称，这是新世纪上海人的见面语，你可以从中判断：他一定是上海人家。上海人家就是父母也是上海户籍的上海人，这也是上海人的称呼密码。

现在的上海，是中国化的上海，欧美化的上海。上海的尊称裂变了，分叉了。见面称呼：老板，连象牙塔里的研究生也称博导老板！他攥着你的课题经费，与老板一样，卡着你的生命线——生活费。老板见着当官的，就像翻译官见皇军，低头哈腰，所以现在上海滩的酒席上，流行的见面尊称领导。这是上海人的口吻吗？与北方人一样了，同化了，衙门化了。

听到尊称"领导"，你就可以断定：对方不是真正的上海人，或者你在非上海人的圈子里聚会，否则不可能有此突兀的称呼。

上海人有规矩，无等级，"领导"两字，怎么也说不出口。因为陌生，所以不顺口。顺口的，绝对不是上海人。

3

称呼背后的文化密码

八十年前，名是名，字是字。名是供长辈呼唤的。平辈间、晚辈下属、朋友之间只能互相称呼以"字"，倘若"直呼其名"则大不敬。

解放后，字渐渐褪色淡出，只剩下极有生理特征的绰号，供"可以一起做坏事体"的好朋友之间称呼，仿佛密码，透露出彼此之间的亲密。红小鬼出身的老战友，吴胖（空军司令吴法宪）、李瞎子（海军第一政委李作鹏）。绰号有比较级。小黑，面色较重；小黑皮，黑得深些；乌贼鱼，就是墨墨黑！往往又叫亚非拉！短兔，矮于高个，这个市面上不通用，仅限于篮球运动员之间的绰号；热水瓶，矮于正常人；条干可以，肥瘦还算等比例缩减；汤婆子，又矮又胖。倘若漆皮汤婆子，所有缺点都集中在一起，天天开碰头会。圆头，后脑勺较凸；榔头，后脑勺更凸，侧面宽于正面。好比大块头买裤子，腰围大于裤长。

相反，扁头，后脑勺扁平，东北人较多；扁得不正，叫"斜"扁头。斜在上海话读恰（qia）。唐诗里读霞（xia），远上寒山石径斜，这样与下句"白云深处有人家"押韵。现在，这帮生理性小名的发小都有子孙了。在路上远远见着，隔着老远，踮脚扬臂，大呼小叫："恰扁头、恰扁头。"生怕聋子听不见。当然，身旁有个小女人，则三缄其口，走到他的面前，跷起大拇指："侬老额。"擦身而过。尤其酒桌上，哪怕贵为董事长，如果勃然变色，这块人肉就变质了。好比见了老同学，自称静安区，好奇者二问：新静安，老静安？低下头：新静安。那就是水晶冒充钻石。不过，好奇者有点拎不清，等于摔开砂锅问到底。

现在的大学普及率，高于解放初期的高小普及率，普通话随之普及，听不出哪里人。但听称呼，可以破译籍贯地背后的文化基因。

北方称呼，男称大，女也称大，老娘、老姐姐、姑奶奶。女性单枪匹马赴宴，敬称"大姐"，朋友偕夫人上桌，高呼大嫂大嫂，叫得欢。重庆长江大码头，仅次于武汉、上海，所以出袍哥。女性开场子，爱充老姐，属于压寨夫人的辈分，江湖码头才压得住阵。在上海有苏姐重庆老火锅，凡重庆老火锅，有七个"姐"——珮姐、杉姐、倪姐、冬姐、莫姐、金姐，还有一个还没开的婵姐。如果是某妹，与老火锅年份不符。抗战期间重庆校场口有家马婆婆老火锅。因为是婆婆，就不能欺负了，这也是江湖好汉的潜规则。

至于男性，南北方省市间有巨大落差。中央电视台的广告好客山东，源自《水浒》山东，梁山泊上称兄道弟。二哥武松的排行，人称武二郎，身高八尺，眼光四射，行走生风，气宇轩昂。大哥是个五短身材的窝囊废。酒桌上，同辈男性，不论排行，喜称"二哥"，那一定是山东的！喊你大哥，属于武大郎，笨拙木讷，还要戴顶绿帽子，好像邮电局送快递额。敬呼大哥，那是骂你。估计是山东人后裔，闯关东时，记得斜肩背着一胯煎饼，忘了带本《水浒》。

1988年，我亦如秦琼卖马，落魄到山东泰安火车站开小饭店。厨师大老王，不识字，喜欢赤膊炒菜，右手掂锅，菜如鲤鱼跳龙门，左肩搭条擦汗毛巾，想想真味！偶尔请我给他写信，他说我写，开口："写上见字如面。"雅词破题，开门见山，一如《秋水轩尺牍》，清许若涧直视见底。山东是孔孟之乡，凡事讲究，即便称呼都暗藏典故，比如"二哥"，暗藏男人的豪迈，其实孔子也是老二，也是二哥。

东北原属满族的龙兴之地，一片蛮荒，不准开发，直到山东人闯关东，后来又被日本人殖民，汉文化较浅，喜欢做大哥，耻为二哥。上海人称阿二，往往是聪明的象征，我有个做绿化工程的老板朋友徐义平，义与二，沪语中的发音似是而非，人称"阿二"，他听了乐不可支搔胸口，比叫他老板管用。在上海，大哥一词，有点粗相，近似苏联产品，不待见。有道是：老板满地走，大哥多如狗。显示出上海人的蔑视。

老上海，男喜大而不老、女称宜嫩不宜大。平辈稍长，敬呼：

阿哥。见着父辈，再老也不称爷，而是老爷叔。上海人特别忌老，老了就是死了。小于自己，昵称：老阿弟，对小辈称冠以"老"尊敬，合旧礼。见着平辈的女性朋友，直呼小名不带姓，年龄稍长，敬称阿姐。尤其老太太见了子孙小辈的小女孩，昵称妹妹！这是尊称，拉高二辈，这是上海特有的礼貌。好比北方人酒局，与你碰杯，酒杯沿口低你半格。上海较早受天主教影响，中国人所谓"四海之内皆兄弟"，天主教认为在天父面前，均为兄弟姐妹，尤其做礼拜，彼此见面都是兄弟姐妹。倘若按辈分称呼爷爷奶奶，那么辈分比天父耶稣圣母玛利亚还高，那是逆天，杀千刀！

当然上海是移民城市，外乡人与本地人称呼有别。在上海陆家嘴商圈里的酒席上，可能有人称呼你大哥，在上海新天地有人称她婆婆，若在上海城隍庙周边，就显得格格不入。

当然，女性过了七十岁，称呼就随便了，阿奶（本地称呼）、好婆（苏州称呼）、好亲婆（常熟称呼）、奶奶（长江以北称呼），好比半夜里擤鼻涕，甩到哪里算哪里。孔子有言："七十而从心所欲，不逾矩。"

没有称呼，没有典故了，没有习俗了，只剩下赤身裸体的年轮称呼，属于裸称，相当于裸泳，没文化。

文化就是给自然裹衣遮羞，给年轮上彩釉，起码，你不是傻大哥，无绿帽子之嫌。

4

口音

在中国，进过学堂的都会背"乡音未改鬓毛衰"，它如牛虻的脸上刀疤，是中国人的文化记忆点。从工业化的昨天到城市化的今天，在上海人眼里，"乡音未改"会被奚落："乡下宁（人），到上海，上海闲话讲不来，米西米西（日语：吃）炒咸菜。"

这首童谣，上海人的启蒙教材，凡受此"精神污染"的，到了成人，牢骚也是最民粹的："上海房子太'居'（贵），劝我买隔壁外省的房子，让我做外孙（与外省谐音）。都说新上海宁（人：沪语发音），有新外地宁哦？"这是灵魂深处的自负。

在人员流动高频化的今天，"乡音"已被普通话替换了，但乡音的残痕——口音，挥之不去。它是胎记、烙印，在上海，口音比口臭还难闻。

什么是口音？苏北话里的"硬"，"昂"是口音；"嗯"是乡音，"薄分之薄"（百分之百）的纯粹，"滴滴刮刮的清水货 nia"（淮剧台词）。

陕西千年古都，见面语也是古汉语："吃食了吗？"怎么听都像"吃屎了吗"。这就是乡音！没有外地化的家乡话。

电视播音员一口"标普",一个模子浇出来的,在家盲听,分得清中国闲话、阿国(苏北口音的"外国")闲话,分不清山东台还是广东台。

现在年轻人开口即普通话,因为太标准,在外盲走,分不清:外地人还是机器人。普通话,既不属于江苏人,也不属于江西人,它属于天下人,作为上海人,跟侬搭界哦?

晚上散步,沿着僻静的河堤,打开手机免提,我喜欢听《罗胖精选》"一天一本书"的解读。因为略带安徽口音,结尾甩不掉"咧",这道"安徽料理",风味浓郁,亲切得很,如千里来奔,故人聚首,炉边谈话。

台湾"中研院"胡适陈列馆,有《唐德刚谈胡适》视频。唐德刚是现代史顶尖专家,尤以整理编辑大人物的口述历史而出名,他的安徽口音更重,一口一个吾(安徽话:我)。谈起1949年落魄美国的胡适,他眯起眼——"他又不是吾当嘎(皖语:家,与南京话近似,与苏北话接壤)老板。"截唐德刚的开头"吾",拾罗胖子的尾音"咧",拼凑一条头尾齐全的臭鳜鱼——"吾"感觉很好的咧!

我很 low,不喜欢话剧,即便心里独白的悄悄话,也大声嚷嚷,神经分分,吓出内伤。

都是普通话,一点不亲切。偶有例外,话剧《茶馆》:"额是拜把子地兄弟。"两个逃兵,一口听得懂的四川话。还有话剧《陈毅市长》略带口音的台词："我就是上海市市长陈毅——"毅拖得特别的长，中气十足，充满了自信。如果改说普通话，那就不是性格陈毅，而是官僚陈毅。邓小平："我们都老喽。"若是普通话，一碗白开水，那是影视邓小平。略带川味，那才是纪录片里的邓小平，真实的邓小平，老百姓喜欢川音邓小平。

我很俗，偏爱小品。赵本山的东北口音，改说普通话，听众会骂："墙上挂狗屁——像画吗？"侯宝林脍炙人口的名篇:《关公战秦琼》，"是关公的'饼'事（本事）还是秦琼的'饼'事大"，一口一个，山东话，还是鲁西南的。一有口音，蛮横就声情并茂洋溢出来了。"我文文（问问）你，是关公的'饼'事大？还是秦琼的'饼'事大？"其实，山东省主席韩复榘，出生河南人，他老爹应该说河南话。特朗普说英语我听不懂，但王子涛改成山东话的就职演说"太喜人咧"。

在花旗袍、宽檐帽、长纱巾"混搭"的小资眼里，五角场是下只角。那是文化高地、人才高地，有复旦、同济、二军大等牛哄哄的顶尖大学，那里流行普通话，而且上海化。"老不灵"的普通话，人称"五角场场话"，全称"塑料普通话"，简称"塑普"，而且是"昂"（硬）塑料，捎带各地私货口音！五花八门，杂种得很！在五角场，循着口音，你可以找到老乡，口音是籍贯的词根。

我读大学时，名师凭名著出名，名校凭名师出名。名校的特征，五湖四海；名师的特征，南腔北调，职衔越高口音越重。普通话标准的往往是嗲夫人，有知识的新女性。说上海话的，往往待在后勤。即便厨房，带口音的，往往带手艺，比如红案师傅江北腔，白案师傅侉子腔，名校外地人多，吃面食馒头。

大学里的老先生，口音浓到什么程度？足以张冠李戴误导你。"站在桥头望郊区"，到了粤籍老先生的嘴里，"站在床头望娇妻"，仿佛一部《水浒》。到了清河县农民嘴里，就成了《金瓶梅》。老先生广东人，偶尔课间大发牢骚："听说某'银'（粤语：人）要提副教授了，他写的字像'哈婆'（上海话：蟹爬）。"老先生生于广东，大学北京，老婆上海，他的三明治普通话，粤语为元音，国语为辅音，沪语为浇头。用上海话评价，大兴的普通话，"哈婆"的上海话，蹩脚的普通话，归纳一句话，一塌糊涂汤汤滴。

外语系的教授，必须到中文系兼一个班的公共课。据外语系的朋友私下告知，先生的一口纯真伦敦腔，不带杂音，纯粹度甚于伦敦郊区农民。但解释语法，必须是国语，那是一口宁波话为主、普通话为辅的大兴国语，比大兴街出来的还要大兴，全班同学醒过来，哦，中国人呀！

配上当年的大兴英语教材里的大兴称呼"little Cai"，原来小蔡的简称啊！那个汉语口音，比地方口音更奇葩。

　　大师在课堂上任性"拉讲",就是"名人名言"《世说新语》里的名人轶事。因为"口中言"是拼音,所以有口音,尤其广东官话,口音很顽固,抑扬顿挫,铿锵有力,引人发噱。落在纸面上的,比如他受命编的高教部全国教材,笔下字是象形字,表意不表音,音响效果没了,口音没了,意气风牢骚没了,个性也没了,像斗败的公鸡,嗒然垂翼,黯然失色。

　　口音,是四十年前教授们的标识。

　　这十年,教授博士化,博士最显著的特征,学甚像甚,考试满分,拷贝不走样,百分之百的他,没有自我的他,博士们的普通话自然无口音。通过电视而出名的名师,凭借名校而出名的名师,就是不靠名著出名。今天寻找名著名师,最佳捷径看有无口音。因为自信,口音就拧不过来了,比如厦门大学的易中天,武汉大学的赵林,两位都有湖北口音。复旦大学的哲学王子王德峰,明显的上海口音。现代军史专家刘统,不必询问他在哪个名校,一部《北上》足以立世。我坐在车上回放他的录音,到了抗战章节,免不了华北平原,免不了冀中平原,普通话中河北的家乡口音比重明显偏重。仿佛头裹白毛巾的河北老农,蹲在路边柳下,摇着蒲扇赶苍蝇、卖西瓜,跟你絮絮道来。从"皇军"五一大扫荡到游击队的蛤蟆蹲,从战役层面说到战术细节,历史就是由细节缝合才显得生动而合乎逻辑。

　　我喜欢与带口音的人交往，这样的朋友有个性、有趣味。追悼会上，按照程序，首先"默哀三分钟"，最后"瞻仰遗容"。倘若主持会议的工会主席是苏北人，他的开头与结尾，首先"难过三哈子"，最后"望望死样子"，一口"酥"（苏）北音，悲剧变喜剧。

　　倘若一口标普，除了悲剧，就是悲哀，黄连拌药粉，苦上加苦。

5

上海人的自嗨

　　网上曾风传一个视频。一个大而圆的光头男人，约莫四十多岁，手托着腮帮，沉稳地坐着，大概喝咖啡吧。斜杠式地挎着黄牛皮小包，哥，侬有儿点潮。画框外斜刺出询问："你是哪里人？"普通话里夹杂外地口音，画外音，无头像。光头男很礼貌地"开国语"："上海人。"画外音再问："哪里人？"好像没有听清楚。光头男依然平静地国语回答："上海人。""哪里人？"这回尾词的语调翘起了，言外之意：上海人怎么不说上海话？还是上海人涵养好，怕你听不懂，拉慢语速，平缓地用国语回答："上海人。"我听得出上海腔的国语，有瑕疵，老不灵额。画外音不依不饶："哪里人？"像预审科的警员在提审，显然他不相信开国语的是上海人。可能这位是新上海人，还未"做旧"，先沾染了上海人的傲慢，以方言甄别亲疏敌我，但又听不出国语里的上海腔。光头男面不改色，一字一句："上——海——人。"画外音穷追不舍："哪里人、哪里人？"光头男终于忍不住，一口上海话喷他："上海宁！跟侬讲上海宁、上海宁，侬只乡下人，巴子，戆大。讲了半天听不懂，十三点，脑子有毛病额噢。"久违了，那么酣畅淋漓的上海话，纯度之高，玻璃不带气泡，口音不带杂质，一口酥，而且是"古今胸罩店"时代的上海话。改革开放前的搓人"乡下人"，改革开放后的搓人"巴子"，都是"不领"市面的意思。十三点么，则是解放前的上海地区"古汉语"，墙上的摆钟只有 12 点，过头了，就是十三点，至今没有替代词，这就是生命力！老不死！不过十三点曾是女性口头禅，光头男饥不择食，怒不择词，性别混乱，缀以"脑子有毛病额噢"，娘娘腔都带出来了。这个视频可能是集体创作，前半部是上海人编的，充满了高傲；后半段是外地人编的，在北方人眼里，上海男人有些娘。

前几年疫情缓解，店面刚开禁，我路过武康路，迎面一排欧洲姑娘，不戴口罩，口无遮拦。只听一旁的雌性上海话：东欧的！言简意赅，境界全出。上海人眼里总有一把尺，区域大于阶级，迅速找出缺点，踩在脚下，以凸显自我。

曾去南市采访郁家在世老人，一屋子的坛坛罐罐插不进脚，老城厢郁家是望族大户。我好奇地说：于光远也是郁家。老太不屑地说：他是小郁家。一个祠堂里还分等级。

前几天在上海一家报纸上看到一篇文章——《标准英语》，俯首细读，估计文章出自上海人笔下。伦敦口音（Cockney）指的是伦敦人，尤其是伦敦东区（伦敦西区是富人居住区，相当于上海人说的上只角，而伦敦东区则是普通人乃至穷人居住区）居民说的英语。标准口音（Received Pronunciation），简称 RP，则是指英国南部受过良好教育人士和受过大学教育的伦敦人的口音……标准口音又被称为"国王或王后口音"。也有语言学家把标准口音称为 posh accent，所谓"上等人口音"。我将此段文字抹去作者姓名，微信转复旦英美文学系的博导孙钢先生。孙教授回信："标准英语用'口音'来表述我不敢苟同……因为口音意味着发音不标准。"教授就是教授，一笔带出是非，接着进一步阐述："诸如'BBC English''King's/Queen's English'等，在汉语中也常用'BBC 英语''国王 / 女王英语'来作对等性翻译，而不使用'国王或王后口音'的表达法。""国王或王后口音：文章中的这个表达法应该是作者由'King's/Queen's English'翻译过来的。Queen 在英语中是个多义……但是在表述'标准英语'的概念时，Queen's English 必须是指女王英语而不是王后英语。"

为什么作者要译成"王后英语"？凸显上等人的等级耳！

其实，一百年前上海人吹捧一近乎妓的舞女："曾毕业于某教会学校，孜孜不倦，中英文程度皆臻于中学。"（《龙报》，1931 年 4 月 15 日《淑兰老八之体格美》，作者：花郎）现在常有女人自嗨外公学历"圣约翰毕业"，怕你轻而易举听懂，偏偏读"圣·僵尸"。充其量相当于现在的双语学校，学费贵而已。其实，国立交大、同济的学术水准远远高于圣约翰，即便外语程度，上课的教材也是原版。中科院院士我还没见过"圣·僵尸"履历的。

丑人总能从镜子中找到自我的优点，反衬对方的缺陷，以显示"寸有所长，尺有所短"。如果最后只剩下出生地作为优点，反而证明后天的一无是处，其实蛮失败的。

6

下只角的脾气

上海的苏州河是汉界楚河，岸以南上只角，岸以北下只角。上下之间，生活趣味的差异，远远大于阶级划分。南面地界上，无论小老板、小职员、小混混，"侯总团拢起来"（宁波话：全部团结起来），一致看不起北面的各个阶层。表情包眼皮翻翻，眼角瞟瞟。口头禅：下只角！在上海，下只角不是方位词，而是贬义词。

雨天上只角风衣皮鞋，晴天也一柄伞在手，权当"司的克"，冒充英国人，这叫腔调。下只角呢，晴天穿皮鞋、雨天穿套鞋，兵来将挡，水来土掩，但被上只角看作"寿头"，上海话里，土头土脑的傻帽。明明是对的，却被笑话。明明是正确的，却不敢坚持。现在也学样，雨天穿皮鞋出门。下只角小混混的黑话：学斜忒了！现在流氓有文化了。什么叫崇拜？错的也是对的。

夏天上只角衬衫西裤皮鞋蹲在屋里，好比粽子裹蓑衣，捂被头孵酒酿。杜月笙更加有腔调，大热天在家见客人，长衫马褂，用他的话说："强盗扮书生。""莱阳梨"住宁海西路，属于上只角核心地段。下只角赤膊短裤穿拖鞋，坐在弄堂口，享受穿堂风，在上只角的眼里，属于没有文化。什么是文化？

装。什么叫没文化？真。

上只角朋友，对居住地的上下方位非常讲究，仿佛澡堂里的毛巾，"上下"不容颠倒。在上海人嘴里，下只角的"下"充满歧视的方位词。一个城市有两个师范大学的，只有北京与上海。上海有上师大、华师大。沪语中，"华"与"下"同音、"师"与"水"同音"丝"。所以我的上师大同学是这样阿Q自慰的：阿拉是上水道（谐音：上师大）。言外之意，华师大是下水道（谐音：华师大）。这就是上海人的上下角意识在作祟。

上海有个特点，名医院多在上只角，名学校多在下只角。因为，名医集中在富人区，倘若在郊区，赶到市中心抢救中风："跷脚到了，会议散了。"旧时代的国立大学多建在乱坟堆上——无须动迁，零成本划拨。复旦、同济在杨浦，上外大学在虹口，华师大在普陀。高中四名校，复旦附中、交大附中在杨浦，华师大二附中在浦东，上海中学在上海县，今天归并闵行区。初中的奥数尖子学校则集中在闸北。闸北奥数的带头人杭顺清，为人四海，三百六十行，行行有朋友，因为各行各业都有龙子龙孙，都有欠他人情的家长，闸北优秀的数学老师多是他的徒弟。他有个不成文的规矩：徒弟有困难，必须找他。比如父母生病住院，他一个电话，主任名医会天天到你父母病床前问诊，"一烙贴"搞定！倘若碍于情面不找他，他知道了，哪怕你爹妈出院了，还要再回医院住一趟。他就是这样热心，不惜热面孔贴冷屁股。闸北的老师，热情仗义，没有知识分子的清高、"贾沪生"的冷漠。找闸北的老师办事，带酒即可。我有几位闸北的教师朋友，父母过世，同事会聚拢在灵堂里，喝酒打牌一起守夜，像水产个体户。与其他区县的老师相比，闸北老师：有温度，有人味，奇葩一枝。

有次去上只角办事，想办完事顺道看看住在上只角做教师的老同学。"挥手一别，江湖十年"，毕业后尚未见过面。他很警惕地在手机里问道："有事吗？"听口气生怕有事找他。不过也有优点，他也不会麻烦你，"水牛角、黄牛角，各归各"（沪语角、个同音），做个理性的"经济"人。理性得有理无情，冷静得"冰骨水阴"，属于"蛋打蛋、俩不愿"。这属于"熟小菜"（熟面孔的外号）朋友，"熟小菜"冷冰冰的，搁置在玻璃窗后面，好看不"好"吃。

下只角则相反，更讲究中国人的"情理"二字。情在前，理在后，情大于理，这叫人的气"米"（沪语"米"与"味"同音）。

澡堂里，下只角熟人不期而遇，哪怕浸泡在汤池里，马上海狮出水爬上岸——拍手拍脚拍屁股。倘若上只角，远远望见，赶紧退出去，另辟蹊径，仿佛有"暗"毛病"额"（额：上海话里语气助词，相当于川沙话里的话搭头嘎，我的川沙朋友叶治安解释，语末助词"嘎"）。

在上只角看来，下只角的热情有点儿十三点兮兮。他们的口头语："跟侬搭界哦？"这是更年期没过好的口头禅。冷漠由此而生。

上只角囿于租界，租界有界。比如英租界，东面黄浦江、北面苏州河、南面洋泾浜（现在的延安路），那是界河。西面西藏路，那是路界，过了界，哪怕犯人，这一边的巡捕就不能过去，与侬不搭界。否则就是越界，相当于足球的越位，那是犯规，要吃官司的。哪怕杀人放火，与你这个干巡捕的也浑身不搭界。所以新闸路与华界搭界，洋泾浜与法租界搭界。因为"界"所在，流氓犯了法就越界逃亡，巡捕追到此，裹足不敢向前，只能"望洋兴叹"，任他兴风作浪。所以界两侧的地儿，治安特别乱。洋泾浜南岸的三茅阁，就是黄金荣之流起家老窝。做巡捕要学会"望洋兴叹"的克制，法律高于正义，要学会冷静，久而久之，习惯了、麻木了、冷漠了，"不搭界"也成为租界居民为人处世的戒律。

向南过了苏州河，朝西过了黄浦江，去机关、报社、出版社找朋友，找住在下只角的朋友。很少去那里的新里找熟人，即便去，也是小心翼翼，礼貌多了、礼物多了、笑容多了，真情被挤得扁扁的，找不见了。

上世纪60年代，大杨浦的乱坟堆里，陆续建造起一批工人新村。从一村扩展到七村，还有行业新村，比如邮电新村、闸电新村（闸北发电厂家属院）、铁路新村。鞍山四村有一批建工局基础公司的公房，从31到58号，又称一里委。前不久50、60的邻居们，从四面八方集中到黄兴路蓝天酒家，包了一个层面，开了十几桌，一百多号人。吹教鞭的叫晓忠，特地叫上我，因为我是隔壁鞍山六村的，相当于"联合国观察员"参与。因为减肥，我晚上不进食，所以坐着不动筷子，再说也不熟，不免落寞。同桌的看到了，站起来弯下腰，倒过筷子夹菜，送到我碟子里，举着筷子给我看，口口声声解释道："筷子我倒过来了，这一节清爽的。"看着你张口吃了，才坐下，舒了一口气："这才像阿拉大杨浦的脾气。"

改革开放三十多年，尤其上海实行商品房销售，老邻居们一家家迁出旧居，各奔东西，一别几十年。今天见了，大呼小叫，没有名字，只有绰号。喝了不算，还将喝过的酒杯放在转盘上，一转到对面，按住立停，正好落在对方的鼻下、嘴前，挑衅："我喝过的杯子，依敢接着喝吗？"对方端起杯子："喝就喝，拉钩怕啦钩（苏北口音：哪个怕哪个）。"其实都不是苏北人，但苏北话亲切。一饮而尽，如歃血结盟，补一刀才是一伙的，表示不忌不嫌，依旧好兄弟。暗示有福同享，不惜有病同患。此时双方立刻站起来，跑过去，交颈大拥抱，拍着后背心，高呼："肺贴肺。"这是大杨浦私人订制的短语。大杨浦的人，就是这么肝胆相照。

那晚的酒席，始终闹哄哄，大家都端着酒杯、拎着酒瓶串场子，寻找失落的回忆。从这一桌到那一桌，找童年的他、"同桌的你"，拍肩膀、碰杯子，不亦乐乎！"侬现在勿谈了！"说着跷起大拇指，摇摇，"上去了（沪语：发达了）！"两个阶层的人，可以聚在一起称兄道弟。"闰土"在下只角，在老邻居、老朋友面前，可以不拘束、不识相。在上只角，就要识相拎得清，这叫"懂规矩"，弱声道：老爷！鲁迅就是鲁迅，闰土就是闰土。

就人情味而言，上只角与下只角截然不同。大杨浦的人，至今还是草莽气概，比如老邻居聚会，拒绝 AA 制。我是这样教育儿子的：如果请你 AA 制的，那就说明他不会为你两肋插刀，你要断然谢绝，不值得为这样的人浪费时间。除非同事聚餐，那是"不得不"。

下只角依旧义薄青天，义气两字依旧看得很重。

7

正在消失的词语：努力

老母鸡变鸭！老母鸡不见了，有些正能量的词汇在我们逐渐富裕的过程中流失了。

前几天我的手机被一个陌生号码不断地呼叫，原来是闪送。我赶紧开门，一个快递小哥跨在电瓶车上，单腿斜撑、脚尖踮地，候在院子门外。因为我家院门一直开着，他怕货件有闪失，所以按邮件上的手机号不断呼我，见我开门，才放心。红红的脸庞灿烂地笑着，北方乡民的一脸憨，高喊："大哥，喏，你的快递。"低头发现门口一角，一件扁扁的邮件倚着墙，随手拆开，原来是一函白松木盒。抬头，他还等着，问："没碰坏吧？"我连声说："谢谢，谢谢！"同时关切地说："兄弟，耽误你时间了。"

我钦佩出租司机、快递小哥，风里雨里奔波于大街小巷，赚取一单单的提成，养活一家。他们往往是二胎三胎的父亲，让你看到"为人夫、为人父"的担当。他们的幸福感很朴素，很温馨，晚上回到家"老婆斟酒、老婆夹菜，大儿给你端泡脚水、小儿给你拿拖鞋"。冬天，睡在没有暖气的租赁房里，小儿子睡在脚跟，抱着父亲的脚，给他取暖。为人夫、为人父，沉浸于伦理中、人情里，非全息投影的幻影中。宰相王安石写的最感人的名句："草草杯盘共笑语，昏昏灯火话平生。"最简朴，才是最真实。他们"无（五）比"可爱——不与他人比，不与富翁比，不懂外语，不与欧美比。只与自己的昨天比，坚信"明天会更好"！满足于唾手可得的幸福，活在当下，阳光灿烂。在全世界印钞通胀的时代里，只有劳动不会贬值，因为劳动创造价值。在金融横溢的今天，金融收益率越来越低，劳动的价格日涨夜大，越来越稀缺，劳动者获得很踏实。

他见我称兄道弟，请求："大哥，小弟可以加您个微信吗？"我立马输入他的手机号，他看到"已添加"，喊道："大哥，给小弟一个机会啊！小弟一定会努力。"一扬手，扶正车，脚一蹬，飞也似的走了。

快递小哥的微信头像：努力！我刮目相看，当即回复："为努力点赞！"他回复："领导，很努力，没机遇。"我从书袋里捡出名句："王侯将相宁有种乎。"他回复更实在："领导，我看不懂，但一定是好话，待会儿查百度。"

三十多年来，随着富裕，曾经激励我们吃苦耐劳、奋发向上的词语，不知不觉淡忘了，突然又呈现出来——努力。

看到这两个字，想起自己三十多年前，扑通跳下海，到租金低廉的小县城火车站，那是唯一有人流量的地界，租摊卖百货、租赁开饭店。每次急匆匆回上海贩货，坐 162 次绿皮车，晚出发，晨抵达，没有座位，军用雨衣铺地，睡在座位底下。两侧垂下的脚，还脱了鞋，在眼前、耳旁晃来晃去。异味呢，挥之不去，有浓的、有淡的，知道哪个是农民、哪个是干部。有时一阵浓一阵淡，一定是忽远忽近来回晃的脚，瞌睡中异味归于无。早晨醒来，赶紧爬出来，空间中弥漫口腔混浊味。俯视地上，一摊湿湿的人影，贴着地皮，只有轮廓，不见眉目，那是鄙人剪纸，极具木刻的黑白效果。有时坐客中碰上意愿者，讲定价钱，从座位上方的行李架上，卸下大件货，拖着行李车，跟着他下车，然后沿着僻径土路到了他的家。曹庄汪村李家峪之类，多么熟悉而亲切的地名啊，仿佛回到《铁道游击队》。卸了货，徒步返回火车站，等返程车回上海补货，再返回，加快一次资本流转率。这属于投机倒把，庆喜社会风气已开，穿制服的眼开眼闭放你过去。我们就是钻着缝隙来回折腾，过封锁线，赚辛苦钱。

到了春运旺季，火车站人流最多，商品销售转旺季，往返贩运的次数也多了，但列车上挤得你不能挪身。依仗年轻力壮，侧身往里挤，螃蟹横行不霸道。有时憋得实在不行，坐客高喊一声："撇转脸，大爷要撒野了！"可乐瓶垂在座椅下，对着瓶口尿！然后扔到窗外。有时尿量太大，赶紧刹车，憋住，也是一功，摒功！赶紧喝空第二瓶，再尿尽排空。不久惹来尿频，西谚"解决一个麻烦，引出更多的麻烦"。我有位生意朋友，老憋尿，最后有尿尿不出，医学名：尿潴留。我因疲劳过度，诱发心律不齐等与心脏相关的系列毛病。幸亏膀胱没病，因为每次出发前，半天不喝水，这叫"老举（沪语：颇谙此道）"，结果得了肾结石。这是努力的副作用。

今天我依旧缅怀那一段风雨兼程的旅程。20世纪90年代，电视里播放步步高学习机的广告。风雨中一个男孩跌倒，跑在前面的成龙回身拉起他，然后推出歌曲："不见风雨怎么见彩虹，没有人能随随便便成功。"这是周华健的成名曲，他的开头"灿烂星空，谁是真的英雄"，是的，创业的男人，哪一个没有泪流满面的伤痛？毛泽东的名言："不怕砍头，不怕离婚，不怕坐牢。"在我们这一代人的身上不时应验，"这点痛算什么，擦干泪，不要问，为什么"，继续前行。当时没看过《莫斯科不相信眼泪》，但喜欢片名。今天在滴滴哥、快递哥身上，再睹当年的我们。凌晨出门，背着扛着，偶尔摸摸头，头发硬邦邦壳起，三九严寒的北方，零下的寒冷在头上瞬间结冰。

快递小哥的储货箱上，后背常常印着"努力"为核心词的句子，以此励志。最近我散步路过浦东国际会展中心，转角等待进场跑长途的大货车，司机坐的车头很大，夫妻俩长年累月在里面吃住睡，孩子丢在爷爷奶奶家里。车门外侧，刷着大字：幸福来自努力。

现在富了，曾经创造富裕的词汇丢了。今天邂逅，向你致敬。

8

老派上海女人

外地人口中的上海人，指上海人的处世为人，比如上海女人。

上得厅堂——穿戴上台面，谈吐顾场面，举止要体面，上海女人三碗面。

下得厨房——买、汏、烧，马大嫂之谓也。

上海女人更乐意在厨房。广东女人有句名言：若要拴住男人的心，先要拴住他的胃。做上海女人的标准，会做家务会烧菜。否则，三十年前无地自容，哪怕独生女，做母亲的也会急煞忒："不会做，哪能进婆家门？"现在五六十岁一代的上海女人，都会做一手好菜。新房子装修好了，邀请"家庭朋友"参观，女人们总是抢着洗菜、抢着上灶台，这叫快闪上手。不一会端上几个热炒，这叫露一手。味道要好，这叫拿得出手。上海女人的特征，三只手下好三碗面。餐后，女人们抢着收拾台面，然后聚在厨房边洗碗、刷盆、沥干，边干边聊天，边评价装修边分享改进细节。不管你是高级白领，还是私企老板，到了家，就是老婆，不会做就是懒女人，就会被鄙视，就不算上海女人。

上海女人会打扮，出门山青水绿，但不是花枝招展，否则就成了小姐，而不是阿姐。上海女人是阿庆嫂，不是《亭子间嫂嫂》，从服饰中就能一眼看出来。上海女人的美学标准，清爽比艳丽重要，山青水绿是个"度"，红滴绿滴（用苏北话更传神入骨）就"过"了，好比十二点过头，十三点兮兮。

做女人总要嫁人的，这是归宿。如男人，总要娶妻生子，这是责任，这是上个世纪的普世价值观。嫁出去后，哭着回娘家，做母亲的会递上手绢，倾听倾诉，最后问："侬讲光了哦？"做女儿的点点头，接着就是规矩："侬现在回去，夫妻事体回屋里解决，老公的屋里才是侬的屋里。"决不允许留宿娘家，这样会拆散一个家。那时的女人总是住在婆家，或者丈夫家。丈母娘也会带着礼品来女婿家看外孙、外孙囡。女儿如果当着女婿的面告状，做母亲的口头禅："总归侬勿对。"这个话是讲给女婿听，袒护女婿就是会做人，女婿更加敬重丈母娘，小夫妻之间一旦有了矛盾，就有了中人，就有了回旋余地，这是处世诀窍。到了关键时刻，丈母娘出来摆句闲话，做女婿的就会买面子——一句话、两个字：服从。那个时代，很少有离婚的，丈母娘起了决定性的作用，克己谦让是处世最好的润滑剂。

做嫂子的有长嫂的样。我有个朋友，非常成功的投资家，长我六七岁，讲起自己的老婆，满怀钦佩。妻子临盆，婆婆想帮她带孩子，妻子很感激地谢绝："姆妈，侬有七个儿子，侬帮我带小囡，那么下面的小叔子有了小囡咋办（宁波口音）？个个都要带，侬还有出头日脚哎，我是带头媳妇，不能开这个头。"为了让婆家住得宽敞一些，他们借住在外，为了节省租金，她借宿到宝山县，每天抱着蜡烛包去虹口上班。当时丈夫在解体后的苏联加盟共和国倒腾坦克大炮上的贵金属，做妻子的毫无怨言。当年没有地铁，只能挤公交车，小孩往往从售票员窗口递进去，她再到门前人群后。售票员探出身子，大声喊："让一让、让一让，小毛头在车子上嘞。"挤车的人都会侧侧肩，让出一条缝，那个时代，人帮人。那个时代，男主外，女主内，夫妻含辛茹苦共筑新巢。

现在的上海女人，结婚了，住在娘家，老人做牛做马带小孩，周末才抱着自己的小囡回自己房间，当玩具白相相。早上小囡醒得早，睡惯懒觉的女儿抱起小囡，敲开对面老娘的门，从门缝中递进去，披着前襟、缩着脖子又溜回自己卧室，上床继续心安理得睡懒觉。"他们吃定我了。"父母就是杨白劳。

平时下午三点，外婆去校门口接第三代，外公搬个小凳子，坐在空车位的白线框内，替下班驾车回来的小辈占车位。落雨天咋办？我想还要痫痫头撑伞，忽然想起"青箬笠，绿蓑衣，斜风细雨不须归"。

至于家务，请钟点工；吃饭叫外卖。想起一个 20 世纪 90

年代的顺口溜:"书记谈理想,厂长搞横向,工人白相相,生活(沪语:干活)靠阿乡。"上海人从此时就萌发了堕落的苗子。精明勤快的上海人,越来越像欧洲人了,不像上海人,享受第一,福利第一。

现在的丈母娘,逼着女儿找大户,逼着女婿买房子。上海经济学是丈母娘经济,据说上海的房地产炒上去,第一功臣是丈母娘。他们是高房价飙水枪的压力泵。

现在的丈母娘,手臂往里弯,什么都护着女儿,等于是女婿的敌人。甚至叉着腰、拦着门庇护女儿。我散淡惯了,去朋友家,都是空手,但有丈母娘的家除外,总是带着又大又笨又重的礼物上门,关键要看得见。有西瓜不带金瓜,西瓜看得见呀。有哈密瓜不带西瓜,哈密瓜贵呀。有伊丽莎白甜瓜,不带哈密瓜,伊丽莎白稀罕呀,广告飘带挂在果篮上,花枝招展,还镌刻广告语:"伊丽莎白,缺点太甜。"上门不是看她女婿的,更像看丈母娘。女婿书呆子,送我出门,一再抱怨:"上门送啥礼呀?"我不好说:给朋友面子呀!否则脸色难看,白天鹅的大概率。

据我所知,丈母娘住家的,一定是把持型的,女儿就是丈母娘的木偶,男人口袋里只有地铁卡与盒饭的钱。所以有能力的男孩,结婚前对女友约法三章:"倷娘不能住在我们这里。"因为上海流行一句话:防贼防盗防丈母娘。

　　原来的上海人，劳动人民本色。勤快加手艺等于自立，男人在外学技术，女人在家买汰烧。现在呢？工人都是外地人，上海人成了白相人。上班上网，就是白领特征，上海文化衍化为白领文化。曾经，技术的上海、手艺的上海，那时的上海是经济中心，相信种瓜得瓜，相信劳动脱贫，相信汗水换钞票，这叫经济运行。现在的上海，成了金融中心，上海人相信炒股致富，相信"钱黏钱、钱生钱"，还振振有辞"钱与钱，堂兄弟"，好像会互相帮。所以"P2P"一出，如陈胜吴广起义，振臂一呼，风起云涌，现在纷纷爆胎，认栽！只知"钱生钱"，不知"钱骗钱"。

　　勤劳的上海，味道变了，上海女人只剩下发嗲，只剩下旗袍、只剩下丝巾、只剩下宽檐帽子党，只剩下"耶"的表达，看不到马大嫂，更没有阿庆嫂。

上海男人

不久前，参加庭院人家上海店的开张仪式。中餐西座，一长条桌面对面，身旁坐着一个准备加盟的江西女孩，很开朗。见我是上海人，就说她 2016 年到上海待了九个月，想找上海老公，所以很真诚地询问："上海男人很疼老婆？"我笑笑，左右为难，说不疼吧，不对！说疼吧，这是发嗲的字眼，不适于上海男人。再说，上海女人很自立。疼，是强者对弱者的俯视，有点居高临下，上海女人不愿意享受如此恭维，这有点欺负人。再说，夫妻嘛，天天在一起，发嗲如此持久，笑容凝固、面部肌肉痉挛，除非上墙照片。正常的关系，互相敬重。日常对话，没有调情的口吻。你疼她，她感觉怪怪的，有点疑似小三。

我企图深入浅出，形象生动，小姑娘似懂非懂，摸不着边，干脆举例出个应用题。她说据说上海男人会给老婆洗脚。其他邻座的男人笑了，我说：我是上海土族人，夫人也是土族上海人，我们没有这么做过，我身边的上海人也从未说起。我还补充道：上海男人想做也不敢做，一旦做了，老婆会惊诧。是不是外面做了亏心事？这不是烧香引出鬼来？除非有病，什么病？症状痴头怪脑。

　　真正的上海女人，不会这样作践老公。上海女人口头禅：
"男做女工，越做越穷。"（上海话读出韵脚）上海女人希望男
人在外事业成功，屋里活女人做，但上海男人闲着也会"搭
一把"，比如天热烧几个小菜，让夫人歇歇。也有不会烧菜，
此时的女人会说："侬跟我立了旁边。"那么就站在夫人旁边
说说笑话。屋里厢，老子不能做老爷，但儿子可以做少爷，
这就是上海男人的自我约束。即便局级男人，回到家，老婆
会调侃："老爷回来了。"但"局座"不会理所当然地坐下，
坦然受之。至于跪搓板，那是极端例子，是无知无识女人的
做派，被女人们看不起。

　　如果夫人住院，即便是老板，会做大事，不会做琐事的上
海老公，会让自己的姐妹或兄弟媳妇烧几个合她口味的小菜，
提着去医院探视。即使有商务宴请，能推则推，往往都是夫人
催促去赴宴。双方有些假姿假眼，男的假装不去，最好能去，
女的推着他去，心里最好他不去，最后假戏真做。上海女人知
道：男人在外面要有场子、要有面子，上海文化里面子最要紧。

　　如果带着鲜花探视夫人，那就十分"见外"，属于"寿头"
学时髦，阿缺西（盘不清的二傻子）。鲜花是闺蜜们带的伴手礼。
大丈夫不为！男人捧着花去探视女眷，那一定有问题，不是
脑子就是人品。

　　随着大学普及，女生考分比男生高。因为语、数、外分

数值最大。语文不以作文为主，这样语文、外文都是背的。女生比男生刻苦，考取大学的比例远远高于男生。大学没有地域，制造全国粮票。女人喜欢追剧，这是北方文化；女人喜欢时髦，时髦源于欧洲。全国女性崇拜的目标差不多，化妆品都是国际品牌。上海人也不用"双妹""百雀羚"之类。服饰是流行款。久而久之，举手投足也差不多。上海女人全国化，外地女人上海化，所有女人国际化，上海女人越来越少。外地人将时髦加小资误解为上海女人，相当于将南京路步行街上的游客，误解为上海人。上海人不去步行街。

相反，男生不追剧、不赶时髦，踏实做工，脾气又倔，所以还保留着上海味道。比如秋天斗蟋蟀、冬天养金铃子，平时莳花养鸟，一过五十，上海老派的气象又渗透出来了。公司里，西装领带，到了家里，春秋T恤衫，冬天茄克衫，即便酒店交际也不穿西装，上海人称领带为吊死鬼的绳子。私人空间穿西装，要么儿女婚礼，要么追悼会，服饰特色黑西装、白衬衫，"黑白"两道，活动内容《红与黑》。

南昌小女孩最后胆怯地问："上海男人外遇很多？"我说这些年落马贪官很多，上海也免不了，但以权谋色的很少。即便有，也是上海干部，不是上海籍人。因为男女关系落马的几乎没有，这就是贪官层面上海与其他地方的不同。上海人很开放，从小男女一起玩，相对男人，女人不稀罕，所以不落坑，这叫屏得牢！

这就是上海男人的素描。

至于娘娘腔，那是各地按比例存在的生理反应，在上海人嘴里，有个立于价值判断的贬义词：屁精！形象的绰号拉拉。

10

装修：魔鬼藏在细节中

若要一天不得安宁，请客；若要一周不得安宁，搬家；若要一年不得安宁，装修;若要一辈子不得安宁，找个姨太太。第三句是我加塞的，此乃当今真实写照。

今天的装修已升华为公司行为，道貌岸然的样子，身后却是一大堆散兵游勇，当年的马路游击队，召之即来、挥之即去。自己呢就是个皮包公司，所谓"轻资产"，恶谥"白手套"。一间办公室、一位设计师、一个小老板，还有一只电脑包，拎包的是设计师，兼销售员，以设计诱惑你。化成美女的蛇，披着羊皮的狼。

第一招，"设计师"打开电脑，给你呈现 360 度的全景设计图，沉浸式体验虚拟的 AR 幻境，最后迷失自己。其中图纸不过抄来的大拼盘。装修如同整容，美，永远是第一生产力！虚幻大于真实。

第二招，低开高走。承接前，报价很低。粉饰墙壁之类面积活，面积少算，凸出部分比如立柱，立体两侧不算，只算平面；地板呢，少算边角；电线呢，少算长度。这样报价就便宜了，但合同里有一行小字，老花眼看不清："验收时按实计算。"

决算时，尺寸一量，多出的部分付钱！决算价是预算价的翻倍。

第三招，藏着掖着。粉刷墙壁，只算表面。开工才告诉你：墙壁酥了，需要先铲除红砖外三层，铲除费用远大于粉刷费，然后再粉刷，又是一笔费用。入室网线，他问你："一根够了吗？"你以为网线如同天线，自然说够了！"是你说的哦！"他让外行猝然决定，如同民主设套。干活的告诉你电脑需要一根网线，IP 电视机也需要一根网线，只能补上，这又是钱。

第四招，偷梁换柱。告诉你，我们用的是罗马瓷砖，实际呢？罗玛瓷砖，音同字不同，欧洲与徐州，价格大不同。

合同前，少报瞒报，预算减肥自然便宜。你欢天喜地地签了合同，还要宰你一刀，兼销售的设计师还告诉你，只要付了首付款，就可以参加"砸金蛋"免费有奖活动。有幸获得美缝（瓷砖缝隙间有色黏合剂），不过十几元一包。结果人工比水泥贵，远大于免费值，免费是饵，"叼"鱼是真。

交了首付款，反悔就赔钱，上海人的契约精神，就是认栽！守法总是针对良民。一开膛，你就跑不了，但披着设计师外衣的销售跑了，因为设计费与提成费已落袋为安，从此与你无缘了。之后木工、电工、油漆工……你方唱罢我登场，不断提出小补小改，你就乖乖地补差价，否则他撂下活，延误下一道工序，就要你赔款。每个工序都有坑。

一旦装修开工，围着你的人，都在挖坑。肥肉多蛆，等你爬出坑，又跌入下一个，坑坑坑、钱钱钱，一虎难敌群狼，你只能割肉饲虎。还算仁慈，没有埋雷，只要钱，没要命。

股市，皮大衣进去，三角裤出来。装修，预算是背心，决算是衬衫。忽然想起三毛擦皮鞋。好不容易拉住一位过路客，讲定价格后，对方撩起裤脚管，原来是一双长筒靴！

现在的装修公司培植于马路游击队的胚芽，先低价竞争，后低开高走，这是基因决定的。

依设计师低价，肯定赔钱，但迎合消费者贪便宜的小心思。消费者只想便宜，不顾对方亏，这个思维坑，只能引来骗子，然后诱敌深入，关门打狗，结果双输。一个坏了银子，一个坏了道义。所以装修公司很少有口碑销售的，于是养更多的巧舌如簧的设计师，这笔费用该谁垫付呢？忽然想起道德的低成本。也许决算价才是合理的、双赢的，但被预算的幌子搞脏，一盘臭豆腐，好吃不好闻。

如果以决算价为旗，以君子德行市，结果？肯定输！市场永远是小人的，小人喻以利，先用便宜引诱你，这是合同前；再以利害拴住你，这是开膛后。君子永远少数、无规模，不符合工厂规模化竞争。

最佳方案，先以小人度之，以决算价谈合同，满足装修公司的利润，皆大欢喜。

11

非吝啬的节约

节约的极端就是吝啬。

80 年代初，我分配到一个知识分子成堆的单位，走道那一边的办公桌同事，四十多了，孑然一身。那时大学毕业，月薪 60 元，同龄的学徒工 18 元，满师 36 元。这位仁兄居然存款两万多，简直是天文数。他省吃俭用到吝啬，有祖宅不住，坐收租金。住在学校，省却水电费。一日三餐，在办公室用"热得快"熬粥煮饭。菜没法炒，只能到食堂买青菜。衣服破了，没人补，用伤筋膏药上下粘连，像个济公。他天天打拳，伤筋动骨，用伤筋膏药贴服，反正伤筋膏药属于公费医疗，医务室里无偿且无限使用。他冬天很节能，冷水澡，天天洗，但膏药味裹身，据说是麝香味。幸亏不是坐班制，并肩战斗也只有课间十分钟，"久居兰室，不闻其香；久居鲍肆，不闻其臭"，这个办公室就像中药店。

他很会算，博学多才，打得一手好拳，写得一手好字，拉得一手二胡。他是英国文学专业毕业的，完全可以搞创作，他敬谢不敏，选择翻译。每天课余，趴在斜坡的桌面，制图教研室更替下来的旧货，然后戴着老花眼镜，按着尺，一行一行往下移，然后翻译。那时国门初开，懂外语的少，搞创作的多，经济学规律物以稀为贵，译稿就非常紧俏，稿酬也高，且周周有稿酬，翻译是"现金奶牛"。创作呢？一曝十寒，一年有一篇而不可得。

近朱者赤，我至今洗脸用脸盆蓄着，然后端到厕所。我住大平层的时候，早晨洗脸，我总到对面锅炉边的台盆洗脸，龙头一开水就热。如果偷懒，就地取材，站在这一边，三十多米左右的走道，水管里隔夜冷水要顶出来，才有热水。洗脸用脸盆，因为台盆不能蓄水。一脸盆的水，从东端到西端，倒在厕所里的桶里，供大小便冲刷。

一日三餐，我喜欢饭后千步走，天天穿大头宽跟的耐克散步，前掌有些脱胶了，见人开口无耻（齿）笑。散步集中在夜晚，破鞋不咯脚，夜里不露馅。

有其父必有其子，早晨叫他起床，睁开眼第一句话："关空调！"久而久之，敬称语"老爸"也节约掉了，我瞬间坠落为男仆。暑假补课回来，正当中午，下了地铁，四公里，走回来，不用车接，说为了环保，顺便玩玩游戏。崇高之下，顺便做些卑鄙，这就是小男孩的狡猾。

造别墅的时候，设计师希望造室内电梯，被我否决。现在我每天趴着前爪似的爬上三楼，像俯卧撑。下楼双手撑在背后，一阶阶坐着下来，相当于每天在打一套五禽拳——猴拳，像猴子一样，蹿上爬下，活络得很。三十岁开始膝盖不灵，现在地铁下楼梯，膝盖反而不疼。当年的设计师跷大拇指，当初他坚持造电梯，被我以这样的预设生活方式所否定。现在发现，没有电梯的房，兼健身房功能，全家老小都爬上爬下，全家健身。不仅节约了电费、电梯折旧费，还赚回了全家健身费。我的健康理念，人是动物，不动就是废物。

我家周边没有商店，地铁在四公里之外。夏天一早，往西走去地铁站，冬天下午，往东走回家。这样太阳照在背后及脑壳，帮助牛奶补钙，收获健康。一路上听书。从"得到"下载的说书，收获知识，体力脑力均有收获，同时一天两万步的指标也完成了。一举两得，一石三鸟。盗用金圣叹的笔下口头禅：岂不快哉！

我去市区，司机送到地铁。如果坐车，虽然司机工作时间用足，但停车费、汽油费、耗材费，可能比司机工资还贵，肯定高于五险一金。民间一故事。乡村马车起步价十公里，到他家五公里，为了用足另一半车钱，宁愿坐满十公里，然后走回来，到底谁吃亏？让司机闲着，也比开车节约一半，我是勤快养懒汉。

坐地铁又稳又快，又准时又便宜。上了地铁就闭目养神，或拉着吊环，或坐下头靠墙，可以听到社会的议论。

我与朋友交流，俚语多、流行语多，与同龄人比，我属于追风者,得益于地铁空间,一不小心成了"包打听",躲也躲不了。

我家小区比世纪公园还大,因为是别墅区,人口密度小,入住率又低,周边没有菜场、超市,买张手纸都要开车四公里。物业有买菜专车,到哪个菜场哪个菜场就坐地起价,也殃及池鱼。为了节约,夫人买菜总是去老公房聚落的菜场,那里的菜便宜,尤其黑毛猪肉落差更大,惜哉无泊位。我作为"老伴郎",不得不陪她,她下车去买菜,我在车里看书。一旦有警察我可以开走,节约罚款,我的身价起板二百。选用苏州人骂读书人:"一元洋钿买十一只——一钿不值",我好像不在其列,有交警罚单做背书。

车停在新村出口侧,老公房老邻居多,走进走出,谈笑风生,神态自若,GDP与退休工资无关。老男人短裤背心,坐在折椅上,边上一个案几,搁一盘功夫茶用具,时不时提起壶嘴塞入嘴角,吮几口。铁栅围墙上,挂着一排鸟笼,短小精悍的秀眼蹦上落下,脚筋如置弹簧,赏心悦目。见熟人路过,一句"老阿哥",案几下抽出小板凳,递上一支烟聊上几句。老阿姨拎了一包菜回来,见了熟人,随时随地放下"嘎山湖"。或隔着铁栅,或在出入口,有一句没一句,可能耳朵不好,喉咙咣咣响,悄悄话也不避耳目,甚至出馊主意:怎么对付儿媳妇?这就是人情,"可以一起做坏事的才是好朋友"。这就是江湖,江湖没有是非,过去只有恩怨,现在只有利害。

如果叮咚买菜，叮咚一声，屏蔽市井于门外，活在书斋里，活成书呆子。

久违了，老公房的夏早，真实的生活。

因为节约，回归市井，一只老甲鱼，回归野河浜，活了！同频道生存，其乐融融。

现在每次买菜，我总站在车门外，听老公房居民聊天，读无字书。我欣赏这句话，"把权力关进笼子"，对于无权无势的我，最好再添加一句："将书蠹头推到门外。"我的《上海市井》一辑、二辑、即将出版的第三辑，素材与情感多源于此。

节约，居然还有赚的，免费滋补了社会大学课程。这个意外收获，也算报应吧！

12

俏眉眼

我旧得有点发霉，至今还在订阅纸质报刊，晨报、晚报、日报、周报，每天厚厚一叠，派送报纸的物业很惊讶，以为我有收废纸破烂癖。年长有些阅历的，纠正道：这家可能是机关租赁户。不得已我院墙外挂着的报箱很高很厚，下雨天要在院墙上撑把伞，好比给大头鬼戴顶太阳帽。选句江湖行话，罩着。换作糨糊段子，小姐睡觉，上面有人。

我还有个癖，订报纸不看新闻！不管晨报、晚报、周刊、月刊，我都积攒在晚上翻阅，至此新闻都泛黄了馊掉了，老得起皱，老菜皮一页！才恍然大悟西谚说得妙，"太阳下无新鲜事"。其实，每天的新闻都是一样的，自然新闻纸的新闻也是雷同，不一样就是假新闻。有时新闻来源都是同源新华社电。"文革"期间，大寨大队隔三岔五上版面，开头千篇一律，比右侧正文小一号的黑体字，"新华社大寨大队电："。结果新华社记者下边陲基层采访，县招待所不接待："你们是大队一级单位，我们只接待县团级。"

现在的新闻，来自多媒体，惊人的雷同，等同天气预报。看报如看胸片，只见躯壳，不见面目。报纸的面目就是副刊了，夸女人漂亮：迭只面孔！骂小人猥琐：那副嘴脸！副刊才是报纸的嘴脸，若配个好标题，就有眉目了，秋波荡漾，巧笑倩兮，在一堆"见光死"的新闻纸里，鹤立鸡群，在水一方。《中国经营报》纯粹"老板报"，居然每期有好几页文化性副刊，多历史，与经济不搭、与经营不搭、与金融不搭。仿佛《文汇报》"学林"移植器官。报纸的新闻，如同饭馆的米饭，消费者不是冲着米饭去饭店的。米是主食，如同骷髅，千篇一律，千差万别的是菜肴，如同副刊，才见眉目。好比看电视，多数追电视剧、看纪录片、欣赏综艺节目，有谁买电视是为了看新闻的？但电视台不能不播新闻，好比饭店不能没有饭。没新闻的电视台就是录像厅，电视剧、纪录片，就是报纸副刊，各有各的特色，没有统发稿。

我喜欢《新民晚报·夜光杯》，因为像菜场，从葱姜到海鲜，从死货到活物，荤腥搭配，甚至牛头不对马嘴，应有尽有。高雅的如陈鹏举谈诗，而且是古诗，有点青铜器锈；也有谈茶的，与陈鹏举谈诗一样，也是连篇累牍。哦，这叫专栏，有点神神叨叨、飘飘欲仙，尽管我是开茶馆的，尽管我看不懂，聊备一格，这就是《夜光杯》的包容性。更多的偏于世俗，毕竟市民多、俗人多，如我辈，过去养花谈戏文章抢眼，今天美食辣眼，十年前的江礼旸，如今的沈嘉禄，断断续续，馋痨胚有感而发。也有雄鸡报晓，如龚建星，准时准点。也有久不见面的吴凤珍，她的家长里短，善良而温暖，将无聊变有趣。可惜久不见文章，一打听入养老院了，可惜了，夜老酒少了有嚼头的卤汁鸭翅膀。再早的，有养花名家贺永清，有评戏曲的，有评书法的，有评绘画的，也有胡说八道的，好比弄堂口乘风凉、听人嘎山湖，充满了烟火气。《夜光杯》最大的吸引力不装！即便很装的作家，到了《夜光杯》，话锋一转，说人话啦！妖怪说人话，就是妖精，往往很漂亮。《夜光杯》往低里说，就是一个大拼盘，五花八门。往高里说，就是一罐佛跳墙，山八珍、地八珍，一锅乱炖。

出差到外地，喜欢到县城的报摊买一叠报纸，了解当地风俗，"颂其诗，读其书，不知其人，可乎？"翻开报纸先看广告，可一眼判断编辑方针、文章趣味、读者群，王八眼找绿豆釉！简单粗暴。广告商投放的是真金白银，始终研究读者群，顺便免费为你指明方向。汽车类多的，财经类报纸；化妆品多的，家庭类的；保健品多的，往往是老年报，衰老的标志——通讯录里，美女少了，医生多了。人老心不老，那就是旅行，所以老年报里，多密密麻麻的旅游广告。只剩下上市公司年报公告，那是证券报。如同文学报，只有书刊广告，不是专业性强，而是太狭隘。广告越少，读者越少，不买！没有广告的，意味着没有读者，不买！求诊问药多的，不买，看多了，疑心重重，烧香引出鬼来。

每天晚上，灯下一叠报纸，一张张翻，如护肤霜，由外而内。看到副刊，抽出，搁在一旁准备精读。其他呢，像外文系的阅读课，分精读、泛读。我呢，中文系毕业，做些差异化竞争，新闻版面，翻读，一翻而过！合辙北方人一句话：看书看个皮儿，看报看个题儿。

大菜总在殿军，最后看副刊，一定放上一柄放大镜，有时免不了查地图，这叫精读。

又到了报纸杂志征订季了，邮局会寄来一本目录，没有副刊的，不订！

13

怕过年

　　小时候，父母双职工，我家三兄弟，一年四季在外疯，爬窗进屋不用钥匙，下河捉虾下油锅，青壳虾瞬间变红。弹弓射鸟，噗，胸前一阵烟，麻雀中弹跌落，男孩就是这么残酷。平时白天学校管，一到暑假无人管。一到过年，父母回家，老虎进洞，母亲开始忙过年，我们随之服徭役。

　　先是剃头。我妈"做人家"（沪语：勤俭），买了一套理发工具，带我到理发店剃头。她侧立移位默观，看出门道来了，回到家从小弟弟开始实验，因为反抗能力最小。剃头工具闲置，不得抹机油，改用花生油，结果互掐对冲双齿沾染了灰尘，有些黏糊糊。母亲所谓剃头，实际上推剃头轧刀，按着我们的头，向左一掰剃右，向右一掰剃左，轧刀夹着一撮头发往上推，连根拔起。歪头咧嘴伸舌头，顺着剃头推子站起来，像被一把提起来的白鹅，脖子超长，咬着牙不敢哼。一旦双齿夹着头发松不开，推不动只能拽，杀猪般的嚎叫。没有轮到的更恐惧，相当于活体解剖。轮到现在独生子，谁舍得？那时候子女多，看着烦！母亲提着剃头刀：下面哪一个？我们就像《辛德勒名单》里的犹太人。终极目标，伸头是一刀，缩头也是一刀。不得不慷慨迈步，好汉赴法场，戴镣慷慨行。在等级面前，最大的自慰是盲从，倘若有思想，那是自虐。

理完头发后，一个个站在窗下，端水、换水、绞揩布，等母亲擦完两房一间（厨房间），大半天没有了。然后跪着沿着四面墙角擦灰。怯生生地问：什么时候可以做完？母亲口头禅：生活做得完啊？噎得我们绝望，希望的缝隙被堵得严严实实，平时做功课也是这个句式：功课做得完啊？结果都不爱读书。

过年，先是恐惧，接着是规矩，雁序横空，头尾衔接，并行不悖。过年忌口，比如不能说死，殃及 4 也不能说，因为谐音，改说发，像特务密码。最后干脆规定不准说话，一了百了。到了年夜饭上，更不敢说话，弟弟还小，情不自禁地站起来欢呼道："好吃死了！"结果挨一筷子："菜都堵不住你的嘴！"一到过年，就没有了自由，身心与言论的自由。

只有过年，母亲才给零花钱，跑到饿篱笆外的流动贩摊前买来鞭炮。躲在背风墙角孵太阳的老头，佝头缩颈双袖互叉，阴阳怪气地鼓动："放放看，不响找他赔。"对呀！噼里啪啦响了一阵，等于陪着老头乐，最后鞭炮没有了，老头嘿嘿一笑，才知道中了奸计。日后读到贺敬之的诗句"躲在角落里／缝补旧梦的／某些先生"，就想起这个老头，"文革"期间所谓的"长胡子的"。

过年了，人人都穿着新衣裳，提着竹编盖红纸的水果篮，全家老小走亲访友。我的母亲属于外来妹，父亲也是南下的，我们家在上海无亲戚。过年三天都锁在家里，门外人来客往，却都是陌生人，没人玩，也不能随便说话，凡是母亲所在的空间，只能说好话。年三十死了头驴，不好也得说好。说违心话，等于关禁闭，度日如年，不自由是多么的难熬啊！挨到初四，父母上班，老虎出洞，还我自由新天地。

当然过年有好吃的，也不用做功课。但朋友没了，自由没了，再丰盛有什么意思呢？人活着必须像猪一样吃饭，但不是为了吃饭而像猪一样活着。人，既是食草动物，又是食肉动物，但首先是精神动物。

如今，相比过去，等于天天过年，翻身感极强。平时家里做保洁的、烧饭的阿姨们，过年都纷纷回家，丢下我们一家相依为命，只能流浪。年夜饭到饭店，像集体宿舍排队洗澡一样。年夜饭分上半场、下半场，你还没有吃完，不断有下半场的人推门就来探视。外面的嘈杂声轰然而入，包房变K（开）房，私密感荡然无存，匆匆结束，先送母亲回家。

我的小区，多浙江人，所以各家小院种满了桂树，到了秋天满院都是桂花香，到了春节，只剩下我们一家上海人。上海人在上海自家的小区，就像濒危物种，还有门口的保安，围着电炉吃火锅。上海真是座移民城市。

年夜饭后真不想回家。回到家，没有鞭炮、没有邻居，只有冷清清的空间，独栋就像古堡，我们就像幽灵。窗外一只野猫直立趴在落地窗前窥视，据说灵猫可以沟通阴阳两界。

现在的春节晚会一年不如一年，当晚不看，次日看回放：按照网评，按图索骥，哪个有点意思看哪个。

往年过年，不得不出国流浪，到外国享受"宫保鸡丁——王宫、古堡、基督教楼、市政厅"。疫情期间，无法出国。适逢儿子初三，不准出上海市，郊区也不敢去，一不小心成为陌生人的密切接触者，先去隔离两周，在家隔离一周，课就上不了了，中考就成为弱势群体了。

蜗居在家，久而久之，不是神经病，特别精神；就是抑郁症，特别悲哀。

有句很有哲理的顺口溜："想吃糖的时候没有钱，有钱的时候没有牙。"人，既是吃草动物，也是吃肉动物，要命的还是精神动物。作为动物的同伙，动物的本能与生俱来，动物没有的思想也兼而有之。想法太多，贪得无厌，不仅缺啥补啥，而且缺啥想啥，最要命的还是非分之想，饱暖还要思淫欲，于是拥有了"幸福的烦恼"。

倘若没有思想，现在的我们是很幸福的猪，作为个体，我还是优良品种，一吃就胖，产肉率极高。满足资本的贪婪，既要马儿吃得少，又要马儿跑得快。每到过年，总想着少吃点、少吃点，结果面对一桌鸡鸭鱼肉，心里附体的两个魔鬼——感性与理性，像袋鼠一样做贴身肉搏，我却无辜地成为痛苦的携带者，就像日俄战争，却在中国打。毛病出在人是思想的携带者。

今年春节长假，我要静下心燃香读佛经，首先自宫欲望，清空大脑。

14

混堂：文化的温床

最近，独脚戏《石库门的笑声》轰动上海。全场三小时，满场笑声，一环扣一环，忘了拍手，来不及拍手。沈荣海"嘲叽叽"地帮衬，引出逗哏，这叫捧哏，噱额！内容因世俗而亲民，包袱因滑稽而走红。

说实话，自从李青的《查户口》之后，三十年来我不看独角戏、滑稽戏，因为滑稽戏不滑稽，这就是滑稽！我总以为没有滑稽的本子，所以好奇《七十二家房客》是谁编的本子。沈荣海回答得刮辣松脆：没有编剧，都是演员戏后在澡堂的卧榻上，七嘴八舌凑出来的。

哦，澡堂是市井文化创作最好的写字间。

过去旧文人同时给几家报社写连载，下午孵混堂，泡软了，上岸一横于卧榻，一枪在手，捧在嘴上，腾云驾雾，过神仙日子。对面站着几家报社杂役，垂袖而立，报社等着发稿、排字、上版面呐，但只能耐心候着。等他过足了瘾，睁开眼，杂役赶紧凑上前，告诉他昨天写到哪里。他眯着眼，听完一家家报社连载昨天的结尾，然后仰脸看着天花板，脑袋歪着，边研磨边构思，不紧不慢。一旦胸有成竹，展开纸、埋下头，一口气，直到"且听下回分解"才提笔结束。走一个，接一个，在澡堂里的卧榻之侧，同时为四五家报刊写小说连载，不打草稿挥笔成章，情节各异互不相混，宛如反复修炼之作，且立等可取。许多长篇就是在澡堂里完成的，澡堂是最好的创作场地，不乏传世名篇，比如天津的刘云若，比如《红杏出墙记》《旧巷斜阳》《小扬州志》，往往是混堂里的产物。

1997年前，购房尚未向百姓开放，绝大多数人家蜗居狭小，冬天的澡堂是每个人必去的。你再清高，冬天不能不洗澡，混堂就成为三六九等的汇聚场所。大兴公司如遍地蟑螂，俗称皮包公司，租不起办公室，往往借混堂睡觉、会客、洽谈生意。如同日本的株式会社，经营无范围限制，大到飞机大炮，小到苍蝇蚊子，什么活儿都敢接。澡堂千万不可小觑，我有一喻："店小乾坤大，池浅王八多。"现在的网络语：都是蚂蚁金兵！改革开放初期，少了这些镜头，就少了艰苦创业的诠释，就少了泥沙俱下的混沌，就少了精彩细节。

创作，没有澡堂，就没有精彩。

什么叫才子？澡堂里一挥而就才是本事。旧文人孵混堂，自然接地气，有生活才有故事。现在的作家"坐在家里"，精确的称呼"坐家"。坐在书房里，有书橱、书桌，就是没有生活，只能引经据典。读者呢，雾里看花，似懂非懂，眼皮瞌春（沪语：困倦）。

就好看而言，民国时代澡堂里孵出来的文章好看，至今一版再版不绝，既是畅销书，也是常销书。澡堂子里酝酿出来的《七十二家房客》，有烟火气，无烟霞气，自然喜闻乐见，至今不忘。

旧时代的市井：茶馆与混堂。白天孵茶馆，菜农歇脚，市民聊天，捐客觅客，流氓吃讲茶（摆平纠纷），地鳖虫（买卖地皮的中介）寻户头，生意人同业聚会；晚上孵混堂，除了流氓分赃，余者皆擦背敲背松骨。最著名的话剧《茶馆》，北京人艺的传家宝，传了一代又一代，至今想看买不到票，只能碟片分享。混堂茶馆出经典，谁说俗？

孵茶馆、泡澡堂，这样的作家，笔下才有人情世故风尘味，好比封存的陈酿，有味哉！

澡堂是江湖，众生百相在此汇集，沉淀发酵，酝酿成章，就是文化。澡堂往往是人情世故的喻体仓库，嫌你脏：澡堂里的毛巾——没上没下；说你愣：澡堂里跳水——不知深浅；骂你不懂规矩：澡堂里的鞋子——没大没小；谈到一桌乌合之众：澡堂里舀水——没干没净。我有篇文章《入群如泡澡》，其中有个感悟：澡堂有多脏，你就有多脏。有道是男人入错行，女人嫁错郎，微信时代入错群，警告：股市有风险，入群需谨慎。我为人四海，三教九流，但处世有底线。同流不合污，风流不下流，仿佛倚门发嗲：倷（吴语：你）是清水货。同流不合污，就是混堂文化。

现在住房改善了，混堂没有了，进入淋浴时代。淋浴的最大的特征，私密性强，洁身自好，渐渐浸染洁癖。洁癖就是对洁的过分焦虑，这是抑郁症的前兆，抑郁症门诊外徘徊。

倘若孵混堂，同流合污，不分彼此，"拍脑袋决策，拍胸脯承诺，拍屁股走人"。相比社会乱象，似是而非，特征，没肝没肺。混堂时代，只有神经病，没有抑郁症。借用放生池的对联，凸显混堂的特征："独乐不如众乐，杀生不如放生。"没干没净，吃了没病，针对洁癖，孵混堂就是冬令进补，有病养病，无病防身，防止抑郁症的一贴灵！

混堂里，有细菌（微生物）就有营养，有人味就有文化。淋浴呢？一人向隅，一干二净，没有细菌，没有营养，没有人味，所以没有文化。《共产党宣言》的警句："无产阶级失去的只是枷锁，获得的将是整个世界。"淋浴失去的是微生物，获得的将是抑郁症。

《石库门的笑声》是集改革开放四十年的精华，戏剧最讲究的就是矛盾冲突。这四十年的变化翻天覆地，所以容易出戏。这出戏之后，还要后续吗？

独脚戏一定是市井的，但澡堂没有了、茶馆没有了，你一句我一句嘎山湖的集散地没有了，让社会大众喜闻乐见的作品也就失去了温床。

编剧在家，一人面壁构思，淋浴再长，即便浑身像盱眙龙虾一样通红，剧本还是炖着的一锅白开水，水太清则无鱼。

15

喂，跟侬搭界哦

改革开放前，上海有十个区，基本被现在的内环囊括，那里的住户叫居民，有城市户口，住的是公房。公家租给你的，你可以互换，但不能买卖，更不能抵押，只有使用价值——只能居住，没有价值——不能融资。那个时代，除了孩子是自己的，连老婆都有可能不属于你，万一离婚了呢？唯一的私有财产就是"戇大儿子"。也可能是负资产，万一不争气，进班房，你还要给他送被头铺盖，每月还要带着点心去探监。工作了一辈子，赤条条来，赤条条去，生下来是"无产阶级"，离开了还是"无产阶级"。市区是工人阶级大本营。

上海还有十个县，位于现在中环外环，紧贴江浙边界。那里都是有产阶级，住的是"本地人房子"，属于私房，吃的是自己门前屋后种的菜、养的鸡、下的蛋。拿到城里，可以换钱，他们不是居民，是农民。

城里人与乡下人处世习惯是不同的。在乡下，不速之客，登堂入室，串门就是毋须招呼，时不时隔壁阿婆到你屋子里坐坐，进门一句："吃了哦？"肺腑之言，发自内心，没吃马上回家端来，滚烫滚烫。到了城里人，同样一句话，不是经过内心过滤，而是喉咙里滚一滚就蹦出来的。"无心插柳"，相当于现在微信群里点赞、献花，都是免费品。所以假客气，千万不能当真，一当真就没法聊天了，你就是乡下人了。城里人住在一个门牌号里，都是几十年的老邻居了，聊天说客气话一般在灶披间。即便饭潽了、水开了，火热特特滚，也是扶着楼梯柱子头，仰起脖子喊："二室水开了。"其实火已熄了。"五室毛头啦娘，饭潽了。"其实火头已经搁小了。那时只有串弄堂的，没有串房间的，凡事都在门外说，除非月底抄水表。

什么是界限？就是汉界楚河，就是你我彼此，就是你和我之间的距离，像一把隐私的刀在上海人心里，明晃晃地横着。

解放前的上海，最繁荣的地界在租界，界内享有不平等的条约，战火不能蔓延到租界边界，所以享有近百年的和平。经济因此繁荣起来，一摊烂泥地变成闹市。上海大多数的城里人都在租界内，租界的文化慢慢演变成上海驻留文化。

租界从 1845 年到 1943 年，近百年的法治管理，养成了上海人的边界意识。不越界！绝不管界外的闲事。

上海人在路边吵架，你可以劝架，但不能讲，否则受损的一方，就是一句上海口头禅："跟侬搭界哦？"还有更狠的后缀："多管闲事多吃屁。"

苏报案就是用舆论攻击清政府。在中国地界，当然与清政府"搭界"，但清政府不能越界进入租界逮人。因为这件事是发生在租界里面，租界当局凭借不平等的条约，阻止清政府进入租界逮捕，案犯章太炎等。与你搭界，你也不能管，因为不能越界。

北伐军判定苏浙一带军阀，照规矩，贵为总司令的蒋介石不能携带武装卫士穿过租界，租界极讲究界限的。

上海人的口头禅："跟侬搭界哦？"言外之意莫管闲事，哪怕吃饱饭。比如打听别人家的隐私，有几个孩子啊？结没结过婚啊？工钿几何？这叫"百搭"，搭界的"搭"，就是触碰边界，就是越界，就是十三点，十二点过了头，相当于股票打爆了，做人，品没有了。

百搭的日常表现，就是"瞎七搭八"，那是很贱的！

有个短视频，冬天里，一个小女孩在吃冰棍，有个成年人路过，善意提醒："小朋友，你冬天吃冰棍要肚子疼的。"小女孩奶声奶气地说："我奶奶活了 100 岁。"成年人好奇地问："那她就是冬天吃冰棍吗？"小女孩依旧不紧不慢地说："她从来不管别人的闲事儿。"

小女孩的奶奶，应该是个上海老太吧。

16

一个鲁二代的上海化（上）

智能时代，就是便利时代，也是懒汉时代，大家懒得动脑子，于是哲学流行开了。在凡人眼里，哲学可以高度概括，可以"一言以蔽"万人敌，不必静下心来，对具体事物具体分析。可以以偏概全，概念化应运而生。网络语："某"二代，比如富二代，只是财富享有者，非财富创造者。再比如，农二代，没有父辈能力，却比父辈敢花钱。我有一位红木老板朋友，很感慨地告诉我："我的员工跟了我辛辛苦苦创业二十多年，他们的儿子居然对他们说：'你们是工作的一代，我们是消费的一代。'什么消费？打游戏呗。"农二代是农民吗？犹如富二代，可能不会经营，农二代，不会种田。

二代者，父辈的余荫、斜影而已。二代者，非拷贝，仿佛而已，相当于侨种（沪语：杂种）。

我属于"鲁"二代。父亲随部队南下，在上海读书，最后留在上海的机关，吃大蒜头、说山东话。到了晚年，掺杂些上海口音，就像《七十二家房客》里的三六九："你不是个好银，也不是个坏银，你是个粗卡（促狭）银。"

母亲老家山东青岛石臼所，日军侵华期间，家产化为乌有，随外公逃亡上海，在上海受了完全教育。在家，随父亲说山东话，相当于睡衣睡裤；在外，一口上海话，相当于西装西裤；在单位，一口苏北话，相当于职业套装。好比法国人在欧洲，既会英语，也会法语。逢人说人话，逢鬼说鬼话。"文革"期间，母亲下放到高阳路上的外轮码头管仓库，工作协作对象主要是扛大包的，都是苏北籍，所以母亲的一口苏北话：乖乖叫！（呱呱叫的苏北口音）

不同于母亲，父亲未曾上海化，家里家外，都是山东话，表里一致，好比内衣外穿。

母亲早已上海化了，最显著的标志上海话，而且还会操一口上海下只角（杨浦、普陀、闸北）工厂区的"普通话"：苏北话！还不改乡音与老家客"拉呱"！只要夜班、早班，晚上总是在家，我们兄弟三个，个个"皮蛋"——揭砖掀瓦的调皮捣蛋"句"（鬼的上海发音），从外面回来，睡前必须洗澡！母亲提着棍子看着，监督方式还是韩复榘式的。睡前洗澡说明上海化了，监督还是山东军阀式。但母亲如果中班，晚上父亲当家，兄弟仨可以狂欢后不洗澡。山东人惯孩子，得过且过，洗澡固然好，不洗亦无妨，开心比卫生更重要。"没干没净，吃了没病"，是父亲的口头禅。

我住在鞍山六村40号，与39号都是北方区域海上管理局的家属院。楼上楼下都是北方口音，山东人居多，与前后左右居民楼的风俗习惯截然不同。学校里，与周边居民楼的孩子同一个班级，下课后，39、40号的邻居小伙伴，回到自己的北方圈，自闭内循环。"山东人，白相自己人"（上海俚语："三等白相人，白相自己人"的谐音讹传），相当于"夫妻睡觉"！此话怎讲？一分公司领导班子长期不受总公司待见，得不到提拔。他们总结出企业文化的三种生态决定提拔与否："与小姐睡觉，上面有人；寡妇睡觉，上面没人；夫妻睡觉，自己人玩自己人（窝里斗）。"我们就是"自己人玩自己人"，与前后楼的同学，绝少来往。39、40号完全是一所没有围墙的大院，陷落于前后左右的上海化社会。我们与他们只限于"鸡犬相闻"，在同学眼里，我们都是"小山东"，彼此价值观迥然不同。

上海人崇尚手艺，男人从小喜欢摸摸弄弄，上得灶间，下得车间。修修补补，修个龙头补个胎，装个半导体电视机什么的，起码三脚猫。三脚猫就是"狗头摸摸、羊头摸摸"，样样会一些，但未必都精通，上海话"猪头肉三不精"。我是家里老大，完全按北方大爷的人格培养，饭不会烧、菜不会炒。所谓"君子不器"，饭菜是大弟弟干的活，他服侍哥哥，哥哥保护弟弟。因为太皮，白天寄在幼儿园，下午由弟弟来接回家。国有大臣，家有长子，老大就是大爷。大爷做到今天，连个网购、导航都不会，都是司机帮忙，这就是北方男人鄙视工具的思维模式，幸亏做了老板，否则互联网时代，寸步难行，这就是鲁二代大爷。

考上上海师院，多数上海人，我开始与上海人同吃同住，诗经语"袍泽兄弟"（岂曰无衣？与子同袍；岂曰无衣？与子同泽；岂曰无衣？与子同裳）。山东话"被窝里抻腿——没外人儿"！句末儿化音，才亲切。四年大学，朝夕相处，才真正感受到与上海人的差异。山东出《水浒》,讲义气！做朋友"一腔热血，两肋插刀"，但上海人不想背刀，不想寻死。山东人的义气，意味着枷锁，是军事同盟，比如北约华约。对上海人而言，与山东人交朋友，好像加入黑社会。上海信奉不结盟，做朋友要有距离感，若即若离，自然对我也敬鬼神而远之，一不小心，山东人变赤佬了。

17

一个鲁二代的上海化（下）

毕业了，结婚了，娶了"沪二代"，嘀嘀呱呱的上海人，不断叮嘱：做人要有责任心。也就是说，同样黑社会，梁山泊唱肥喏！杜月笙重然诺，口头禅：一句闲话！说到做到！山东人因感性而热情，先君子后小人；上海人因理性而冷峻，先小人后君子。所以上海人的做事风格：做好小事，不说大话。我是我们年级第一个下海的，单位同事拷问：你又不是学经济的，怎么做生意？我想：许多做生意的连字都不识，照样做生意，怕什么？于是义无反顾。这是山东人的遗传，胆大。接着是上海人的风格，从小事做起。第一笔生意包柜台，而不是倒卖钢材、买卖轿车。第二步开饭店，终于开窍，做小事就是做琐事，好比饭店，就是烦点，没空说大话了。做小事者，非大言者。二十年前，溧阳路的弄堂口，夜间有家油豆腐细粉摊，老婆婆干的时候，生意很好。儿子接班，就牛掰了。仰脸道：有风投找他开连锁，我的第一直觉："牙大"（上海话：大读 du），不久不见了。

有位好朋友，江湖四海，烟酒不忌，五十过后，不幸中风。我每月请司机送去五千，后来他不愿住社区养老院，我一激动，想接到我投资的银康老年公寓。老婆规劝："你接过来，人家小吴更不好意思受侬五千元了，五千元在工薪人家，还能周转周转，派派用场。"这就是上海人的实惠，远比热情管用。实惠需要精打细算，需要脑子。这就是上海人的处世为人。

现在我已经上海化了。标准的上海话，口味清淡，鱼虾为主，不吃大蒜不吃馍，春秋 T 恤衫，冬天夹克衫。与朋友交，若君子交，淡淡如水，实惠大于热情，不给朋友压力。朋友带着新朋友到我六艺茶馆，临到饭时，我总是问朋友：要排场还是要健康？排场就是开圆台面，健康就是一人一碗咸菜肉丝面加一片素鸡加一条红烧小黄鱼。上海风味，西式分餐，美味可口，既实惠又卫生。吃了侬的，不欠侬的，这是上海人的交往基调。这样的饭可以常吃，因为不欠情，可以年复一年吃下去，现在成了"李氏朋友套餐"。

每次差旅，总带着一管拇指牙膏、一支牙刷，所谓环保；带一副筷子、一只搪瓷大碗，到外地吃露天摊的风味小吃，既美味，又卫生，且便宜；带一双皮拖鞋，上了公务舱，进了宾馆，换上，远比一次性拖鞋合脚凉爽。与北方朋友一起出国，看到我这副精致而实惠的配备，他们总指着我笑："到底上海人，不愧上海人。"就物质层面而言，我的确是上海化了，而且上只角化，生活精细。

就审美观而言，依旧山东口味。《英雄儿女》里的王芳浓眉大眼，是我的青春偶像。对上海人偏爱的狐仙脸，敬而远之。喜欢北方气质的《水浒》《三国》，至于江南嗲妹妹的《红楼梦》，开卷闭卷，翻开几次都读不下去。好比吃减肥餐，吃不好吃的，才能减肥。喜欢吕其明的音乐作品，浓郁的山东风味，亲切扑面而来，尤其《弹起我心爱的土琵琶》，音乐奏起，心向往之，驾车去了几趟微山湖。累了，总在书房里播放北方歌曲，比如《谁不说俺家乡好》。女儿听了，笑话我："什么东东呀！"

我的儿女们纯种"沪二代"，无论饮食起居、衣着装束、言谈举止，绝对上海化，却不会说上海话。

看来，"上海人"没有上海"标准"，只有上海"化"。上海本来就是一个移民城市，四面八方，真正的原住民都是不说上海话的，而是说本地话的，上海人也听不懂的。"化"就是"变"！变，才是不变的。我们那一代，上海人的标准，一口流利的上海话，哪怕插队到新疆，都被视为上海人。我是上海出生的鲁二代，标准上海话，标准上海人？精神层面却是山东的。女儿"沪二代"，由内而外的上海人，却不会讲上海话。儿女这一代，落地上海，接受上海人父母的言传身教，纯粹上海人家庭长大，会说标准的普通话、流利的英国话，就是不会说上海话。偶尔一两句常用语也是变音的"喔"，即我，北方的圆口型。因为上海依旧在移民，上海 2500 万常住人口中，所谓的上海籍人口只是少数。计划经济的年代，上海中止了移民，上海都是上海籍的上海人，只有 800 万。那时候，上海话代表上海人，本地话是乡下人。

现在的上海化，不是上海话，而是上海人的生活方式，比如 AA 制。如果是女生，去顶级酒店喝下午茶，去泰国的阿曼酒店享受顶级服务，去日本买化妆品，去欧美奥特莱斯买名牌衣服。共同特征，比高档廉价，比中档高贵，摘选山东土话，驴屎蛋子外面光。我在江浦路的六艺茶馆，饭菜面对周边邻居，口号："比家里好吃，比饭店便宜。"这就是实惠，而且实惠不坍台！这就是上海人的为人处世。运用到打扮，山青水绿，而不是浓妆艳抹，否则红滴绿滴，同事邻居见了，以为侬生过脑膜炎！

安徽小保姆的上海话，比我女儿标准多了，但从不说自己是上海人，上海话只是交流工具！

现在，外地有广场舞，上海也有广场舞，但扰民是一样的。跳广场舞的阿姨，说一口上海话，算不算上海人？因为上海人还有个特点，不麻烦别人！这一点很像日本人，但现在越来越像外地人。

上海人值得羡慕的，是上海人的生活方式。不麻烦别人，不影响邻居，有规矩，讲信用，三教九流，"一句闲话"深入上海人的骨髓。

后 记

父亲墓前的思绪

如果父亲还活着，我遇到大难，父亲就会默默地坐在一旁。他知道帮不了忙，你不问，他不说，空气一样存在，若有若无。绝望的时候，让你不孤独。我是父母的长子，第一次婚姻失败，怕父母难过，许久没回去，怎么解释呢？无言以答，还独自住在婚后分配的房子里尚未迁出。父母住在上海的东北角，我在上海西北角。父亲已经预感到什么，大热天换了三部公交车，扶着楼梯扶手，一步一喘一阶梯，转上一层，靠着转角处的扶手歇一歇，终于爬上六楼。父亲个大体胖，又患严重的肺气肿。我打开门，惊讶！父亲提着一大包麦乳精，企图不给儿子压力，彼此无言，只有空气，无中"胜"有。我不知道是怎么说出第一句话的。父亲没有劝慰没有叹息，只是沉重地坐着，垂首看地，一种无力感。那段时间，每到午饭时，我穿过两条马路，因为第一条中山南路，马路摊的辣酱肉丁面0.95元一碗，第二条马路零陵路，跌到0.9元，日久天长，省下一笔不小的开销。为此买来上海文化出版社出版的《家常菜一百则》，照着步骤，切葱花、切姜丝、切丁切块、炒菜煮饭。那天中午，我炒了几个菜，推勺掂锅，一个鲤鱼翻身。我想父亲一定惊讶，回去可以放心了，从不动手做家务的大公子兼书呆子，终于会照料自己了。那天我送他去车站，临上车门，父亲终于说话了："早点搬回家吧。"不久父亲犯病了，住进瑞金医院如同通铺的大病房。那天我们一家正好都在，前妻进来了，我很惊讶，父亲很激动，站起来招呼。前妻很尴尬，她是来找实习医生的弟弟。当时我恨自己，没有能力，让父亲受窘。自责无益，只有努力。后来我跑到山东泰安租柜台，后来包饭店。母亲很担心，她的逻辑：高考数学考零分的，怎么算账？

不会算账，怎么做生意？简直"盲人骑瞎马，夜半临深池"。我的逻辑，赚来的钱在自己袋袋里，不会算，也跑不了。

　　我没本事，却胆大包天。母亲呢，做财务的，出身工商地主家庭，一辈子低头做人，谨小慎微。实在放心不下，带着患病的父亲，挤上去泰安的通宵火车，给我算账。我的饭店在站前管理机构隔壁，那里的员工，穿着制服来我店吃饭，我一改当地陋习，概不赊账，但七折出售，得了三折便宜的还是铁着脸。我父亲有位老战友，在这个管理机构的上级局当局长。父亲打电话给他，告知儿子在此开了个饭店，想请他来看看，顺便吃个饭。话筒里只听到对方"嗯嗯、啊啊"，我知道在应付。但父亲很天真，以为战争年代的战友，一起吃小米、过黄河，父亲还是他的领导呢，一定会应诺而来。过了几天还不见他身影。为了儿子，父亲晚上亲自上门拜访。拖拖拉拉总算来了，算是赏脸，隔壁的头自然过来作陪。那战友，扬着脸，剔着牙。

所长看出父亲与他不过尔尔。事后依旧如故，刁难设卡，我也依旧如故，七折礼让，概不赊账，落袋为安。承包期到了，开始赶人。我也走得清清爽爽，因为从不赊账，所以没有应收款。回到上海，有了山东的经验，我的生意很快起来了。一次去北方办事，路过泰安，专门下车，带着上海的点心，去看看当年店里的伙计们，父亲叮嘱我也去看看那位局长。父亲就是那么憨。但毕竟是父辈，我提着酒上门，那时他已赋闲在家，见了很激动，站起来走过来，双手抱着握手一再抱歉。我装愣卖傻，说了不少好话，多数违心。他心里也明白，情不自禁地夸我懂事。在社会上，言不由衷是生存迷彩服，底线不媚不佞不害人。

父亲一家忠厚。我的爷爷稍有薄产，又好客，成了共产党敌后地下交通站，父亲自然投奔共产党，成了学生兵。跟着部队，一路走一路读书，淮海战役充实到前线，成了连级干部。解放初，已经坐上去朝鲜的火车，半路上被截下，调回上海考大学，新政权要培养自己的知识分子。毕业后留在上海的局机关，党内组织生活，他响应领导号召，真的提意见，从此一辈子穿小鞋，每次运动都挨整，因为太直。

后来我也看些书，才知道每次运动，往往假公济私、公报私仇，被整的往往是直言不讳的人。性格即命运。父亲永远升不成官。刚有起色，运动又来了，补好的碗，又摔了。“文革”后，父亲被安排工作，下到基层企业，担任副职。有位一线工人倔脾气，不待人见，考上夜大学，可他的岗位三班倒，领导不给他换岗，闹僵了。他见父亲面善，来找父亲，父亲替他说话，正职很生气，你做好人，他成坏人。但父亲良心过不去，坚持，就成了恶人。这时候我已读了《昔日贤文》，开始用世故眼光看世界了，劝导父亲，应该先与正职沟通好,然后让他去找当事者。他明里做好人，你暗里做好人，学学周总理的处世为人，还买了回忆周总理的书。父亲不满十五岁就投奔革命，挤在抗战末期，适龄即入党，也算个秀才，却沉沦僚属。晚年很落寞，总感到一辈子怀才不遇。父亲壮年时，三个儿子一起皮，每当我们犯事，他拾起拖鞋抽我们，然后落着泪说："赌气成钢。"一口山东话，重复多了，三兄弟垂头侧脸，互相窥视，憋着嘴想笑而不敢。现在我们明白了，这句话寄托了自己壮志未酬的抱负。恢复高考后，我是历届生，小弟跳二级，同时考上大学，在远近很给父亲长脸。他希望我们积极靠拢组织，但我们都下海折腾，未遂他的心愿。后来看到我们事业有成，自我安慰："儿子不如我，挣了又如何，儿子强似我，不挣又如何。"实际是在安慰自己。《我爱我家》里的老革命爷爷，无论体型、言谈、举止，越看越像我爸。影视里的墙上，没有对联，突兀地挂着横批：老骥伏枥，就是那一代老干部的心情，包括我父亲。父亲后来得了肠癌，在大牌三甲医院当外科主任的朋友给他主刀，住的是特需病房。母亲日夜陪着，我们俯身贴耳安慰他：你享受的也是局级待遇！他总是不甘心地笑笑。出院后，他与母亲住在孩子们为他们买的低密度内环小区。父亲上午坐在露台的藤椅上，双肘搁在扶手上，眼前有自家花园。我说笑话：老爸，局长也住不到这个等级啊！父亲总是一脸肃穆，我知道他心有不甘，这就是男人！术后未转移、复发，很多年后憋死于肺气肿。父亲不谙人情世故，直，偏偏成了家风，"山中有直树，世上无真人"，自然不宜仕途，所以兄弟仨都经商。父亲与普通父亲一样，为孩子遮风挡雨，节衣缩食，苛刻自己，抽次等香烟，喝劣等白酒，后来一一戒了，连爱好都戒了。等我中年以后，知道人生没有爱好，也要有癖好，否则活着还有什么趣味？但父亲很乐观，"文革"期间赋闲在家，看到邻居小孩来玩，就拿起玻璃杯，灌满开水，冒充白酒，高高举起，对着毛主席的像，做干杯状："祝毛主席万寿无疆！"小胖子许为看了发呆，背地里惊叹：你爷酒量比武松结棍！在定量供应的贫穷年代里，单单三个大胃王的"光榔头"，父母该怎样饿了自己，哺育孩子？记得暑假去"五七"干校玩，三兄弟相继发育，饭量奇大，一人一顿饭六两，还喊饿。同事们见了父亲，尤其女同事，总是怜悯道："老李家的三个小老虎啊。"说着就给饭票、粮票，按父亲的清高，这是嗟来之食，但父亲一一笑纳。父亲还有一般父亲不同处，以自己的失败铭碑为我们昭示教训，为我们扫雷。我们紧随其后，趋利避害，最后走出他的阴影，破茧成蝶，昂首阔步走在顺途上，春风得意，顾盼自雄。但人生的失意意味着什么？蹑手蹑脚，拐弯抹角，尤其在机关，说话就像放屁，还不敢响，不得不搁在震动档。

上海启封后扫墓，我站在父亲的墓碑前，我想起了这些，难过的，就是哭不出来。

图书在版编目（CIP）数据

上海尘事 / 李大伟著 . -- 上海 ：上海文化出版社，
2025．6．-- ISBN 978-7-5535-3234-9

Ⅰ．I267

中国国家版本馆 CIP 数据核字第 2025HE3149 号

上海文化发展基金会资助项目

出 版 人 ：姜逸青
责任编辑 ：罗　英　张　彦
整体设计 ：袁银昌
设计排版 ：袁银昌平面设计工作室　李　静　胡　斌
封面题字 ：崔寒柏

书　名 ：上海尘事
著　者 ：李大伟
出　版 ：上海世纪出版集团　上海文化出版社
地　址 ：上海市闵行区号景路 159 弄 A 座 3 楼 201101
发　行 ：上海文艺出版社发行中心
　　　　上海市闵行区号景路 159 弄 A 座 2 楼 201101　www.ewen.co
印　刷 ：上海雅昌艺术印刷有限公司
开　本 ：889×1194　1/32
印　张 ：12.5
印　次 ：2025 年 7 月第一版　2025 年 7 月第一次印刷
书　号 ：ISBN 978-7-5535-3234-9/I.1255
定　价 ：65.00 元

告 读 者 ：如发现本书有质量问题请与印刷厂质量科联系（T ：021-68798999）